DesEstórias
(artigos & crônicas)

Márcia Denser

DesEstórias
(artigos & crônicas)

Arte da capa: Bureau do Brejo
Revisão ortográfica: Kotter Editorial
Editoração eletrônica: Fernando Ribeiro
Editores assistentes: Ricardo Pozzo (texto)
Cristiane Nienkötter (produção)
Editor: Sálvio Nienkötter

Dados internacionais de catalogação na publicação (cip)
(Câmara Brasileira do Livro, SP, Brasil

Denser, Márcia

DesEstórias / Márcia Denser. – Curitiba – Kotter Editorial, 2015

ISBN: 978 85 68462 16 4

1. Crônicas brasileiras

Este livro segue as novas regras do acordo ortográfico de 1990, em vigor no brasil desde 2009.

Kotter Editorial Ltda.
Endereço para correspondência: Rua das cerejeiras, 194
Bairro Bareirinha, CEP: 82700-510, Curitiba – PR
tel. 55 (41) 3585-5161

www.kotter.com.br | kotter@kotter.com.br

2016
1ª edição

Prefácio

Estes escritos de Desestórias marcam a entrada de Márcia Denser no terreno do debate jornalístico de ideias, depois de toda uma carreira de ficcionista. E a entrada não se poderia dar de maneira diferente da que o leitor vai encontrar aqui. Ou reencontrar, no caso de seus muitos seguidores no site Congresso em Foco. Assumindo persona de intelectual pública, a ficcionista Márcia não poderia metamorfosear-se noutra coisa que não em polemista. Foi como polemista, agitadora de ideias, enunciadora de opiniões fortes e de verdades nuas e cruas que Márcia abraçou a tarefa de colunista.

Favor não confundir "colunista" com "cronista". Se não me falha a memória, foi Francisco Bosco quem se referiu recentemente à distinção entre esses dois gêneros jornalísticos contemporâneos. A coluna é sempre crítica. A crônica é comentário desinteressado. A coluna, no mais das vezes, tem referência bibliográfica. O que ela mantém em comum com a crônica é a liberdade de abordar qualquer assunto, distinguindo-se assim das críticas segmentadas por área – cinema, teatro, música, etc. O colunista é um crítico geral da realidade atual.

Como colunista, Márcia concentrou-se em dois eixos temáticos básicos: a geopolítica e a literatura. E optou por cutucar. Impossível ficar indiferente. O uso da palavra por Márcia Denser não deixa ninguém indiferente, concorde-se ou não, topicamente, com cada uma de suas afirmações. Mas já não era assim com sua ficção? Já não era desse corpo a corpo com a vontade de uma verdade nua e crua que se alimentava a "mentira" ficcional da contista, romancista, novelista Márcia Denser? Não era já essa a marca singular, inconfundível, de sua assinatura no palco estrelado da geração literária brasileira surgida entre os anos 70 e 80 do século passado? Uma geração amadurecida e definitivamente consagrada, na sua diversidade, desde os anos 90 e 00.

"Ninguém escreve como Márcia Denser. Márcia Denser escreve como ninguém", dela disse certa vez Paulo Francis, um de seus leitores-descobridores, cujo estilo abusado de polemista paira como referência inspiradora nas páginas deste Desestórias. Provavelmente o Paulo Francis final, crítico da esquerda e bufão do jornalismo de entretenimento da Globo, não endossaria o radicalismo marxista, pós-marxista e para-marxista que alimenta as opiniões políticas de Márcia Denser, nutridas pela leitura cuidadosa e aplicada de um espectro de analistas contemporâneos que vai de Paulo Arantes a Emir Sader a Slavoj Zizek a Naomi Klein, entre outros e outras.

Mas o que está em pauta na evocação da figura de Paulo Francis, não é exatamente a substância das opiniões e sim o estilo, a pose, a atitude, sobretudo o prazer indescritível de desafiar o bom-mocismo do bem-pensar. É na frase sardônica que os dois espíritos se encontram. Eu também fui fã de Paulo Francis em minha adolescência e primeira juventude e eu também, por causa dele, me apaixonei desde cedo, como leitor, e para todo o sempre, tanto pela frase sardônica quanto pela manifestação de uma vontade de dizer a verdade nua e crua, de dar o nome aos bois, no domínio da opinião jornalística, como no do ilusionismo rigoroso da ficção escrita. No arco que vai de La Denser pela esquerda ao último Francis pela direita, identifico a ambiguidade fim de século 20, estendida aos nossos dias, diagnosticada por Peter Sloterdijk, entre cinismo crítico e cinismo "pragmático", niilismo ativo e niilismo reativo. Ceticismo frente a todo e qualquer poder versus ceticismo frente a qualquer tentativa, julgada inútil de antemão, de contrapoder.

Márcia Denser faz a opção pelo contrapoder como atitude discursiva permanente. Livre pensar contra bem pensar. "Livre pensar é só pensar", Millor Fernandes dixit. E por ser puro pensar sem compromisso com nada fora de suas próprias convicções, por ser invectiva, pura provocação ao poder e indignação contra quem se deixa enredar em suas fábulas, não venha o leitor exigir destas páginas a linearidade argumentativa de um filósofo alemão. Para além do terreno da opinião dogmática, a escrita aqui funciona como sismógrafo das emoções, frequentemente contraditórias, que agitam a atividade contínua de Márcia como leitora. Uma leitora inquieta e resolutamente, incansavelmente, judicativa.

Isso se torna muito evidente nas opiniões e conceitos sobre literatura. Não estamos diante de uma crítica universitária, embora Márcia tenha sempre se mostrado interessada pela academia. Antes da aventura jornalística, ela frequentou a Pós-Graduação e teve aprovada uma dissertação de Mestrado. Aplicada, mas iconoclasta. Iconoclasta, porém aplicada.

No eixo literário, nestas colunas, escritas na segunda metade dos anos 00, Márcia Denser junta-se às vozes descontentes com o andamento geral assumido pela cultura literária no Brasil (e também no mundo) definindo uma situação que perdura até hoje. Escrevendo sempre do ponto de vista de um nível de exigência de qualidade máxima, que poderíamos denominar de "alta literatura", na seara de vozes como Leyla Perrone Moisés ou Beatriz Sarlo, Márcia execra com todas as forças o fim de uma crítica especializada capaz de fazer frente a uma cultura literária cada vez mais hegemonizada pela lógica do mercado e do entretenimento.

Haverá quem rejeite o unilateralismo das opiniões aqui manifestas, sendo a autora, ela própria, uma escritora autêntica, nem escritora-professora nem escritora-celebridade-em outro-campo, portanto alguém que precisa do circuito de editores, tradutores, publicistas e vendedores da literatura, ou seja, do mercado literário. Márcia busca na vida um equilíbrio entre a crítica ao mercantilismo e a condição profissional, que depende de um mercado. Essa linha de separação tênue, difícil de discernir, mas que deve ser mantida, parece em nossos dias fadada a dissolver-se. E Márcia reage. Seu esforço se junta ao de todos que buscam manter vivo o literário como experiência subjetiva radical enraizada ou arrancada de um exercício de linguagem. Não se trata da literatura como "saber contar uma história", não se trata da literatura como acumulação de capital de visibilidade ou de grana mesmo. Trata-se da literatura como questão de vida e morte, vida ou morte. É a retórica feita carne.

Reduzir a arte ficcional escrita ao mero "escrever bem" (e, no caso da poesia, ao simples "versificar bem") ou ainda, ao simples "saber contar uma história", significa estabelecer como critério de qualidade a mediania. No melhor dos casos, a uma espécie de mediania técnica. Não que a mediania seja um valor totalmente negativo, já que, como afirmou um dia o mestre Antonio Candido tantas vezes invocado por Márcia, sem essa literatura média, consumida habitualmente por uma grande massa de leitores, não se criam as condições sociais e culturais para o surgimento de algo mais ambicioso em matéria de estética e de pensamento. O problema é que precisa haver a consciência de que se pode esperar algo não só mais que isso, mas também diferente disso. Confundir mediania com excelência é prelúdio para a monotonia e a irrelevância. Márcia Denser quer exigir da ficção relevância intelectual. No fundo, todos os artigos aqui reunidos propõem um debate sobre as fronteiras entre o relevante e o irrelevante. É a busca da pepita de ouro.

De maneira arrogantemente provocadora, com seu charmoso narizinho naturalmente arrebitado (empinado?), La Denser só quer saber da pepita de ouro. E aí não fica pedra sobre pedra, à medida que a colunista e crítica se torna também cronista da vida literária contemporânea. Sobra para todo mundo – para a Flip, para a revista Piauí, para Chico Buarque. Este ela cutuca em nome do que eu consideraria um espírito de corpo dos escritores profissionais. Assim como vários outros companheiros seus de geração, Márcia vê a profissão sendo ilegitimamente invadida hoje em dia por aqueles que se tornam escritores a partir de uma posição de celebridade. Se todo mundo hoje em dia pode ser celebrado como escritor, acabou a profissão do escritor. E se existe uma coisa bonita na biografia de minha amiga Márcia Denser é sua lealdade ao conceito e ao valor do escritor como profissional, sua lealdade à corporação. E não é que sobra rajada de metralhadora até para um Luiz Fernando Veríssimo, que ela julga de maneira rigorosa em dado momento, mas por cuja obra mostra apreço em outros pontos do livro.

Como disse uma vez o mestre Silviano Santiago, citando não sei mais qual crítico, uma das funções da crítica literária de jornais é exercer crueldade e fazer o leitor rir, em sua balouçante rede de leitura dos suplementos literários de fim de semana. Rir da arte ruim ou medíocre é uma das maneiras pelas quais se dá a educação literária. Neste livro, o leitor vai rir muitas vezes das tiradas de Márcia. A crítica literária, como aliás a crítica de qualquer atividade, não é, nem pode ser uma arte de fazer amigos e na verdade foi nisso que ela se transformou nas duas últimas duas décadas: espaço para a formação de redes interpessoais.

Dizendo coisas que a maioria das pessoas reservaria para espaços não públicos, Márcia Denser desenvolve aqui sua pedagogia da busca da pepita de ouro, sem piscadelas de olhos, sem qualquer concessão a olhares sociológicos ou pós-modernistas sobre as condições da escrita em nosso tempo cada vez mais acomodado.

Cabe ao leitor julgar o juiz. Asseguro que não será perda de tempo.

Italo Moriconi
Nova Iorque, abril/2015

Sumário

Gente

Algumas Coisas Que Eu Sei Sobre Paulo Francis

"O Brasil só não é rico porque não quer. Temos de vencer uma certa infantilidade que há no nosso temperamento, uma confusão entre desejo e realidade. O Brasil tem o dever consigo próprio de eliminar as necessidades básicas do ser humano. Mas o Brasil não cumpre isso, os governos não cumprem isso, a nossa sociedade não cumpre isso."

Paulo Francis

Escrevi em algum lugar que "o brasileiro não só não tem memória como antecipa o esquecimento", contudo, como exceção à regra, a frase não se aplica à memória de Paulo Francis. Morto há dezessete anos, em 4 de fevereiro de 1997, Franz Paul Heilborn mantém acesa a chama em torno da sua lenda.

Francis gozou de um estatuto raro no jornalismo brasileiro: escrevia o que queria. Não estava a serviço dos interesses políticos do patrão, quer este fosse a Folha, o Estado ou a Globo. Assim, durante décadas, graças a essa independência de espírito, cultura enciclopédica e estilo corrosivo, tornou-se o maior crítico cultural e político da sociedade brasileira.

Pessoalmente refinado, amoral, elitista e excludente, publicamente temido, respeitado, odiado e sobretudo invejado, seus inimigos eram legião, bajuladores idem.

Insubornável.

Infelizmente não terá sucessores. Alguém como ele não é mais possível no insalubre contexto histórico contemporâneo.

No entanto, sua figura emblemática continua crescendo na razão inversa duma mídia que cada vez mais se banaliza, se acanalha, se vende, perde credibilidade e sua função que é informar. Resta o consolo de tê-lo como paradigma, quer dizer, alguém de grande porte para botar nos devidos lugares – essa terra de ninguém entre a irrelevância e o esquecimento – jabores, mainardis e demais aspirantes ao esquecimento e lixo da História. Entende-se por que as mediocridades de plantão precisam destruí-lo. Irônica e involuntariamente o fazem no melhor estilo ancilar.

O editor e amigo Paulo Roberto Pires considera que a posteridade tem sido injusta com Francis ao pintá-lo como reacionário em tempos "politicamente corretos". Direita Volver é o título da matéria (15/2/06-FSP) que tenta fazer de Francis algo entre santo padroeiro, intelectual de butique e grão-mestre dos "intelectuais a favor" – a favor do patrão em geral, de Bush em particular e das elites em si.

Uma contradição nos termos, pelo que foi dito anteriormente: Francis só foi quem foi porque escrevia o que queria, livremente, não cedia a pressões e o público sabia disso.

Mas tê-lo como mito é o que importa (falando em mito, sabem qual é o de Adriane Galisteu? Hebe Camargo. Cada um tem o que merece. E no cronismo atual, o equivalente a Rachel de Queirós é Danuza Leão), uma vez que voltamos às cavernas.

Agora falta contar minha relação pessoal com o Francis: pesquisando para escrever esse texto, encontrei o artigo do Paulo Roberto Pires, Razões e Sensibilidades (www.nominimo.com.br de 30/9/2004), cujo mote central é o tremendo impacto na cultura que representou a associação extraoficial de amizade e ideias Paulo Francis/Ênio Silveira nas décadas de 70-80: porque sou produto dessa associação.

Ênio foi meu primeiro grande editor, ele apostou em mim desde O Animal dos Motéis (1981) até Exercícios para o Pecado (1984, que revisou pessoalmente, escreveu as orelhas, prefaciou, o diabo), livros que, aleatoriamente, sem nenhuma recomendação, remeteu com vários outros para Francis em Nova York. E, contra todas as expectativas – porque na mesma remessa havia outros muito mais importantes – Francis leu!

Então numa manhã do julho de 1983, abri o Diário da Corte, FSP: "Li uma escritora brasileira que sabe escrever. Se chama Márcia Denser. Tem um cuidado com a palavra que sempre imaginei morto aí, onde nossos escritores ou contam histórias ou propõem teses para nos salvar do capitalismo. Ela tem uma cabeça capaz de criar o que vê, como é, sem adornos. Parabéns."

Foi a primeira nota crítica, mas haveria outras. Futuramente.

Nesse dia, passei a ter uma ideia precisa do seu poder de fogo: o telefone não parou de tocar a partir das sete da manhã lá em casa, a começar por – pasmem – Raduan Nassar! "Já leu a Folha hoje?" O primeiro a cantar a bola. O resto, vocês podem imaginar. Pensando bem, não. Não podem. Não sabem o que significa tornar-se o alvo permanente duma inveja unânime, espessa, letal. Anônima e coletiva. Mas, como crítico, Francis me consagrou. Irrevogável e definitivamente.

Ah, sim, vivíamos conversando por telefone, quer dizer, ele me ligava de Nova York. Previsivelmente tímido, várias vezes esteve na cidade, mas jamais teve coragem de me conhecer pessoalmente. Assim como voltar ao Brasil: "Vão me comer vivo!", ele dizia – me contava Sonia Nolasco, sua mulher que, volta e meia, morrendo de saudade, insistia em procurar apartamento em São Paulo.

A propósito, nesse mesmo Diário da Corte de julho de 83, Francis também fala de política: "Um certo George Will, cara de fuinha, mestre do lugar-comum, é atacado na imprensa americana porque teria treinado Reagan para o debate contra Carter em 80, sabendo que Reagan tinha papéis confidenciais de Carter, sem nada dizer, e por isso dizem que violou ética jornalística. Francamente. Esse Will é descendente de Ghengis Khan. É um propagandista do privilégio, da repressão e do militarismo. Admira Reagan. Nada mais pândego que exigir de propagandistas do "establishment" que se portem como jornalistas independentes. São parte do sistema, ajudam os poderosos a ludibriar as massas o tempo todo. Não só brasileiros são ingênuos. Um deputado do PMDB disse ontem que não se escreve história com baioneta ou fuzil. Ao contrário, é plausível argumentar que só se escreve história com baioneta, fuzil ou equivalente, de Júlio César a Robespierre, a Hitler e Stalin". Interessante é que é ele quem parece descrever a presente atuação dos nossos lamentáveis intelectuais-a-favor, os meninos direitos de quem não seria santo padroeiro nem aqui nem na casa do caralho!

Meu querido Francis, eu te devia essa. Que descanse em paz.

(17/2/2006)

Lendo o Chico (Uma Crônica Perversinha)

Outro dia sem querer acabei lendo o Chico Buarque, até porque sou meio que uma leitora compulsiva, sobretudo de ressaca num sábado de manhã quando topei com *Budapeste* intacto numa estante, então entendi porque nunca me interessei em ler os romances do Chico (um pouco porque também sou bestíssima, daquelas que não lêem gente que não pertence à série literária, para falar como Affonso Romano de Sant'Anna) não sei, ele escreve assim como um cara aposentado que de repente descobre um hobby interessante para fazer, ocupar o tempo morto lúdico da aposentadoria, até porque ele se dá conta que sabe escrever legal, uma vez que é e foi um músico e poeta genial (que só está escrevendo esses romances no lucro duma obra musical já concluída no passado, e esta sim imortal, assim como García Márquez e Vargas Llosa, e estes sim da série rigorosamente literária [escritores da mesma envergadura que o Chico compositor musical], razão pela qual agora só fazem se repetir e repetir, mordendo o rabo, é tedioso explicar isso, mas sempre tem gente que não sabe, de forma que não custa explicar esses detalhes do gênio que se esgota e prossegue girando em falso, o que não é exatamente o caso do Chico, que para não se repetir então escreve, etc.), que como músico e poeta sabe como ninguém lidar com as palavras, o cotidiano o coloquial da língua que ele domina facilmente (embora o problema de muitos escritores seja esse: escrever bem demais) aí vai contando histórias que não vive que inventa, comendo mulheres que não come que não ama que inventa agora que a vida começa a escapar-lhe das mãos do tempo do tesão que também diminui muito aos 63 anos, então posso entender o Chico que deve ganhar uma grana para escrever esses romances para se ler e esquecer imediatamente (o mercado tá cheio disso e de celebridades escrevendo isso), muito festejados pelos intelectuais todos de plantão, tipo Roberto Schwarz, mas acontece que o Roberto é desses críticos aguçadíssimos que desfiam verdadeiros tratados transatlânticos para boi dormir em cima de qualquer coisa impressa resultando assim que as críticas dele sim é que são geniais, boas de ler e reler, podem apostar, o Roberto é simplesmente um gênio da crítica e do ensaio, meio que um Borges em bom português com estilo, rigor e seriedade acadêmica com todos os seus protocolos de praxe, porque ele vai e descobre conexões sutilíssimas em cima de qualquer Mané; sem contar mil outros que tecem loas ao Chico, feito Caetano (aí meio que não vale, os músicos são corporativos, assim como os cineastas e os caras do clube de xadrez), feito o Luís Fernando Veríssimo, outro escritor copiosíssimo construtor tijolinho por tijolinho de catedrais de NADA, um compulsivo que, a julgar pela produção de texto em quantidades industriais, realmente não deve ter tempo nenhum de viver, apenas escrever e escrever (sobre o quê, Meu Deus, sobre o quê?), e olha aí, até José Saramago na orelha do Budapeste, nosso Nobel castiço de plantão, tem cara mais chato do que esse? Não, não tem. Só que ninguém diz isso, nenhum coleguinha que se preze tem a coragem suicida e maluca de dizer com todas as letras que o português é um pé no saco – e olhem que eu atravesso qualquer coisa, Joyce, Proust, tudo – Saramago é o Nobel do tédio pedante e castiço, um escritor sem sangue, milhões de vezes mais chato que o Chico, que é só moderadamente chato, um chato de Aeroporto, inclusive porque se dá ao desfrute de curtir um hobby legal na terceira idade, então fui lendo Budapeste com todas aqueles macetes e trutagens de livro bem bolado e arquitetado, um redesign fudido (pra quem gosta de redesigns), desses livros com ISO 90.000 de Esquecibilidade, porque não tem tesão, não tem paixão, apenas entretenimento, entretenimento sobretudo do gênio poético-musical aposentado (desculpe, Chico, acho você um cara legal, mas é isso que eu penso do Chico romancista). Arrematando a orelha de *Budapeste*, Nelson Ascher, um rapaz seríssimo, nos dá o derradeiro álibi para ler esse Chico por que "ele tem uma história para contar, nesses tempos de rebuscamentos literários, vazios de fabulação", algo assim. Pois é. Agora é fashion, viramos contadores de histórias, que merda, é o mote fajuto de todas as flipes, sejam em Paraty ou Pago-Pago. Desde quando? Se todas as histórias já foram contadas, e quem diz isso é William Faulkner, um escritor realmente de primeira, o importante não é o que se escreve, mas como se escreve, e isso também é tedioso ficar explicando, tanto que é melhor sair da literatura e ir para o cinema para talvez explicar melhor o que se entende por carne, sangue e ossos velozmente adorados.

Ressocado numa sessão da madrugada passa um filme do Louis Malle de 90, *Perdas e Danos*, com Jeremy Irons e Juliette Binoche (também sou cinéfila compulsiva, tipo dois a três filmes por dia) e pimba. Pela história até podia passar por um dramalhão banal, tipo Jeremy, ministro inglês de 50 anos, e sua futura nora, Juliette, se apaixonam furiosamente, com um feroz desejo físico que ninguém segura, até que são flagrados pelo filho que, fora de si, cai de costas no fosso das escadas e morre instantaneamente, desencadeando a destruição irrevogável das vidas e ligações familiares de todos os personagens envolvidos – mulher, filhos, irmãos – provavelmente pelas gerações futuras e subseqüentes. Jeremy se manda, sei lá, para o Tibete (ingleses têm esses lugares chiques para curtir suas destruições), e um belo dia, muito tempo depois, ele olha a foto dela ampliada na parede (imensa como um pesadelo, diria Yourcenar) e então se dá conta que "ela era apenas uma mulher comum".

Claro. Incomum, extraordinária é a paixão. Uma paixão impessoal, sem escolha, divina, inumana, que se abate como uma catástrofe, um tsunami que só precisa de três minutos para te varrer do mapa, da história, da geografia e por várias gerações, sem razão, sem motivo, sem mais aquela. Depois tudo volta ao normal, e um belo dia o sujeito percebe: porra, o que é que eu vi nela? Como uma estranha.

Então arte é isso, o tsunami, a paixão. Toca, cala fundo na alma, marca indelevelmente como ferro em brasa e quando nos devolve à realidade, já somos outros.

(12/3/2007)

O Inconsciente Colonial (Jorge Amado)

Tem aquele negócio do relançamento da obra do Jorge Amado pela Companhia das Letras: soube que o investimento total é de um milhão de reais, um investimento e tanto, com Chico & Caetano, os Amado's boys (que nos lances – me disseram – aparecem rapidinho e se mandam ou então permanecem colateralmente, se fazendo de esquerdos e modestos e espectadores) incluídos. Tudo muito lindo e maravilhoso e de frente para o mar, especificamente para a Lagoa do Abaeté ou Itapuã ou Arembepe, aquele mesmo onde é doce morrer chez Caymmi, à sombra dos coqueiros, garçons e macacos incluídos.

Tudo muito exótico, baby. Mas o problema é esse, baby, Jorge é – foi vendido como – um escritor pitoresco, um produto rigorosamente desonesto. Na época. Yes, nós vendíamos, nós fazíamos isso (ainda fazemos, ainda vendemos, mas essa é outra história).

Então assim é uma boa ocasião, balangandãs à parte, para uma releitura, uma revisão da obra do Jorge Amado (naquelas impressões chiquérrimas da Companhia das Letras). Que na época vendia milhões, era um fenômeno literário entre os anos 40 e 60.

Como Carmen Miranda, Oscarito, o trio Iraquitã, as chanchadas da Atlântida. Época de carnavais, boleros, dor-de-cotovelo donde Nora Ney, rock balada e dá-lhe versões linha Fred Jorge & Cyl Farney, o Sinatra versão nacional & outras macaqueações infinitas. Também tinha Ary Barroso & calouros & Aquarela do Brazil. Do que nos ufanávamos.

Como do Jorge, cujo pornoerotismo de cama & mesa era apreciadíssimo pelo nosso inconsciente colonial – o mulato inzoneiro, não é mesmo? O professor Antonio Cândido diz algumas coisinhas nada lisonjeiras a respeito. Quer dizer, nada lisonjeiras para todos nós. Se nos pretendemos povo, país, nação – civilização, macaqueações à parte.

Pornoerotismo que hoje qualquer aspirante a escritor de quinta (mas com vários jabutis e petrobrases no curriculum) da internet executa com louvor e dá de dez a zero no Jorge. Bom. Nos romances dele, as mulheres ou são putas ou cozinheiras ou ambas, porque todas são mucamas ou yayás ou ambas. Legal. Até aí, nada contra. A grande arte está acima dos modismos filosóficos idiotas da vez, politicamente corretos, esteticamente nulos. Isso *se* ele escrevesse como Cortázar ou Borges ou Faulkner ou Clarice Lispector. Como Henry Miller ao menos! Nada. Negativo.

De forma que a recepção da reedição da obra do Jorge será um bom sismógrafo, não para a Crítica Literária (que essa já está careca de saber que não deu), talvez para a Sociologia conferir o que persiste no Brasil de Casa Grande & Senzala, ou seja, a quantas anda o nosso inconsciente colonial, tão exótico e proxeneta.

Garçons e macacos incluídos.

(01/04/2008)

Biografias I (Truman Capote)

Estou lendo a biografia de Truman Capote escrita por Gerald Clarke. A encontrei atravessando numa segunda-feira a biblioteca deserta, livro do qual me aproximei a contragosto dos meus passos, de cuja leitura me acerquei com desgosto infinito como quem retorna a si após umas férias intermináveis ou duma doença crônica que se troca durante anos pela sanidade de estar vivo e escrevendo, pela saúde que significa ser escritora, quando então me aproximo ressabiada, temendo o que vou ler, a quem vou reencontrar.

Mas existe outro detalhe importante: encontrei essa biografia de Truman Capote na segunda-feira, 25 de agosto, e depois descobri que é a data de sua morte em 1984. De forma que foi o livro – ou TC – que me encontrou.

Olhem, não existem coincidências, tomo Borges por testemunha: "Todo acaso é um encontro marcado, toda derrota é uma misteriosa vitória, toda morte é um suicídio."

(in "A outra morte", *O Aleph*).

TC é de 30 de setembro de 1924, da geração que nasceu nos anos vinte. A minha, emergindo em 80, só teria dez anos para produzir uma obra, entre 80 e 90 – afinal os latino-americanos tiveram que entregar os pontos dez anos antes dos russos, mas ao fim e ao cabo e em virtude da ideologia reinante, a Cultura de Mercado, todos nós, escritores ocidentais, entregamos os pontos. Não sabíamos – embora pressentíssemos que havia algo de muito errado no ar – que teríamos tão pouco tempo para o exercício do pensamento independente.

Ele era duma geração de escritores imediatamente posterior à "geração perdida" da qual faziam parte Hemingway, Gertrude Stein, Fitzgerald, Joyce, que teriam entre vinte e trinta anos no entreguerras, viviam em Paris e todos duríssimos, sem grana, algo compensado pela juventude, talento ("Viva! Estamos perdidos!" – gritava Dorothy Parker) e uma atmosfera mágica, tensionada entre dois momentos que coexistiam na geografia parisiense, o

Ancien Régime e a recentíssima modernidade tecnológica, isto é, o passado e o futuro conviviam no presente. Francamente. E a falta de grana não impediu que um bando deles não só ganhasse como até recusasse o Nobel de Literatura: Faulkner, Hemingway, Steinbeck, T. S. Eliot, Gide, Sartre (este recusou).

Mas a geração de TC despontou em 45-50, nos "anos dourados" da Pax Americana (que acabaram em 1989 com o colapso da União Soviética e o fim da Guerra Fria) e deu o próprio TC, Gore Vidal, Tennessee Williams, Christophe Isherwood (uma pá de veados), J. D. Salinger, Saul Below, Philip Roth, Malamud (uma pá de judeus), Carson MacCullers, Mary MacCarthy, Joyce Carol Oates, Sylvia Plath, Susan Sontag (uma pá de mulheres), Norman Mailer, Nabokov, Antony Burgess (uma pá de escritores não enquadrados-em-nenhuma-das-categorias-anteriores). Foram anos politicamente incorretos? E o macartismo comendo solto.

Desde *Other Voices, Other Rooms,* em 1948, até 1983, data da sua última publicação (*Answered Preyers*), Capote teve quarenta anos para realmente produzir uma obra, que atingiu seu ápice em 1964 com *A Sangue Frio* – embora eu a considere apenas um terço da sua grande aposta literária, se levarmos em consideração o impacto duradouro de peças como *Breakfast at Tiffany's, Os Cães Ladram, Música para Camaleões,* no sentido duma verdadeira busca existencial através da linguagem e, nesse ponto, percebe-se quanto o filme Capote é uma bobagem mercadológica equivocada, exagerando a importância dessa obra para o autor, como se a vida e a literatura de TC se resumissem a ela, fossem uma progressão única na direção deste livro.

Eu não queria fazer comparações estúpidas, mas elas são um fato. Não só em tempo como em dinheiro. Já no primeiro livro, *Other Voices, Other Rooms* (1948), ele recebeu 25 mil dólares da Randon House; por *Bonequinha de Luxo* (1958), 300 mil dos produtores de Hollywood – aliás, uma miséria se pensarmos nas quantias estratosféricas que o mercado editorial paga ao lixo contemporâneo, tanto o que encomenda como o produzido espontaneamente – e TC nem era considerado pela comunidade literária norte-americana um escritor do primeiro time! (idem comunidade literária brasileira, a turma daquela época ainda tinha uma noção mais clara de valores).

Fazendo um balanço, tudo o que *esses caras* tiveram – juventude, talento e até dinheiro no tempo devido – nós, os contemporâneos também temos, claro, só não tivemos, agora percebo, este tempo específico – um Zeitgeist propício para que se engendrassem universos, outros universos, possíveis, diversos.

Eles tiveram esperança.

(29/8/2008)

Algumas Coisas Que Eu Sei sobre Truman Capote

O filme Capote, protagonizado pelo brilhante Philip Seymour Hoffman (ninguém é perfeito), baseado no livro Capote, a biografy (1993), de Gerald Clarck, chama a atenção – pelo menos a minha – para a essência e a real importância dum livro como A Sangue Frio. Porque agora temos quarenta anos de visão crítica diacrônica.

No prefácio de um de seus últimos livros, Capote explica sua atração pelo jornalismo como forma de arte autônoma, uma vez que pouquíssimos escritores da série literária se dedicavam ao jornalismo narrativo, salvo sob a forma de ensaios de viagem ou autobiografias. Ao escrever a novela *The Muses Are Heard*[1] (1955), ele descobre tanto a fórmula como seu objetivo: queria escrever um romance jornalístico, algo em grande escala que contivesse a verossimilhança do fato, a comunicação imediata do cinema, a densidade da prosa e a precisão da poesia.

Quatro anos depois, em 1959, um "instinto misterioso" o guiou para o assunto: o assassinato dos quatro membros de uma família – pai, mãe, filho e filha – a tiros de espingarda no rosto, na pequena cidade de Holcomb no Kansas. Um crime sem motivo aparente e sem pistas. Porque não havia como ligar as vítimas aos assassinos, uma dupla de marginais, ou apenas dois rapazes pobres atraídos pela marginalidade porque suas vidas eram uma progressão feia e suja do nada ao nada.

O motivo seria o roubo, mas ao constatarem que na casa não havia dinheiro ou joias e que haviam caído na conversa fiada dum parceiro de prisão, subitamente, numa sequência brutal, veem-se matando aquelas pessoas tão

1 Publicada no Brasil como Ouvem-se as Musas em Os Cães Ladram: Rio, Civilização Brasileira, 1977.

honestas, tão boas, tão respeitáveis, tão seguras em sua bela casa, suas terras, seu saldo bancário. Inatíngiveis aos ladrões. Sessenta dólares, um binóculo e um rádio Zenith foi tudo que levaram. Para Perry Smith, um dos assassinos, "o Sr. Clutter não me fez nada, não foi alguma coisa que algum deles tenha feito, não sei, acho que eles tiveram que pagar por todas as coisas ruins que aconteceram na minha vida". De certa forma, a morte daquelas pessoas fora um acidente impessoal, como se um raio as tivesse atingido.

Jung ensina que se a sociedade está mal, então deve existir algo muito errado com o indivíduo, e este é o fim do paraíso da inconsciência e da inocência coletivas. Nessa perspectiva ampla, *A Sangue Frio* anuncia o fim da Era Eisenhower, do bom-mocismo norte-americano do pós-guerra, do autoengano, do progressismo inocente e equivocado, representado nas imagens emblemáticas de famílias felizes de pequenas e idílicas cidades do Meio-Oeste, na linha do seriado *Papai Sabe Tudo*.

Segundo Jameson, se há algum "realismo" nos anos 50, este pode ser encontrado na representação da cultura de massa, o único tipo de arte que podia lidar com as realidades asfixiantes da Era Eisenhower, a realidade das cidadezinhas dos Estados Unidos que se julgavam ameaçadas pelo comunismo mundial, pelos extraterrestres e, secundariamente, pela pobreza do Terceiro Mundo. Na época, Faulkner, Hemingway, os sulistas e os nova-iorquinos desviam-se do assunto "cidades do interior" por um caminho que as deixa fora da alta literatura.

Mas é por aí, digamos, por Holcomb no Kansas, que Truman Capote irá detectar a falha no sistema, graças à nova forma proposta – o romance jornalístico, com sua linguagem no registro aparente da cultura de massa. *A Sangue Frio* já sinaliza as mudanças da sociedade norte-americana pré-Vietnã, pré-movimentos hippie, feminista etc., quando então seus valores seriam totalmente questionados.

No entanto, *Capote*, o filme, preferiu reduzir esse grande painel, bem como a importância do escritor e sua obra, a questões de decadência moral e profissional, bloqueio criativo e envolvimento emocional de Truman Capote, numa caracterização super-hiper-gay de Hoffman, com um dos assassinos. Como se dissessem: "Não acreditem em nada do que ele diz, não passa dum pobre veado alcoólatra e drogado", na mesma linha do "pobre filha da puta" aplicada a Scott Fitzgerald no final da vida – alcoólatra, endividado, vagando pelos estúdios duma Hollywood implacável.

Malditos puritanos! Como se fosse possível ser cristão ignorando-se o ideal de igualdade e fraternidade que está no centro do cristianismo.

A diferença entre as duas sociedades é que a de 1960 se conhecia pela "Falsa Consciência", a consciência envergonhada de suas injustiças, enquanto a de 2000 se conhece pela "Consciência Perversa", que não só ignora a desigualdade social como quer mais é que você se foda.

(26/2/2006)

Biografias II (Gore Vidal)

Agora estou lendo a autobiografia de Gore Vidal (*Palimpsesto, memórias*. Rio, Rocco, 1996), considerado o maior rival e inimigo declarado de Truman Capote. Quer dizer, "lendo" é força de expressão, antes "decifrando" aquilo que sobrou duma péssima tradução: ironicamente, tanto Vidal quanto Capote em versão brasileira empatam, isto é, são igualmente mal traduzidos. E, absurdamente, Gerald Clarke, um escritorzinho de quinta categoria, biógrafo de TC, recebe uma tradução impecável assinada por Lya Luft (lembrando que, um dia, ela foi uma escritora rigorosamente da série literária).

Os agentes literários desses dois não deviam nos subestimar tanto, people do Third World. É por coisas desse tipo que se descobre o que o Primeiro Mundo pensa do Brasil e tudo o mais que vive e respira por aqui – em estreito convívio urbano com cobras, jacarés, coquetéis servidos em cocos, garçons & macacos incluídos.

E não estão errados, sobretudo ultimamente, de forma que tudo o que tais obras podem fazer é dialogar com a ignorância do público e a ausência da crítica: clamar no deserto! Sobra apenas aquela meia dúzia de leitores privilegiados (entre os quais me incluo, claro) que ainda lembram que as coisas nem sempre foram assim por aqui. Noves fora.

Voltando a Gore Vidal: naturalmente, entre as memórias de GV escritas pelo próprio e a biografia de TC escrita por um sujeito de quinta, naturalmente se fica com o primeiro (quer dizer, depois que se desconta a péssima tradução, o maldito editor que precisa diminuir custos, o maldito agente literário que nos subestima, o maldito autor que fica de touca porque é um idiota, etc., etc., etc.), mas também fica algo que, ao fim e ao cabo, realmente conta, que é a obra de um e outro e, no caso, TC ganha disparado.

Afinal, quem já não leu (ou ouviu falar ou assistiu ao filme) *Breakfast at Tiffany's* ou *A Sangue Frio*? E você, leitor brasileiro, já leu o que de Gore Vidal, que mal lhe pergunte? *A Cidade e o Pilar* ou *Myra Breckenridge* ou *Burr* ou

Duluth? Hein? Talvez mais recentemente *Washington D.C. ou Império*, por fazerem parte da crônica política americana contemporânea.

Há pouco EU li *Washington D.C.*, que esqueci totalmente mal fechei o livro. Terá sido a má tradução (também da Rocco, como esta gentilmente me lembrou na orelha de *Palimpsesto*), que o nivela a qualquer coisa escrita por Sidney Sheldon? Outro com ISO 90.000 de Esquecibilidade? Bem mais memoráveis são os ensaios de Gore Vidal – aquele dedicado à Scott Fitzgerald é divertidíssimo e inesquecível!

Daí que as *Memórias* idem, porque, na verdade, Gore me parece mais O Cronista Norte-Americano por Excelência, e não o Ficcionista, tal como ele se imagina (sorry, cara, que é Capote e, num nível mais elevado, Steinbeck, Hemingway, Faulkner, em razão da universalidade dessa gente). O próprio Gore himself, o tempo todo no livro, faz questão de enfatizar *seu* sangue azul, *suas* raízes como neto de senador, *suas* conexões com a Casa Branca, *suas* intimidades com Jack e Jackie Kennedy (meio-irmão por parte de pai de Jacqueline née Bouvier), *suas* divergências com Bobby K. – então QUEM mais podia estar por dentro de tudo senão ele próprio?

Mas falta algo, não sei, a tradução não destrói tanto assim um grande escritor – não o fez com Capote.

Ainda assim, há momentos de elevada intensidade poética, o sujeito sabe o que está fazendo, sem contar algumas declarações absolutamente incríveis, conquanto memória político-literária de curto, médio e longo prazos (ele devia ser leitura obrigatória no vestibular, eu falo sério), até porque se a literatura é a única arte que não pode ser globalizada (graças à barreira da língua), por outro lado é internacionalizada – seus valores são válidos universalmente – qualquer escritor de quinta da internet te confirma isso, pode apostar.

Então, lendo Vidal, o belo aristocrata, é quase como se Capote, o anão plebeu, pudesse ter escrito suas memórias – e não poderia tê-lo feito tão bem quanto GV ao escrever as próprias. Concluindo (e descaradamente plagiando Borges): talvez porque, para a eternidade, ambos sejam a mesma pessoa.

(2/9/2008)

Dezoito Anos sem Caio Fernando Abreu (1996-2014)

Fomos amigos, cúmplices, irmãos, inimigos íntimos, éramos semelhantes em nossas personas públicas, nossas máscaras, armaduras & todo arsenal que mobilizávamos para vencer na carreira literária: armados até os dentes.

Para escritores brasileiros rigorosamente da série literária, a aposta é altíssima, o ganho quase nulo e o resultado para lá de incerto. Paralelamente à nossa criação, tínhamos que inventar a nós mesmos e, nesse aspecto, fomos muito eficientes.

Mas aprofundando o exame de personalidades, caindo as máscaras, chegando a maturidade, também éramos totalmente diferentes e é desse Caio absolutamente outro que quero falar e é impossível tentar apreendê-lo sem associá-lo à sua literatura. Affonso Romano de Sant'Anna observa que em Tom Jobim e Vinicius de Moraes, a biografia e a bibliografia informam o mesmo comportamento estético-existencial; quanto a Caio F, eu diria que este foi além, pois à sua vida & obra ele acrescentou sua morte, encarnando a contragosto o Espírito dos Anos 80, a década perdida.

Como Perítoo do mito grego, preso à rocha, ligado para sempre à "preciosidade dificilmente alcançável", mas contra sua vontade e para seu próprio mal. A identificação de Caio F com o Zeitgeist ligado à Aids, também associou para sempre sua obra a uma literatura gay, com prejuízo dos demais aspectos.

Porque Caio não queria morrer, claro, mas basta um exame superficial em quase todos os textos que escreveu a partir de 80, para captar a onipresença da morte pela Aids, metafórica ou metonímica, nos temas, atmosferas, citações. Então foi como se a invocasse, convidasse, previsse, assumindo seu clima – o "rodenir do embaço" – exercendo uma estética autocondenatória.

Afinal, sentia-se condenado, queria-se condenado, uma condenação que fazia sentido no plano moral e religioso de seus rígidos padrões herdados, e acabou fazendo sentido também no plano existencial. A primeira autocondenação foi inconsciente, a segunda não, mas o mal já estava feito. De modo que sua morte foi suicídio.

Por isso não posso perdoá-lo. Quer dizer, posso compreender e perdoar o amigo, não o escritor, esse eu não perdoo mesmo.

As Cartas (Rio, Aeroplano, 2002) apontam algumas dominantes em Caio F:

a) A absoluta necessidade que tinha de mentir para si próprio, autoenganar-se, seja nos seus amores, seja na sua morte. Consciente ou inconscientemente, ele os associava;

b) A absoluta necessidade que tinha de mentir para os outros, ocultar sua natureza profunda. Caio era cheio de mistérios, de segredos. Explico: para o grupo de escritores com quem conviveu em São Paulo de 78 a 94, composto por Lygia Fagundes Telles, Julieta Godoy Ladeira, Edla Van Steen, Ricardo Ramos, Silvio Fiorani, Marcos Rey, Raduan Nassar, Anna Maria Martins, Ignácio de Loyola, Ivan Ângelo, eu mesma, entre outros, Caio silenciava suas amizades & conexões gaúchas, supondo que o julgássemos provinciano; silenciava suas peças de teatro, seus textos para a televisão que seu lado Jacira, frívolo, queer, curtia escrever, supondo que isso o diminuiria aos nossos olhos, uma vez que o "núcleo duro" de escritores desconsiderava tal produção enquanto arte. Muito ascendente em Libra, Caio preferia revelar apenas o que supunha ser agradável ao outro;

c) A absoluta necessidade de Caio de expressar sua natureza gay. Sua "anima desocupada" – como eu a chamava poeticamente, meio brincando, meio a sério, ele gostava da expressão – que socialmente ocultava, manifestava-se com força total na linguagem e na escrita frenética, urgente, compulsiva de milhares e milhares de cartas ao longo de sua vida, forma de expressão entre o fuxico e a confissão.

No fundo, as cartas tinham uma função terapêutica no sentido de manter sob controle – "ocupada" no sentido positivo – aquela "anima desocupada", fútil, atenta a banalidades e coisas de somenos, ridícula, menor, tola, como qualquer mulher inculta e ávida por mexericos, unicamente interessada nos galãs das novelas, no que tocava no rádio, nas roupinhas da estação, e cuja maior qualidade residia no senso de humor queer, que tornava mais leve, arejava, a pesada melancolia em Caio F.

Deixada livre, teria sido um desastre para o escritor.

Quem disseca essa problemática magistralmente é Proust quando escreve sobre a "mulher que existia no interior do barão de Charlus" em certos fragmentos particularmente magistrais de *Em Busca do Tempo Perdido*. O exemplo mais recente são as citações de Marcelo Mirisola na novela *Acaju*, quando se refere ao "jardim gay de Caio F": será que as impressões de Caio F no imaginário posterior se reduzem a estereótipos gays? O que é, simultaneamente, inevitável e lastimável, sobretudo quanto à recepção futura da ficção do autor gaúcho.

Outro dia, conversando com Silvio Fiorani – autor da mesma geração, assim como João Gilberto Nöll, Sérgio Sant'anna, Domingos Pellegrini, eu mesma –, observamos que a carreira prematuramente cortada não permitiu que Caio transcendesse a questão do gênero em sua ficção, algo que ocorreria com o tempo, e ele era talentoso demais para não o perceber. A visão, a emoção, a manutenção do ponto de vista dum narrador exclusivamente homossexual (ou qualquer outra obsessão monomaníaca) restringe, limita e aprisiona o grande artista.

Porque a despeito dos aspectos problemáticos do ser humano transitório, da pessoa que foi, apesar dos pesares e de si mesmo, graças à sua ficção, Caio Fernando Abreu é um grande artista.

Assim, Caio, amigo, irmão, cúmplice, inimigo íntimo, a você deixo a irredenção,

Esta culpa prisioneira e vagabunda, minha irremediável saudade.

Viva Vargas?

Tudo começou porque eu queria conhecer melhor o peruano Vargas Llosa, 74 anos (Premio Nobel tardio *demais*), como cronista, e também porque tenho lido e ouvido horrores do sujeito – na minha opinião, um dos maiores e mais originais ficcionistas mundiais do último meio século, derradeira e finíssima flor do boom literário latino-americano (fenômeno ocorrido entre 1960 e 1990) – que guinou alucinadamente para uma certa ultradireita apátrida (aquela do lado certo do azar), servil e com asinhas, um pouco estilo FHC, só que COM talento e muitíssimo a perder, porra.

Até *A História de Mayta, Quem matou Palomino Molero?*, sem contar *Conversa na Catedral*, irretocável obra-prima, *A Casa Verde e A Guerra do Fim do Mundo*, era um dos meus autores de sustentação (e o desgraçado ainda é). Mas aí pelo final dos anos 90, não sei por quê, parei de ler seus novos lançamentos – precisamente em *A Festa do Bode*, sobre Trujillo da República Dominicana, que aliás acabo de ler, elucidando meu inexplicável desinteresse antes como um mau presságio: Vargas Llosa baixou de categoria.

Até porque o direitismo babaca, a puxassaquice pânica euro-ianque e uma certa gagueira prematura (só por desaforo pra deixar ser imbecil) devem ter contribuído sobremaneira. Só para terem uma ideia: a heroína de *A Festa do Bode*, Urania, foragida adolescente da ilha graças às *bondosíssimas madres católicas* (sic), vive nos EUA como alta funcionária do Banco Mundial, instituição para a qual se dedica full-time. Imagino que caprichando nas desregulações, ajustes estruturais e fodendo exemplarmente todas as repúblicas imprestáveis e preguiçosas do Third World.

Pois é, Marito, não me engana que eu não gosto.

Voltando: começou também porque, a propósito de conhecer o cronista, junto com *O Bode* (editora Mandarim, 2000) veio *A linguagem da paixão, crônicas* (Editora ARX, 2000). Engraçado. Até quanto às editoras, Llosa baixou o nível, lembro que anteriormente era exclusivo da Francisco Alves. E com direito a traduções de Olga Savary (sorry, Wladir Dupont, você também é ótimo, mas infelizmente desse Vargas ruim).

Recomecemos: aleatoriamente abri num texto, "O Príncipe Agoureiro", em que Llosa comenta – elogiosamente – o ensaio *Guerra Civil*, de Hans Magnus Enzensberger. Bom, não conheço este do Enzensberger, mas quando li: "essa violência moderna que existe e explode quase sempre de forma gratuita e autodestrutiva e vai convertendo o globo numa selva de tribos em guerra, onde toda diferença se torna um risco moral e um vagão de metrô (europeu) pode se converter numa pequena Bósnia", aí caiu a ficha: Paulo Arantes, em *Extinção* (Boitempo, 2007) – objeto de três críticas minhas, "Admirável Mundo Novo" e "Marcas do Mal" I e II – também comenta este ensaio especificando o mote "metrô-Bósnia".

Mas com significados e conteúdos diametralmente opostos!

Vejamos primeiramente Enzensberger na "visão" de Vargas Llosa (a crônica é de 1995, lá vão alguns trechos que, bom, prefiro não botar os adjetivos, só atentem para os meus itálicos):

"O pessimismo de Enzensberger tem como ponto de partida a criação do mercado mundial. O triunfo do sistema capitalista e o fato de que hoje a produção e o comércio só podem ser feitos em escala planetária, dentro dessa rede de interdependência econômica onde funcionam empresas e países, criou-se uma enorme massa de pobres 'estruturais' – por ele chamados 'massas supérfluas' – condenados a uma marginalização inescapável. Esse catastrofismo não está apoiado em fatos (*sic*) e se funda numa visão errônea do capitalismo. Graças à voracidade que lhe é inata, o sistema que criou o mercado foi se estendendo das antigas cidades europeias até todos os cantos do mundo e estabeleceu esse mercado mundial como uma realidade irreversível (*there is no alternative, eis a nossa velha Tina*). Mas graças a isso os países pobres podem, hoje em dia, começar a deixar de ser pobres e, como a Indonésia (*que desmontou em 1996*), chegar a ter uma estrutura econômica mais sólida que a da Grã-Bretanha (*que derreteu parcialmente em 2008*), ou as reservas financeiras astronômicas de Taiwan (*implodidas junto com as dos demais 'tigres asiáticos' em 1997*), ou criar um milhão de empregos em cinco anos como fez o Chile (*de Pinochet, of course, naquela época eles deviam ser unha e carne. Aquele general encantador que privatizou as aposentadorias!*)."

Lá pelas tantas, Vargas, muito lampeiro, anuncia de modo edificante: "Mas essa insatisfação e desgosto dos pobres com sua pobreza gera também uma energia formidável que, bem canalizada, pode se converter num extraordinário motor do desenvolvimento. Assim aconteceu com os países do sudeste asiático (*de novo, os tristes tigres, pra quem sabe da história toda*) que, com todas as críticas que se lhes possa fazer – relativas à liberdade política e aos direitos humanos, por exemplo (*bobagem!*) – mostraram que podem criar milhões de empregos e condições de vida dignas para sociedades que até ontem figuravam entre as mais atrasadas do planeta."

De fato: Hernando de Soto, Nestor Garcia Canclini[2] e Vargas Llosa – as tietes latino-americanas da globalização – constituem o quarteto trio *Los Tontos*, comemorando a chegada de Papai Noel, isto é, Santa Claus.

Agora, o mesmo assunto e Enzensberger himself por Paulo Arantes (com toques da minha colher torta). Referindo-se ainda aos estudos sobre violência urbana, Arantes constata uma inversão de perspectiva quando se passa da periferia para o centro: diante da explosão de violência também inusitada nas últimas décadas de crescimento econômico, ninguém fala em coexistência paradoxal entre violência e democracia, mas da descoberta terrível de que algo como "um capitalismo com lei e cidadania" pode não ter sido mais do que uma miragem de trinta anos:

"Enquanto nos democratizávamos na periferia – democracia ainda que marcada pela regressão econômica que também sepultaria a simétrica ilusão desenvolvimentista – as sociedades centrais viviam o retorno dramático da 'questão social', isto é, redescobriam que as desigualdades estavam de volta, cavando uma nova fratura social, que a pobreza não fora banida, sendo os 'novos pobres' uma legião, que o racismo e a xenofobia redivivos pareciam recompor o cenário de entreguerras ou, ainda pior, que a violência, supostamente absorvida por um secular processo civilizador, parecia retornar em escala endêmica, não só nos bairros sinistrados e gueitoizados das grandes cidades. Em vez do 'paradoxo', uma ferida narcísica de bom tamanho: onde está a 'civilização' de sociedades que já não eram mais nem coesas,

2 Que desses dois, De Soto e Garcia Canclini, realmente NÃO vou dar release! Vão procurar no Google!

nem igualitárias e, muito menos, pacíficas? O fato é que a associação entre capitalismo, industrialização e guerra parece vincular 'pacificação' interna nos limites territoriais dos Estados capitalistas, deixando de lado a 'nova violência' inerente aos processos de exploração econômica 'pacífica' ao 'pós-militarismo' voltado para fora nas relações de competição interestados na arena política mundial.

"No livro 'Guerra Civil', H. M. Enzensberger afirma que qualquer vagão do metrô numa capital europeia pode se transformar numa Bósnia, algo típico dum processo de terceiromundização (tiermondization) do Primeiro Mundo. Só que o europeu ou norte-americano parece esquecer que se hipoteticamente um bairro inteiro de qualquer grande cidade norte-americana ou europeia virasse uma Bósnia, as forças policiais da ordem agiriam como numa guerra de trincheiras, tratando seus habitantes como um exército de ocupação faria como o inimigo, etc."

Está em todos os filmes xyz-adnauseam que eles produzem para suposto consumo dos trouxas aqui da periferia, dos quais eles próprios são os maiores (talvez únicos) fãs e consumidores, noves fora a idiotia onipresente de plantão em frente às telinhas e telões do planeta. Universalmente, não se trata de promover a guerra civil, de modo algum, mas de promover a guerra contra os civis, incluindo a econômica no pacote aliado do pós-capitalismo suicida, flexibilizado e triunfante.

By the way: quem é "O Príncipe Agoureiro"? O nosso queridíssimo Hans Magnus Enzensberger, a quem Vargas chama de "príncipe da intelligentsia europeia". No melhor estilo ancilar.

Condoleezza Rice, Sarah Palin e demais membros do Tea Party devem ter adotado *A linguagem da paixão, crônicas* de Llosa como livro de cabeceira. Com Nobel e tudo.

(30/5/2010)

O Mestre do Insuportável

Eis meu muso 2000: Marcelo Mirisola, cujas terríveis crônicas publicadas originalmente no site da AOL (América On-Line) estão reunidas no livro *O Homem da Quitinete de Marfim* (Record, 238 pgs.). A propósito, para quem padece de eventismo & modismos afins, tanto a literatura eletrônica quanto a crônica estão rigorosamente na ordem do dia: de um lado, a chegada às livrarias, também esta semana, de *As Cem Melhores Crônicas Brasileiras* (Objetiva, 360 pgs.), prometendo mapear este gênero que dizem ser brasileiro desde o século XIX até nossos dias, e de outro, as "tours" virtuais de escritores que passarão a exibir-se a si próprios e suas obras em vídeo e cd-rom em livrarias e outros locais do ramo (O Globo, 23/6), tudo isso excluindo a própria Flip que acontece inevitavelmente – fiel como o mau hálito, como uma espécie de maldição, de destino adverso – neste mês de julho em Paraty.

Aliás, a famosa crônica do Mirisola sobre a Flip/2006 sofreu censura e não sai neste livro. Ótimo. Assim, com a consciência tranquila, posso excluir duplamente a Flip do meu texto. Só lamento a ausência do texto dele sobre a Flip, este sim obrigatório, necessário, canônico mesmo sem estar publicado, canônico porque censurado. Devia ser adotado nas escolas, um dos raros antídotos contra o embotamento progressivo da nação.

Eu podia dizer que Mirisola é o escritor mais original que vi surgir em trinta anos de vivência e convivência com várias gerações de poetas, prosadores, nacionais e estrangeiros, amadores e profissionais, e como tal ele ocupa um estatuto único em nossas letras. Podia e digo, só que não parece fazer nenhuma diferença para os picaretas de plantão nas letras, todos felicíssimos dando e recebendo mutuamente jabutis e paratys no circuito fechado da mediocridade que não só se generaliza como universaliza. Na próxima encarnação farei curso de emburrecimento intensivo, eu juro. O ibope é garantido!

Eu podia dizer que Mirisola inova ao assinar a orelha do próprio livro, mas seria mentira, porque depois de sete livros e dez anos de carreira, ninguém ignora sua arrogância, seu humor perverso, sua crueldade insensata e gratuita, mas ninguém parece perceber – ou se percebe, não diz – que é ele quem se fode, se crucifica, se autoimola, é só ele, sempre ele. Nem sacrificante nem sacrificado, é ele próprio o sacrifício.

Então se ninguém se machuca nem se prejudica, qual é o grilo?

O grilo é que genialidade não se premedita.

O maluco diz: "Ninguém escreve como Marcelo Mirisola, encrenqueiro por natureza e irremediavelmente carta fora do baralho de prêmios, jornadas literárias e idílios em Paraty, não porque ele não queira, mas porque os burocratas e executivos das letras morrem de medo de ouvir o que ele não cansa de repetir e cobrar nestas crônicas." Quer dizer, sua poética suicida que se consuma na ética mirisoliana, ele e sua Uzi, seu tacape envenenado, seu priapismo metafísico.

A crônica do Festival de Gramado é absolutamente hilária, implacável, que seria do showbiz – essa calamidade cotidiana que corrói nossa humanidade – não fosse vez ou outra Mirisola reportá-lo? Uns trechos:

"Na condição de 'jornalista' tive que pagar o mesmo mico do tapete vermelho que os galãs, ex-galãs, duplas sertanejas e convidados pagam para entrar e sair do Palácio dos Festivais – o 'templo' do cinema brasileiro. Entrar e sair, repito. O único corredor polonês do mundo com mão dupla. Do outro lado, os turistas. Posso dizer duas coisas: em primeiro lugar, não queria ser o Tarcísio Meira. A segunda: os turistas urravam (...)

"Em 1973, na primeira edição de Gramado, eu tinha sete anos e estava trancado numa escolinha experimental para filhos de nazistas endinheirados. Bons tempos aqueles. As misérias em seus respectivos lugares. Você apanha, eu bato e a gente se entende. Em 1973, Vera Gimenez estava nos trinques e Luciana, sua famosa filha, ainda engatinhava rumo ao bolso de Mick Jagger. No alto da serra, Vera Fischer, a 'Super Fêmea', se engalfinhava com outras atrizes em busca de um melhor lugar no sofá. As coisas – repito – eram mais simples. Daniel Filho e Jece Valadão faziam o bar mitzvá de suas respectivas cafajestices e Rui Guerra ainda não era o chato que filmaria Quarup em 80.

"Tudo muito simples. Penso que o Rio Grande do Sul, este lugar que é um épico antes de ser um estado, não merecia ser bregão feito Santa Catarina, nem por um minuto. O resultado é que Zezé di Camargo & Luciano, a dupla Marabraz, se esbaldou por aqui.

Será que a Letícia Spiller não quer dar para mim?

"Isso aqui é um pesadelo de cachecóis, futuros ex-Tarcísios Meiras e Glórias Menezes comendo queijinho derretido, vive-se na iminência da aparição do Amaury Jr. Um lugar que congela o cérebro onde uma pergunta não quer calar: o que significa aquela barbinha pintada do Rubens Ewald Filho? Essas duplas sertanejas podem comprar churrascarias de luxo, uma carreira de sucesso para os filhos, até mansões em Miami; e o Caetano Veloso, diretores e roteiristas competentes podem gastar o dinheiro deles como bem entender, mas não me digam que são 'bacanas' ou que a música deles é legal, e o pior – isso soa como vender a alma prum diabo de quinta categoria – não me digam que eles são 'a cara do Brasil!'"

É isso aí. O mestre do insuportável, segundo ele mesmo. Não gostou? Assine um jornalão, leia a Veja, recorra aos manuais acadêmicos e finja que Marcelo Mirisola não existe.

O problema é seu.

(25/6/2007)

Algumas Coisas que Sinto por Oswald de Andrade

Certa vez, numa matéria que escreveu para o JB, o escritor Nelsinho de Oliveira definiu Hilda Hilst, a mim e Marcelo Mirisola como a avó, a mãe e o filho da mãe, uma linhagem literária que primaria pela arrogância, irreverência e deboche, trinca à qual eu acrescentaria Oswald de Andrade como bisavô-muso de nós três, paulistanos, sobretudo porque Oswald é um paulistano de quatro costados (e paulistano é o única criatura deste planeta que não fica louvando a própria terra, algo unânime em todas as partes do mundo, de Carapicuíba a Pago-Pago).

Não que sua literatura nos tenha influenciado (aposto que, como eu, Hilda deve tê-lo lido ligeiramente, sorrido e passado adiante. Mirisola idem), não se trata exatamente de influência ou incorporação (claro que se ele ou Mário [de Andrade] não tivessem existido, nossa história literária seria outra); a relação é antes de identidade, sintonia e, naturalmente, território.

É muito engraçado comparar as versões – ou leituras – que tiveram dele, digamos, o sociólogo Sérgio Miceli (*Intelectuais à Brasileira*), Antonio Candido, Haroldo de Campos e Sérgio Porto – o velho e bom Stanislaw Ponte Preta. Sem contar o poeta Affonso Romano de Sant'Anna, que faz a crítica (*O Seqüestro de Mário de Andrade Por Mallarmé Campos*), na verdade, esculhamba Haroldo de Campos via Oswald, pois "Haroldo não consegue pensar em Mário desvencilhado de Oswald. O fato de ter posto a foto dos dois autores em duas páginas fronteiriças, cara a cara, marca seu dilema. Sua tese é sobre Mário mas não consegue pensar sobre ele a não ser em presença de Oswald, tentando aprisionar *Macunaíma* entre *João Miramar* e *Serafim Ponte Grande*, procurando a dimensão oswaldiana latente."[3]. Pois é, latente onde?

---

3 In *O Que Fazer De Ezra Pound?* pg. 20. Rio, Imago, 2003.

Oswald foi uma das obsessões intelectuais de Haroldo, tanto quanto Pound e Mallarmé, o que, aliás, não significa grande coisa até porque os demais concretistas do núcleo duro – Décio Pignatari e Augusto de Campos – são, foram e serão eternamente obcecados por um certo cânone fora do qual, segundo eles, não existe vida inteligente. De Antonio Candido, um dos "chato-boys", Oswald foi contemporâneo, amigo e eventual desafeto – mas ambos se respeitavam, sobretudo porque eram muito diferentes, competindo em raias outras.

Para Sérgio Miceli, intelectual já da minha geração, Oswald de Andrade, dândi e líder estético, foi objeto de estudo. E bem distante. Senão vejamos: "O casal formado pelo poeta Oswald de Andrade e pela pintora Tarsila do Amaral é a encarnação mais perfeita do estilo de vida dos círculos modernistas, obcecados ao mesmo tempo pelo brilho social e pretensão da supremacia intelectual."

Pertenciam a famílias abastadas da oligarquia, vivendo à custa das rendas provenientes da especulação imobiliária e dos lucros da exportação de café. Faziam sucessivas viagens à Europa, frequentavam teatros de vanguarda, balés russos, noitadas nos círculos diplomáticos, conferências na Sorbonne, corridas de cavalos e automóveis, lutas de boxe, aprendiam a dançar o Charleston, adquiriam quadros de Léger, objetos art déco, sapatos Perugia, camisas Sulka, "pijamas de apartamento", perfumes Rosine, móveis Martine, vestidos de Poiret, tinham audiências com o papa, etc."[4] Sérgio, sociologicamente implacável e realista, assinalava a linha de terra, desromantizando Oswald. E agora? Quem ainda sintoniza com esse "transgressor"?

Eu, naturalmente. O fato de o sujeito ser filhinho de papai ou do "matriarcado de Pindorama", "um homem sem profissão e sob as ordens de mamãe" (algo que ele ainda botou em título de livro, cruzes! Vai ser burguês assim no inferno!) não invalida sua genialidade, não é mesmo?

O Manifesto Antropofágico já o teria justificado por toda eternidade. E a sua absoluta independência de espírito – sobretudo atualmente, quando é a covardia e o conformismo que caracterizam o espírito de época.

4 In Intelectuais à Brasileira, pg. 96/97. São Paulo, Cia das Letras, 2001.

E agora algumas pérolas da arrogante (e lacônica) sinceridade oswaldiana, brilhante qualidade a que ninguém se atreve mais (entrevista dada em 1954 a Sérgio Porto, reproduzida no site www.tanto.com.br).

Quais os livros essenciais da humanidade?
OA. Nem a Bíblia, nem o Alcorão.

O que acha da sua poesia? Seus romances? Suas ideias?
OA. Não posso dizer por que você não publicaria.

Onde gostaria de morar?
OA. Em Paris.

Melhores e piores romancistas brasileiros?
OA. Os piores: o búfalo do Nordeste, José Lins do Rego, e o bentevi do Sul, Érico Veríssimo. Mas pior poeta há um só, Augusto Frederico Schmidt.

Qual o maior sociólogo brasileiro?
OA. Eu.

Você se acha um homem justo?
OA. Perfeitamente.

Quais os mais requintados imbecis do Brasil?
OA. Pedro Calmon, Pedro Bloch e Nelson Rodrigues.

Que acha do Plínio Salgado?
OA. Uma vaca.

Por que o Brasil perde os campeonatos de futebol?
OA.Por causa do José Lins do Rego.

Que escritores jovens você deportaria do Brasil?
OA.Mandava o poeta Luana voltar para Luanda, Lêdo Ivo para a Oceania, de onde veio, e José Condé ficava porque não é jovem nem escritor.

Qual seria sua atitude se Getúlio desse um golpe?
OA. Aderia.

Acha que o samba melhorou?
OA. Piorou.

Que acha dos auxiliares do Getúlio?
OA. Quais?

(12/5/2006)

Mário Brasileiro

Nos 454 anos desta Pauliceia, que não é mais Desvairada, pensar na figura emblemática e no legado de Mário de Andrade (1893-1945) é evidenciar – talvez a palavra fosse "atualizar" – a crônica indigência e hipocrisia política e cultural brasileiras.

São Paulo é tema central da obra deste Mário que, sendo autodidata, precisou fazer investimentos culturais tão grandes que acabou cobrindo quase todos os domínios artísticos e científicos da época (literatura, belas artes, música, folclore, etnografia e história) ao preço de permanecer solteiro e misógino toda sua vida, segundo Sérgio Miceli, "em companhia da mãe, da madrinha, da irmã mais moça e da preta Sebastiana, pois são essas algumas das condições que lhe permitiram levar a cabo o projeto de ser um intelectual total nas condições da época". Em síntese, um polígrafo.

Mas São Paulo seria apenas o começo para este modernista empenhado em inventar um projeto de país que incluísse todos os aspectos da diversidade cultural brasileira, projeto que iria materializar-se em 1935.

Ainda segundo Miceli, o Departamento Municipal de Cultura, implantado durante a gestão do prefeito Fábio Prado, resultou do projeto elaborado por um grupo de intelectuais da oposição democrática liderados por Paulo Duarte e Mário de Andrade, nomeado diretor do Departamento. Comenta Paulo Duarte: "Nós sabíamos que o departamento era o germe do Instituto Brasileiro de Cultura. Primeiro, um Instituto Paulista, depois, com Armando Sales na Presidência da República, seria o Instituto Brasileiro, uma grande fundação libertada da influência política, com sede no Rio, núcleos em Minas, Rio Grande do Sul, Bahia, Pernambuco e Ceará.

"Tivéramos uma ideia genial que Armando Sales aprovou: os institutos de cultura assistiriam todas as grandes cidades com a colaboração da universidade, porque não comportando todas elas uma faculdade, teriam contato íntimo com esta através de conferências, cursos, teatro, concertos. O Departamento de Cultura era apenas o início. Entusiasmado com esse início, Armando Sales de Oliveira inscreveu-o no programa com o qual se apresentava para a Presidência da República."

O mais estranho é que este Mário, no princípio, não só era apartidário como também apolítico, segundo alguns autores, uma vez que "não tomou partido na Guerra de 14-18, pouco ligou à Revolução de 1924 e muito menos à Coluna Prestes e mais: na longa correspondência que manteve com Manuel Bandeira, não havia uma só palavra sobre política!" (Miceli)

Contudo, a ambivalência dos sentimentos em Mário não é novidade, afinal ele é trezentos, se não for trezentos e cinquenta, e esta se explica por uma crença no retorno dos valores universais e eternos do homem de espírito. Assim, caminhando pela terra do "pragmatismo", ele se aproxima do Departamento de Cultura, já que não podia mais aguentar ser um escritor sem definição política. Mário, que já havia se "suicidado" na década de 20 por fazer "arte de ação", agora se "suicida" uma segunda vez: "Seria um suicídio satisfatório e me suicidei", diz ele.

Não foi. Sem mais aquela, da noite para o dia ele veria desfazer-se seu trabalho.

Silviano Santiago comenta: "Mário toma posse e descobre o inevitável: a máquina burocrática emperrada, as limitações de verba. Também recebe o departamento com pessoal completo e já nomeado. Sobram-lhe alguns cargos técnicos. Entre os possíveis, fica para Oneyda Alvarenga o de 'discotecária', isso se o Prefeito não cortar a verba pedida pra Discoteca. (...) A simpatia pela causa paulista termina de maneira drástica e trágica para Mário, como atesta em carta escrita a Rodrigo de Melo Franco em 14 de junho de 1938, onde fala de sua intenção de buscar emprego no Rio: 'Qualquer coisa serve, quero partir, agora que já ficou provado que não roubei nada nem pratiquei desfalques. Só isso me interessava saber e está provado pela devassa que fizeram'. Sob pesadas e injustas acusações, Mário é posto na rua em 1938".

A Carlos Drummond de Andrade e outros amigos que correm a ajudá-lo, ele avisa: "Apenas noto um engano em vocês todos, amigos bons demais. É o esforço de me dar um posto elevado e com melhores vencimentos. Pois juro a vocês que isso não é da minha preferência agora. Prefiro mil vezes um posto que me conserve na obscuridade, subalterno de outros que mandem em mim e a quem eu obedeça sem responsabilidade. Quero escuridão, não quero me vingar de ninguém, quero escuridão".

No Rio, Mário chega a diretor e catedrático do Instituto de Artes da Universidade do Distrito Federal, mas é a São Paulo que deixa seu testamento poético: afinal, não é para casa que retornamos antes de morrer?

Ele escreve: "Meus pés enterrem na rua Aurora/ No Paissandu deixem meu sexo/ Na Lopes Chaves, a cabeça/ Esqueçam/ No Pátio do Colégio afundem meu coração paulistano".

(24/01/2008)

Chomsky e a Música das Esferas

O pensamento de Noam Chomsky costuma despertar em mim sentimentos contraditórios: nada é tão compensador – porque, afinal de contas, ele nomeia e atesta, com lucidez cegante, a realidade geopolítica atual, aliás evidente a quem não aceita render-se ao fascínio discursivo da ideologia neoliberal, se quiser continuar olhando a mesma cara no espelho – e, ao mesmo tempo, nada é tão inquietante – porque, insidiosamente, nomear o evidente é navegar contra a corrente! (não acredito que um dia escreveria isto.)

Contudo, Chomsky é considerado o intelectual mais importante do mundo pelo The New York Times e as revistas Foreign Policy (USA) e Prospect (Inglaterra), o que significa que os anglo-saxões podem ser tudo, do melhor ao pior do planeta, mas não são burros. O dominador não pode se dar ao luxo de negar a realidade, sob pena de perder o domínio, razão pela qual ele tanto produz o "discurso ideológico" para uso exclusivo do dominado – e isso inclui especialmente seus sócios menores, as elites canalhas do Terceiro Mundo – como o antidiscurso (de Chomsky & outros).

Na entrevista que deu recentemente à revista Isto É (a propósito do lançamento no Brasil de seu livro *Estados Fracassados: o abuso do poder e o ataque à democracia*, Rio, Bertrand – ainda não li), ele faz declarações tão diretas e tão lúcidas (e tão óbvias) que relega as questões da infeliz repórter à categoria de imbecilidades subalternas & burras. Confiram:

Pergunta: Os Estados Unidos são uma democracia fracassada?

Chomsky: Se você comparar as eleições de 2008 com as de um dos países mais pobres do hemisfério, a exemplo da Bolívia, o processo é radicalmente diferente. Você pode gostar ou não das políticas do presidente Evo Morales, mas elas vêm da população. Ele foi escolhido por um eleitorado popular que traçou suas próprias políticas. As questões são muito significativas: controle dos recursos naturais, direitos culturais. A população não se envolveu apenas no dia das eleições, essas lutas estão ocorrendo há anos. Isso é uma democracia.

Os Estados Unidos são exatamente o oposto. O melhor comentário sobre nossas eleições foi feito pela indústria da publicidade, que deu a Obama o prêmio de melhor campanha de marketing do ano.

P: Alguns presidentes sul-americanos são chamados de populistas.

Chomsky: Populista quer dizer alguém atento à opinião popular.

P: Mesmo quando a distribuição de recursos não é sustentável?

Chomsky: Distribuição de recursos tem a ver com política econômica. Nos Estados Unidos, o país mais rico do mundo, a política econômica é definida por instituições financeiras e pessoas que levaram o país e boa parte do mundo à ruína. Isso não é populismo, é política econômica destinada a enriquecer um setor bem pequeno. Você pode até discutir se a forma que Evo Morales distribui recursos é correta, mas chamar isso de populismo é usar palavras feias para políticas que desagradam aos ricos.

P: O presidente Hugo Chávez acaba de passar por um referendo que permite sua reeleição ilimitada. Isso é aceitável em uma democracia?

Chomsky: Você acha que os Estados Unidos foram um Estado fascista até 1945, quando tínhamos a mesma regra? O presidente Roosevelt foi eleito quatro vezes seguidas. Eu, pessoalmente, não aprovo, mas não posso dizer que isso seja incompatível com a democracia, a não ser que você diga que os Estados Unidos nunca foram uma democracia. Isso vale também para outras democracias parlamentaristas, em que o primeiro-ministro pode ser reeleito de forma indefinida.

P: O sr. acha que o presidente Lula representou alguma mudança para o Brasil?

Chomsky: De forma geral, suas políticas têm sido bastante construtivas. A disposição inicial de aceitar a disciplina das instituições financeiras internacionais foi questionável. Até havia justificativa para isso, mas ele poderia ter escolhido políticas alternativas que teriam estimulado mais a economia. Acho também que as políticas poderiam dar mais apoio a organizações como o Movimento dos Trabalhadores Sem Terra (MST). Mas, em geral, o país parece estar andando na direção certa. A disposição de lidar com os problemas internos de desigualdade extrema, da fuga de capital, entre outros, está pelo menos na agenda. Além disso, há a tendência de integração regional e independência. A União de Nações Sul-Americanas (Unasul) é um exemplo, mas existem muitos outros, e a integração é um pré-requisito para a independência. De maneira geral, isso torna a América do Sul, do meu ponto de vista, o lugar mais interessante do mundo atualmente.

P: E qual o papel do Brasil?
Chomsky: O Brasil tem um papel central na integração regional, pois é o país mais rico e poderoso da região. O presidente Lula tem tomado uma posição muito boa, garantindo que países que os EUA tentam arruinar, principalmente a Bolívia e a Venezuela, estejam integrados ao sistema. O Brasil também está aumentando as relações com outros países do Sul. Mas a dependência das exportações agrícolas é uma forma questionável de desenvolvimento. Deveria haver tentativas de desenvolvimento que não dependessem tanto de exportações, como a da soja.
P: Vê algo de positivo no papel dos Estados Unidos atualmente?
Chomsky: Sim. Mas não se deve esperar que os países mais poderosos sejam agentes da moralidade. Não faz sentido ficar elogiando esses países pelas coisas decentes que fazem. Os Estados Unidos deveriam, por exemplo, ter um papel fundamental na reconstrução de Gaza depois das terríveis agressões feitas junto com Israel – foi um ataque em conjunto, pois eles estavam usando armas dos EUA, é claro. A estrangulação de Gaza pelos Estados Unidos e Israel, apoiada pela União Europeia, começou imediatamente após as eleições, que foram reconhecidas como livres e justas, mas os Estados Unidos não gostaram do resultado e punem as pessoas. É uma boa indicação da aversão extrema que as elites ocidentais nutrem pela democracia.
P: Como o sr. vê o ressurgimento de medidas protecionistas nos Estados Unidos e na União Europeia?
Chomsky: Antes de falar sobre isso, temos que eliminar uma grande quantidade de mitologia. Os Estados Unidos, o país mais rico do mundo, sempre foram altamente protecionistas. Sua economia avançada depende crucialmente do setor estatal. Se você pensa em computadores, internet, tecnologia da informação, laser, tudo isso foi financiado pelo Estado. Você não pode falar em livre mercado porque eles não acreditam nisso.
P: O capitalismo está entrando em colapso com a crise?
Chomsky: O único lugar onde o capitalismo existe é nos países do Terceiro Mundo, onde ele é imposto à força."

Malgrado a precisão cirúrgica, a última frase ficou ressoando como música em meus ouvidos.

(13/4/2009)

Algumas Coisas que Eu Sei Sobre Ignácio de Loyola Brandão

Será que ele me permite uma inconfidência? Este ano, ao tomar posse na Academia Paulista de Letras, Ignácio me manda um e-mail sedutor, convidando para a cerimônia e para "não o deixar sozinho naquelas escadarias" ou algo assim. Descontando o charme – porque o Ignácio adora jogar charme (sorry, meu chapa) – claro que eu iria, querido Ignácio velho de guerra. Mas sei lá, na véspera acabei esticando na noite, donde que, dia seguinte, curtindo uma ressaca tremenda, sem contar a viscose mental, me desculpei, não fui. E pela primeira vez desde que nos conhecemos (e lá se vão trinta anos) Ignácio bronqueou comigo, por escrito. Cruzes, então não era charme!

Discreto, talvez tímido, inescrutável até, às vezes, Loyola pode ser um bocado imprevisível. Ele nos surpreende. Recuando no tempo, eis a mais remota lembrança que tenho dele (e também a primeira impressão definitiva): o ano é 1977, eu acabara de lançar meu primeiro livro, *Tango Fantasma*, na época ele era, além de escritor já consagrado, editor da revista Lui (cuja redação ficava na Av. Paulista, esquina da Augusta, vizinha de porta da Status, editada por Gilberto Mansur), e sem mais aquela, sem me conhecer, ele publica uma nota a respeito do livro cujo efeito foi fulminante: vendeu 300 exemplares no dia seguinte!

O que ele escreveu? "Este não é apenas um livro de contos, é toda a sabedoria sexual de uma mulher concentrada em 108 páginas!" Na mosca. Bom, o fato é que a "mulher" em questão só tinha vinte e poucos anos, não era nada sábia, antes duma imaturidade e incultura abissais! Claro, como aquela garota poderia entender que Ignácio não se referia a ela, mas à escritora? Aliás, na época, eu estava mais para Pítia de Delfos do que escritora propriamente, era gás puro!

Mas com uma perspectiva de 30 anos, inevitavelmente acabamos avaliando a vida e a obra dos companheiros, e frequentemente o resultado é inesperado: obras & carreiras literárias consideradas vitoriosas nas décadas de 70 e 80, chegam em 2000 esquecidas, sem relevância, atualidade ou importância, enquanto outras crescem e se afirmam com a passagem do tempo – que não passa em vão. Este é o caso do Loyola, que cresceu, aliás, por outras razões que não as apontadas pela crítica acadêmica que não menos inevitavelmente privilegia o estudo do romance, relegando a produção de contos e crônicas ao limbo de opus menor.

Não que Ignácio não seja excelente romancista – seu *Zero* goza de estatuto único em nossas letras, não só por difundir e aprimorar a técnica ensemblage do romance-mosaico, mixando linguagem literária e jornalística (cuja referência seria John Dos Passos), como também pelo fato de ter sido publicado primeiro no exterior, no caso pela Feltrinelli na Itália, o que faz de *Zero*, quer por seu percurso intratextual, quer intertextual, sua singular trajetória editorial, uma verdadeira aventura.

Eu já disse em outra parte que não é preciso escrever muitos livros, mas escrever algo representativo, que faça toda a diferença, que cumpra a missão de ferir o imaginário de sua época, deixando uma marca indelével nos corações, mentes e textos das gerações posteriores.

É isso que está ocorrendo com a obra de Ignácio de Loyola Brandão e o próprio Ignácio himself, biografia e bibliografia informando o mesmo comportamento estético-existencial.

Ultimamente, me fisgo re-len-do Loyola, cronista de viagem de *O Verde Violentou o Muro, Cuba de Fidel* ou *Loyola de São Paulo S/A em As Melhores Crônicas* (Global, 2004), que é quando ele se faz mais íntimo, sedutor, realmente se abre (se abre mesmo? Impossível saber!), capturando a cumplicidade incondicional do leitor, um texto que permanece em nós como "o romance fragmentado de uma vida" – mais por ser romance do que por ser vida simplesmente – que de ambos este Ignácio, cronista, é um mestre.

Ultimamente, certos contos dele novamente me surpreendem, novamente me deslumbram, como *Obscenidades para uma dona-de-casa* ou *Um tiro certeiro*: se o conto é uma obra de arte, sobretudo uma obra de precisão, o Ignácio é um artista consumado.

Algo em Loyola me lembra o Georges Simenon que, quando questionado sobre quando escreveria seu grande romance, respondeu:" Eles não compreendem. Jamais escreverei um romance longo, meu grande romance é o mosaico formado por todas as minhas pequenas novelas – e, erguendo o olhar – O senhor percebe?".

Como o mosaico (o padrão, não?) celestial formado por todas as suas pequenas crônicas, inesquecivelmente, meu querido Ignácio.

(19/6/2007)

Plataforma 00 para Ítalo Moriconi

Conheci Ítalo Moriconi em 2000, quando ele estava organizando *Os Cem Melhores Contos do Século* para a Objetiva. E, coisa raríssima – para mim e, acredito, também para ele –, houve uma forte conexão, imediata, um mix de sintonia, paixão, amizade e déjá-vu! Como se fôssemos irmãos, aliados, cúmplices e amigos, infinitamente generosos e tolerantes, ao mesmo tempo e o tempo todo! Ponto de exclamação (a propósito: um escritor americano considera que jamais se deve usar pontos de exclamação: é como rir da própria piada).

É uma relação mais ou menos assim: se ficarmos sem nos falar ou encontrar durante, sei lá, vinte anos, quando retomarmos a conversa, será como se o tempo não tivesse passado, quer dizer, a ligação se restabelece sem feedback – tipo "como vai/ e sua mãe/ e sua mulher/ os filhos/ ainda naquele emprego?", e todas aquelas frases de circunstância que funcionam como band-aids e algodões substituindo falta de intimidade, desamor, indiferença, esquecimento.

Mas nossa ligação – minha e de Moriconi – funciona como o inconsciente coletivo (e Jung que me perdoe a impropriedade científica, em nome da licença poética), que tem o dom da ubiquidade: funciona para trás (visitando incessantemente o passado) e para frente (ocasionalmente prevendo o futuro), e tudo isso girando no intervalo dum presente eterno.

Bom, nossa relação é meio isso – esta plataforma – com os misteriosos fundamentos do nosso afeto inexplicável. Que começou em 2000. Moriconi, além dum tremendo mestre das letras, é um dos pouquíssimos teóricos da literatura brasileira contemporânea que temos na atualidade – quando RARÍSSIMOS SÃO AQUELES QUE SE ARRISCAM PARA ALÉM DOS ANOS 30/40 – ergo, a originalidade (e a ousadia) só podia ser uma das suas grandes qualidades. Coincidentemente, ele andou formulando para a Literatura do XXI uma proposta que ele chama de *Plataforma 00.*

Sintetizando suas ideias, a questão é (sorry, Ítalo, mas agora, vou tirar as aspas, para não encher o saco do leitor): por que o escritor (e sua obra) neste século XXI continua tão importante quanto no passado? Ainda tem algum valor a narrativa escrita frente à eficácia do cinema e da televisão? O que a escrita tem que nenhuma outra arte pode ter? (*Salvo ser a única arte para a qual se confere o Prêmio Nobel?*)[5]

Para Ítalo Moriconi, a escrita tem a capacidade única de mimetizar a interioridade da mente (mimetizar = representar). O cinema, a televisão, a performance (inclusive a dança) podem projetar cenas que representam o interior da mente, mas elas não podem apresentar o processo do pensamento, que é verbal. Quando num filme se quer representar o pensamento de alguém, é necessário colocar uma voz em off dizendo o texto que mimetiza o pensamento. Tais exemplos apontam para o limite da linguagem cênica e para a irredutível necessidade da presença do verbal na esfera da expressão.

Citando Moriconi: "Assim, a literatura sobrevive e renasce, neste século XXI, afirmando seu terreno no campo daquilo que se pode chamar *Plataforma 00*. O 00 é o mínimo definidor do literário. O mínimo definidor do literário se ancora no caráter único da escrita como arte, por ser a única capaz de mimetizar ou re-apresentar a intimidade do pensamento, a reflexividade do pensamento, a auto-reflexividade do sujeito individual. Todas as outras coisas que eram feitas pela literatura canônica do século XIX, na esfera do narrativo e do ficcional, são hoje em dia feitas em concorrência ou com vantagem pelas linguagens midiatizadas (aquelas que são perpassadas pelas imagens técnicas) da civilização do simulacro. Para começar, uma narrativa cinematográfica ou televisual traz sobre a literária a vantagem da rapidez.

"Resta a escrita, paixão perversa do eu (pois é na compulsão pela escrita que o mais baixo, o blogueiro, e o mais alto, Proust, coincidem). É por aí que se pode entender também por que o registro da vivência imediata tornou-se um clichê (mais um) na literatura contemporânea, a começar pela proliferação dos blogs, de São Paulo a Bagdá.

"É por essa redução ao mínimo comum multiplicável – *Plataforma 00* – que se pode entender por que o fator autobiográfico (que alguns chamam de

5 Atenção: estas intervenções em itálico são minhas.

autoficcional) constitui o elemento mais vital na literatura atual. A literatura como fator de subjetivação, criação gráfica de um ponto de vista reflexivo sobre o mundo. A interioridade da mente possui duas dimensões igualmente importantes: uma dimensão dramática, cênica (muito trabalhada por Freud) e uma dimensão linguística (latifúndio de Lacan). A dimensão linguística é a dimensão reflexiva e autorreflexiva.

"Ao pensar, estamos falando. É esta fala silenciosa da mente que a literatura, e somente a literatura, pode captar." (Meu itálico)

Dá-lhe, mestre Ítalo, ainda temos você a nos lembrar, a nós, escritores, da nossa importância, nossa relevância e, naturalmente, que "há mais lágrimas derramadas por preces atendidas do que por preces em vão" (Santa Teresa D'Ávila). Naturalmente, você vai chorar depois, meu bem, por isso, cuidado com o que pedir aos deuses – eles podem te atender. E eu SEI do que estou falando, baby, pode apostar.

Uma última lembrança que resume nossa relação (e que exemplifica o que ele formula teoricamente): Ítalo tem uma filha que casou há poucos anos e que IA entrar com o pai na igreja. Pouco antes, ele comentou comigo, entre orgulhoso e assustado:

"Já pensou, Márcia, eu entrando na igreja: vou me sentir o próprio Álvaro Gardel!" (a propósito: *Memorial de Álvaro Gardel* é o título dum conto meu em homenagem ao meu pai), ao que a amiga lhe respondeu, com palavras de carinho e encorajamento.

Porque a escritora não teve palavras.

(01/12/2010)

Drummond Terrorista

"A bolsa de valores intelectuais é emotiva e calculista como todas as bolsas. Hoje temos talento, amanhã não. Éramos bons poetas na circunstância tal, mas já agora estamos com o papo cheio de vento; somos demasiado herméticos, demasiado vulgares, nosso individualismo nos perde; ou nosso socialismo; chegamos a dois passos da Igreja, o que nos falta é o sentimento de Deus; nossa prosa é lírica, nossos versos são prosaicos."

A autocrítica acima está assinada por Carlos Drummond de Andrade, poeta e terrorista, profeta mineiro cismador, até porque sempre haverá uma pedra no meio do futuro do Continente Americano ao Sul do Equador, naqueles Tristes Trópicos definidos magistralmente, posto que poeticamente, por Lévi-Strauss.

Aliás, sabe-se, magicamente, com aquele saber destinado às coisas sem importância, como quando se afivela no rosto a cara de circunstância ou pronuncia-se frases de ocasião ou se faz o sinal da cruz a título de esconjuro, que artistas e poetas de gênio, no papel de antenas da civilização, podem prever o futuro, conquanto, racionalmente, já não se acredite que artistas sejam antenas de coisa alguma, porque afinal quem se preocupa com clichês? Ninguém, salvo escritores para quem essa ideia não é nenhum clichê, embora encerre uma misteriosa verdade não demonstrável.

A última vez que Carlos Drummond de Andrade me assombrou foi logo após o 11 de setembro de 2001, quando um amigo escritor me mandou sua Elegia 1938, que entre nós, escritores, circulou de coração a coração como samizdat, cujos dois últimos versos transcrevo:

Caminhas entre mortos e com eles conversas
Sobre coisas do tempo futuro e negócios do espírito.
A literatura estragou tuas melhores horas de amor.
Ao telefone perdeste muito, muitíssimo tempo de semear.
Coração orgulhoso, tens pressa de confessar tua derrota
E adiar para o outro século a felicidade coletiva.
Aceitas a chuva, a guerra, o desemprego e a injusta distribuição
Porque não podes, sozinho, dinamitar a ilha de Manhattan.

Um poeta como Drummond é porta-voz da boa (e má) consciência coletiva, no caso, a brasileira. E a consciência coletiva é atemporal porque tem o dom da ubiquidade: move-se para trás, reportando-se ao passado, e para frente, visitando o futuro. Este poema, por exemplo, escrito da distância infinita de 68 anos atrás, aponta palavras futuras que diríamos se tivéssemos coragem.

Sabe, Carlos, já estamos no outro século, mas já adiamos para o próximo a felicidade coletiva. Porque continuamos covardes.

(25/5/2006)

Antonio Candido, Mestre e Guia

A propósito de livros e autores de formação, chegou às livrarias a reedição da obra mais importante de mestre Antonio Candido, *Formação da Literatura Brasileira*, pela editora Ouro Sobre Azul, num projeto coordenado por sua filha Ana Luísa Escorel.

Em 2003, durante minha defesa de tese na PUC de São Paulo, sede da corrente literária formalista liderada por Haroldo de Campos e Décio Pignatari, ocorreu um certo mal-estar na banca pelo fato de tê-la embasado com muitas ideias de Antonio Candido, ligado à corrente antagônica de inspiração sociológico-marxista predominante na USP.

Mas em minha especialização como pesquisadora de literatura eu buscava antes integrar diferentes abordagens críticas do que meramente descartar umas por outras, intuindo secretamente – e com toda razão – que esta polêmica se tornara anacrônica. Posto que horrores bem piores hoje nos assolam, nenhum pior e nem mais horrível do que o colapso da própria crítica, desde que arte e cultura têm sido implacavelmente colonizadas pelo interesse econômico.

Em meu processo de escritora brasileira que, num momento da vida, sentiu necessidade de pensar e entender seu país de ontem e de hoje, que retornou à universidade nos anos 90 em busca de respostas para um mundo que se transformara totalmente, mestre Antonio Candido apareceu como o guia que favoreceu as melhores aproximações, permitindo um reajuste de foco.

Porque a característica central do mestre é a articulação sofisticada entre sociedade e literatura. Por conta desta capacidade de análise, suas contribuições são decisivas para a compreensão da sociedade brasileira. Para ele, o essencial é demonstrar de que maneira as condições sociais são interiorizadas e se transformam em estrutura literária, conjugando portanto estrutura literária e função histórica.

Roberto Schwarz lembra que, à época da publicação da "Formação", em 1959, Antonio Candido exercia uma posição avançada, opondo-se ao positivismo rasteiro dos estudos literários tradicionais, sendo ao mesmo tempo criticado por não ter incluído na "Formação" figuras como Gregório de Matos e o Padre Vieira. Maliciosamente, Schwarz comenta que outros críticos, "ou os mesmos em momentos diversos", o acusam de bitolamento nacionalista por historiar uma aspiração nacional, referindo-se a Haroldo de Campos em "O sequestro do barroco na formação da literatura brasileira: o caso Gregório de Matos".

Assinalando que AC tem um conceito materialista e não tradicionalista da tradição, observa que há uma complementaridade entre o tradicionalismo severo e a capacidade de revolucionar uma forma, como se na ausência de tradição rigorosa, as mudanças radicais se tornassem impensáveis.

Ou seja: os vanguardismos concretistas dos irmãos Campos tinham que se reportar a Vieira e Gregório de Matos, do contrário não fariam sentido! E este é apenas um dos nós da polêmica PUC/USP citada anteriormente. Na *Formação*, o sistema literário brasileiro – entendido como interação autor-obra-público – se define entre 1750 e 1880, na articulação de Arcadismo, Romantismo e Proclamação da Independência, culminando com o surgimento dum escritor da envergadura de Machado de Assis.

É em Machado que a formação se conclui. Por quê? Entre outras razões, porque este utilizou outros autores brasileiros como precursores para construir sua obra, ainda que muito inferiores a ele, não importa, as influências lá estão, e um sistema literário só existe quando acontece esta integração local de autores vivos e mortos, a despeito das influências estrangeiras. Isto é, só foi possível surgir um escritor de porte universal como Machado porque já havia um sistema literário nacional.

Ensina Antonio Candido que Machado de Assis soube ver e aproveitar meticulosamente os acertos de nosso romance romântico, de resto tão fraco, redimensionando e solucionando problemas armados por autores como Martins Pena, Manuel Antônio de Almeida, Joaquim Manoel de Macedo, José de Alencar, sem prejuízo da influência de Laurence Sterne.

Como Flaubert, seu contemporâneo na França, Machado havia estudado seus predecessores, testado suas situações ficcionais, racionalizado seus procedimentos, mas a modificação (em *Memórias Póstumas de Brás Cubas*) que desloca todo o resto é a incorporação do narrador humorístico do *Tristam Shandy*. Segundo R. Schwarz, o resultado é extraordinário, sobretudo como revelação de dimensões profundas da sociedade brasileira. Por isso não é exagero considerar Machado como um artista do mesmo nível de Flaubert que, também se servindo da tradição do romance francês e aparando os excessos em Stendhal e Balzac, realizou em sua pureza o ideal da prosa narrativa moderna.

No que se refere à literatura universal, a posição de Machado não é "central", comparado a Flaubert; nem sua língua é o francês, com uma tradição talvez milenar de pensamento e exercício do idioma. Mas, precisamente por suas "desvantagens", Machado de Assis é absolutamente genial.

Contudo, o mestre adverte que *o importante é uma literatura média, feita por muitos escritores médios*. Porque o gênio surge até no deserto do Saara, num oásis pode surgir um Homero e fazer uma Odisseia. O gênio é uma coisa, mas a Literatura é outra coisa, isto é, um processo histórico de natureza estética, que se define pela inter-relação das pessoas que a praticam, criam uma certa mentalidade e estabelecem uma certa tradição. Quando acontece isso, a literatura está constituída.

Assim, Antonio Candido foi como o sacerdote nas cerimônias de iniciação: levou-me pela mão até o limiar dos mistérios (para o iniciado, a visada crítica tem algo de profundamente misterioso) e retirou-me a venda dos olhos.

(11/11/2006)

Livre-pensar Bourdieu

Um dos grandes pensadores do nosso tempo, o sociólogo francês Pierre Bourdieu, morto em 2002, passou do pensamento à ação, sobretudo na década de 90, engajado na luta contra o neoliberalismo, cuja ação e retórica ele denunciava com as armas afiadíssimas dum pensamento quase milenar, como o francês, isento das ilusões e fascinações pseudorracionalistas vigentes, sem contar as ambições mascaradas sob o rótulo do "politicamente correto".

Esta atuação de Bourdieu se traduz numa série de entrevistas, artigos e conferências que o leitor brasileiro pode acompanhar nos volumes de bolso publicados por Jorge Zahar sob o título *Contrafogos – táticas para enfrentar a invasão neoliberal.* Até porque mergulhar de cabeça na prosa cerrada desse mestre é um empreendimento um tanto árduo, malgrado suas contribuições fundamentais para o avanço do texto sociológico contemporâneo.

Bourdieu é o profeta da "autonomização dos campos", campos dos profissionais liberais, sejam juristas, escritores, antropólogos, artistas plásticos ou cineastas, uma das conquistas das sociais-democracias da segunda metade do século XX, que institui o campo profissional como instância máxima de consagração, a saber: um escritor só é importante se for reconhecido por seus pares, idem o cineasta, o antropólogo, o advogado, etc.

Naturalmente, esta é uma supersimplificação da teoria, claro, contudo em nosso pequeno âmbito sempre é possível prestar tributo a ele que foi um dos raros representantes de um pensamento livre, não obstante sistemático, rigoroso, um pesquisador desinteressado, a serviço da humanidade. Quando se referem a Bourdieu, os críticos anglo-saxões, invejosamente, reportam-se ao "seu aristocratismo", "às suas preocupações com o social que excluiriam o econômico". Pois sim. A seguir, algumas de suas ideias:

- É a estrutura do campo mundial, que exerce uma coação estrutural, o que confere aos mecanismos globalizados uma aparência de fatalidade. A política de um Estado particular é largamente determinada pela sua posição na estrutura da distribuição do capital financeiro (que define a estrutura do campo econômico mundial). Mas a teoria econômica não leva em conta, na avaliação dos custos de uma política, o que se chamam custos sociais;

- É preciso que todas as forças sociais críticas insistissem na incorporação aos cálculos econômicos dos custos sociais das decisões econômicas: o que custarão a longo prazo em demissões, doenças, suicídios, alcoolismo, drogas, violência familiar? Mesmo que isso possa parecer cínico, é preciso aplicar à economia dominante as suas próprias armas e lembrar que na lógica do interesse mais amplo, a política estritamente econômica não é necessariamente econômica;
- A essa economia estreita e de visão curta é preciso opor uma economia de felicidade, que levaria em conta todos os lucros, individuais e coletivos, materiais e simbólicos, associados à atividade e inclusão (como a segurança), e também os custos associados à inatividade e à precariedade (como as drogas, etc.).
- Porque não se pode trapacear com a lei da conservação da violência: toda violência se paga. Por exemplo, a violência estrutural exercida pelos mercados financeiros sob a forma de desemprego, de precarização, tem sua contrapartida a médio e longo prazo, sob forma de violência, drogas, criminalidade.
- Nos Estados Unidos, há um desdobramento do Estado: de um lado, um Estado que mantém as garantias sociais apenas para os privilegiados, suficientemente cacifados para que possam dar garantias; de outro, um Estado repressor, policialesco, para o povo. Na Califórnia, um dos estados mais ricos, desde 1994 o orçamento das prisões é superior ao orçamento de todas as universidades reunidas. Os negros do gueto de Chicago só conhecem do Estado o policial, o juiz, o carcereiro e o oficial da condicional. Temos aqui uma espécie de realização dos sonhos dos dominantes – um Estado reduzido unicamente à sua função policial.
- Flexibilidade, palavra-chave do neoliberalismo, significa trabalho noturno, nos fins de semana, coisas inscritas nos sonhos patronais. O neoliberalismo faz voltar, sob as aparências de uma mensagem muito chique e moderna, as ideias mais arcaicas do patronato mais arcaico.

É próprio das "revoluções conservadoras" de Thatcher, Reagan e outros apresentar "restaurações como revoluções". Essa "revolução conservadora" do tipo novo tem como bandeira o progresso, a razão, a ciência (economia, no caso) para justificar a restauração e tentar tachar de arcaísmo o pensamento e a ação progressista. Ela constitui como regra ideal a lei do mercado, isto é, a lei do mais forte;

- A ideologia neoliberal se apoia numa espécie de "neodarwinismo social": são os melhores e mais brilhantes que triunfam. Há os winners (vencedores) e os losers (perdedores). Supõe que a inteligência é concebida como um dom divino, quando se sabe que na realidade ela é distribuída pela sociedade, fazendo com que desigualdades sociais sejam desigualdades da inteligência. Aliás, os dominantes sempre tiveram necessidade de uma "teodiceia de seus privilégios", isto é, de uma justificação teórica para o fato de serem privilegiados;
- A ideologia anglo-saxã, sempre moralizante, distinguia os pobres imorais e os "deserving poors" – pobres merecedores de caridade. Assim, a essa justificação ética, acrescentou-se uma justificação intelectual. Os pobres não são apenas imorais, alcoólatras, corrompidos; são também estúpidos, pouco inteligentes.

Eis aí bons exemplos do livre-pensar Bourdieu, artigo raríssimo no atual "mercado de trocas simbólicas", uma derradeira expressão também cunhada por ele.

(24/01/2009)

Siglas, Slogans, Grupos, Movimentos & Etc.

Flip & FHC

Os organizadores da Flip foram extremamente coerentes ao escolher FHC para abrir a versão 2010 da Festa Literária Internacional de Paraty, até porque tal escolha é a cara desse, digamos, evento, reunido em torno duma espécie de gueto (literalmente) elitista, alienado, globalizado. Não propriamente globalizado, mas apátrida, já que o dinheiro não tem mãe, muito menos língua-mãe, tampouco pátria-mãe.

A Flip não festeja absolutamente a Literatura nem os escritores e muito menos o autor brasileiro, mas exclusivamente o mercado editorial, a literatura mercantilizada. É apátrida. Ou seja, a barbárie.

Ou na famosa equação de Cortázar: Literatura = Informação de Luxo. Enfeite. Perfumaria. Ornamento crítico = FHC (que já vem com PHD) C.Q.D.

Deu no UOL: Meia hora antes da inauguração da Festa Literária de Paraty, um pequeno grupo de moradores da cidade chamou a atenção diante do kibu, digo, Tenda dos Autores, onde se realizam os principais debates. Eles portavam cartazes e camisetas com frases de protesto contra a presença do ex-presidente Fernando Henrique Cardoso: "Viva Saramago. FHC não!", gritava a organizadora do protesto. "O que você acha de FHC abrir uma festa literária em pleno ano eleitoral? Ele podia vir em qualquer ano, menos neste. Ele é porta-voz de um partido político. A simples presença dele já é uma opção política da Flip".

Pois é. Em 2010, a organização da Flip abre o jogo e confessa logo de que lado está. Mas a Flip se esquece da própria Flip (esquecendo sobretudo que cultura é um processo cumulativo. Mas quem falou em cultura? Claro, claro). Quando lá estive, em 2005, eu vi: Arnaldo Jabor não pôde concluir sua palestra devido ao fato de elogiar em público este mesmo FHC. A vaia do público – os intelectuais e convidados presentes sob o kibu, digo, tenda – foi tão estrondosa que o sujeito teve simplesmente que se mandar e pano rápido.

Aliás, este enclave que privilegia poucos, raros e extremamente discutíveis (senão irrelevantes) elementos ligados ao livro (vamos excluir de uma vez por todas a palavrinha Literatura, sim? Vamos deixá-la fora DISSO, ok?), notadamente judeus, deveria armar seu luxuoso pavi, digo, kibutz à beira do Mar Morto, quiçá Tel Aviv.

Senão vejamos: entre os convidados, resplandecem nomes como Abraham B. Yohoshua, Benjamin Moses, Arnaldo Bloch, Moacyr Scliar, um brasileiro denominado Eucanaã Ferraz (?), o editor Luiz Schwarcz, o livreiro Pedro Hertz.

Contudo, estou sendo injusta, até porque o elemento anglo-saxão e multiculturalista (outra palavrinha encantadora!) não só prolifera como abunda: Crumb, Lionel Shriver, Terry Eagleton, John Makinson, o CEO da Penguin Books (não é uma gracinha?), William Kennedy, a dupla William Boyd e Pauline Melville, escritores "pós-coloniais" (cruzes!). Acrescentem-se alguns globais, poetas e celebridades arroz-de-festa tipo Silio Boccanera, o indiano Salmon Rushdie, Ferreira Gullar, amos, atos, obros. Ah, sim, e criaturas diversas desfiando pautas tipo "o futuro do livro", "a ditadura cubana", "a cidade criativa".

Me poupem. Eventos como este des-historizam, despolitizam, são uma merda.

A respeito de "povos sem história", vou citar Otto Bauer (citado por Hannah Arendt): "A consciência histórica tem papel importante na formação da consciência nacional. A emancipação das nações do domínio colonial nasce da emancipação da literatura nacional da língua internacional erudita, do colonizador. A função política desta ascensão do idioma consiste em provar que só o povo que possui uma literatura e uma história próprias tem o direito à soberania nacional."

Literatura e História, yes, nós temos (vide heroicamente Antonio Candido), resta a Geografia. Ou seja, a Flip estaria mais bem instalada, em seu elemento mesmo, se armasse seu adorável kibutz à beira do Mar Morto. Quiçá Tel Aviv.

Quanto à FHC, sugere-se que, na próxima, vá ornamentar criticamente o gueto de Varsóvia.

(11/8/2010)

BLOG

Formulando teorias sobre o blogueiro stylish de fluxo contínuo que, como não tem formato, também as ideias não se estruturam, é complicado pensar em 45 caracteres por linha, daí o sujeito não se situar na vida, na história, na geografia, na ordem das coisas, na hierarquia da realidade, na divisão da grana dos bens da propriedade, aliás essa anomia (leia-se ausência de regras) está como o diabo do sistema gosta, que te quer burro, confuso, desorientado, visto do alto da pirâmide pelos economistas, banqueiros, presidentes de corporações, latifundiários, fabricantes de armas, tipo Bill Gates ou Olavo Setúbal ou José Ermírio de Morais ou Onassis ou Rothschild, a Máfia, Hitler, Nero, Judas, Gengis Khan, Bush, Bin Laden e a Cuca – o topo da cadeia alimentar que decide que pouquíssimos ficam com tudo e ao resto, as migalhas, salvo aquela faixa cinzenta intermediária dos cães de guarda do poder alheio que recebem migalhas maiores, cuja única e exclusiva tarefa é defender o indefensável, faixa sintonizada pelos políticos neoliberais, "intelectuais de autoajuda", "transgressores a favor","revolucionários conservadores", o intelectual descolado (que é a evolução do intelectual engajado), sem contar o Reverendo Moon e demais bispos universais incluindo, é claro, Padre Marcelo Rossi, os aiatolás e wojtylase espertinhos da Nova Carismática e a atmosfera geral de falcatrua. Mas deste lado da realidade, entreouço por aí aquela jornalista do Estadão se queixando de ter sido obrigada pelo patrão a meter o pau no projeto dos CÉUS e tendo que fazê-lo com total convicção e credibilidade, enquanto na tevê Record, Datena dá aula magna de como agradar seus superiores, aconselhando apaixonadamente o distinto telespectador a por favor desvincular a atuação e a existência do PCC da cena política, dos políticos e do momento eleitoral, "porque o povo quer segurança e nada mais!". Como se grudasse. Por outro lado, leio Marco Aurélio Wessheimer na Carta Maior, que discreta e inapelavelmente transcodifica a lista de indignações de Dona Lya Luft publicada na Veja, como um inventário de alienações da dita senhora, pois esta iguala os sem terra a facínoras, botando no mesmo saco o casal de namorados que matou os pais e "uma cartilha do MST usada por certas escolas elementares, preparando novas gerações de contraventores", alegando que em pleno século XXI fica até "anacrônico", "antigo" e "fora de moda" invadir terras – exuberantes, imensas e alheias, sobretudo alheias – como se no século XXI não só o MST, mas a exclusão, a pobreza e a injustiça social tivessem se tornado old-fashion, anacrônicos, atrasados, antigos, por aí. Realmente Dona Lya envergonha a classe, melhor enquadrá-la como essas peruas literárias que produzem (e se reproduzem) para o esquecimento, muito ao contrário de mestre Antonio Candido que, eternamente coerente (e acima de toda retórica e puxassaquice pânica), na mesma semana inaugurava a biblioteca dos "facínoras do MST". Finalmente, Mirisola em Paraty tecendo a crônica da Flip com aquele priapismo onipresente e reiteradamente frustrado, é foda. Quer dizer, *não é foda*. Só minha AK-47 ou uma velha metralhadora giratória.

(14/8/2006)

TAM, PAN & ACM

O procedimento aqui é tecer – literalmente, costurar – esta matéria abordando o desastre do Airbus da TAM, o falecimento de ACM e aspectos do Pan a partir de ideias-citações-argumentos-inserções de textos assinados por Flávio Aguiar (da Carta Maior), Bernardo Kucinski, Mino Carta, Gilson Caroni e uma observação final de Millôr Fernandes.

Mas como a tecedeira/editora sou eu, logo vocês não precisam se preocupar que isto vire algo como um mix verbal de bumba-meu-boi com a fênix, até porque, no final, tudo vai fazer sentido, de forma que *everything's gonna be alright*, como repetem catatonicamente todos os malditos filmes americanos no jargão globalizado tipo me- engana-que-eu-gosto com legendas.

Uma das conexões mais óbvias e singelas entre TAM/PAN/ACM está na repetição das letras A e M, que se sugere interpretar como Abaixo a Mídia; já o C solitário mediando ACM oscila mui apropriadamente entre Coronel e Canalha, uma vez que para o P é natural e fashion ser "Perverso"; no mais é só abrir o dicionário e procurar na letra T de Trouxa, que é onde se atocha todo o povo brasileiro atualmente.

Já o N, né? (e dá-lhe sintaxe!)

De estalo, Caroni manda ver três perguntas que não querem calar: como explicar a grave derrapagem da imprensa brasileira? Desligamento do transponder ético? Ou problema no reverso da turbina que instrumentaliza politicamente a dor das 200 famílias que choram seus mortos?

Mesmo não dispondo das imagens da torre de controle e de dados retirados da caixa-preta, e devidamente periciados, a imprensa não hesitou em inserir o acidente numa suposta crise gerencial do setor aéreo. Tratava-se de encontrar a ranhura que atingisse o governo. O que estava em causa era a construção da "crônica da tragédia anunciada". Ao incluir as vítimas fatais no seu cálculo político, mais uma vez a mídia transformou em novelão um drama real, banalizando a vida. O desrespeito aos mortos e a falta de solidariedade às famílias estiveram presentes em quase tudo que se leu, falou ou ouviu na imprensa nativa, horas depois do acidente. O refrão das quase 350 mortes em dez meses, repetido à exaustão por quase todos os veículos, busca dar por comprovada uma grave crise na aviação comercial brasileira sem, no entanto, estabelecer os nexos causais que o demonstrem.

Para Bernardo Kucinski, tragédias como a da TAM, da Gol, do Concorde em 2000, dos petroleiros nos anos 70, da plataforma P-36, das obras da linha 4 do Metrô paulistano tiveram causas específicas, mas uma é sistêmica: a ganância pelo dinheiro. O grande desastre com o Concorde, ocorrido em Paris em julho de 2000 e que levou ao abandono do uso desse supersônico na aviação comercial três anos depois, tem um elemento comum com o do Airbus: o gigantismo dos aviões. O Concorde era um gigante, pesando 185 toneladas na decolagem. Foi derrubado por um pedaço de arame, não por causa do tamanho do arame, mas por causa do tamanho do avião. O Airbus 320 também é um gigante. Pode decolar com até 77 toneladas.

Os engenheiros dizem que ele precisa de 2.200 metros de pista para pousos com margem razoável de segurança. A pista de Congonhas tem 1.939 metros. Dá para pousar. Pousou inúmeras vezes. Mas a permissão para o Airbus operar em Congonhas, sem muita margem de segurança, não é mero acaso, é uma imposição do mercado. Da voracidade da demanda por assentos em voos regionais. Da ganância.

Em janeiro deste ano, um desabamento engoliu sete pessoas nas obras da linha 4 do metrô de São Paulo. Um grande desastre. Certamente provocado por causas específicas. Talvez, erros nos índices de estabilidade do solo ou na aplicação das camadas de cimento do túnel, agravadas pelo recurso a explosões como método de escavação. O consórcio tinha pressa. As mesmas empresas iriam depois operar a linha 4 em regime de concessão. Havia prêmios de desempenho para as subcontratadas que ganhassem tempo no cronograma de trabalhos. O Estado olhava para o outro lado, porque também tinha interesse político numa inauguração antes das eleições municipais de 2008. O menor tempo teve preferência sobre a maior segurança. Política, ganância e negligência do Estado.

O desastre com o avião da Gol foi uma tragédia em que o acaso falou mais alto. Mesmo assim, houve influência de pelo menos um fator sistêmico: o regime de trabalho dos controladores de voo, em número insuficiente para o mercado que cresceu rapidamente. Duas décadas de neoliberalismo impediram que Estado contratasse mais servidores, que fizesse concursos públicos. Seu mote era terceirizar e privatizar. Esvaziar o aparelho de Estado. Enquanto isso, o transporte aéreo crescia e crescia.

O infalível tripé negligência, ganância e neoliberalismo: contra o pensamento sistemático de Kucinski não há subcapitalismo que resista.

Mino Carta encerra o capítulo TAM-Congonhas (de trouxas e canalhas) com um deboche refinadíssimo: "E que tal a autorização da Prefeitura de São Paulo para a instalação de um posto de gasolina na cabeceira da pista do aeroporto de Congonhas? Bin Laden não conseguiria ter uma ideia mais brilhante."

Também são do Mino estas reflexões sobre o PAN: "Instalações imponentes em meio à paisagem desoladora das favelas. Símbolo, emblema, estandarte do Brazil-zil-zil. Até os nomes das novas praças esportivas prestam-se ao contraste feroz. Enaltece a desfaçatez e a prepotência. Estádio João Havelange, o monumental aproveitador do esporte que transformou a Fifa em uma societas sceleris. Em São Paulo, temos o conjunto viário jornalista Roberto Marinho. Na Bahia, o aeroporto deputado Luis Eduardo Magalhães."

E, falando no diabo, eis algumas considerações extremamente precisas de Flávio Aguiar sobre ACM. Que, para ele, não era um coronel tradicional. Seu poder não vinha da posse da terra. Era ligado a impérios da comunicação e aos centros urbanos. Mas tinha o estilo dos velhos coronéis, talvez mais do que ninguém. Sua morte, aos 79 anos, é mais um sinal dos tempos, de que na política institucional esse estilo vem definhando, substituído por outros tipos de conluio e dominação.

O coronelismo possuía duas características fundamentais: o mandonismo (que podia ou não se aliar ao carisma) e a agregação tribal. Antonio Carlos Magalhães praticava as duas, e tinha carisma pessoal na Bahia. Foi partícipe de uma tragédia política e familiar: a morte, na casa dos 40, do filho Luís Eduardo Magalhães, que era para ser o grande sucessor "moderno" do patriarca. O deputado federal ACM Neto, que o substituirá na tribuna, ainda não está à altura de ser considerado de fato "sucessor" de ACM, embora seja seu herdeiro político mais próximo.

A eleição surpreendente de Jaques Wagner, do PT baiano, ainda no primeiro turno, para o governo estadual, consolidou a impressão de que o carlismo encontrara seu Waterloo. Entretanto, ainda está pra se ver se de fato o coronelismo está morrendo no Brasil, ou está se transformando num novo estilo tribal, desenvolvendo aquilo que os especialistas veem como uma forma limite do coronelismo, que era o "colegiado". Hoje a política conservadora se faz em torno de colegiados que se agregam em torno de uma grife eleitoral. Por sua vez, a mídia oligárquica se organiza em torno de colegiados de grifes jornalísticas que desatam em quase uníssono campanhas antiesquerda e antipovo na política.

Como quase tudo no Brasil, o coronelismo não morre, mas se transforma.

E por derradeiro, a morte de Tonhão Malvadeza me faz recordar uma frase recorrente do Millôr nos anos 70, que aconselhava iniciar a leitura dos jornais pelos anúncios fúnebres porque, de repente, poderíamos ser agradavelmente surpreendidos...

(26/07/2007)

Das ONGS

Parece título alemão, mas longe de mim porque não é, porquanto continuo a copiar Emir Sader[6] quando este faz a crítica da "autonomia dos movimentos sociais" – uma posição que se tornou não um reagrupamento da força de massas para organizar novas formas de ação política, não um caminho de construção de alguma alternativa de poder, mas uma negação de encarar o tema do poder, uma renúncia à disputa pela hegemonia. Representou mais um retrocesso – entre tantos – porque o abandono da esfera política é o abandono da luta pelo poder. Serve para manter uma suposta "pureza" da esfera social, que representaria diretamente as "bases" contra as cúpulas, mas tal visão é insustentável.

Tais concepções se expressam nos livros de Toni Negri e John Holloway, nos quais abandona-se explicitamente a luta pelo poder e pela hegemonia que "corromperia a tudo com suas formas de representação política da vontade popular". Para Negri, o Estado é caracterizado como instância conservadora diante da globalização. Contudo, este teoriza abstratamente e encalha na inércia da autonomia social. Na prática, acabam todos reféns do campo teórico instaurado pelo neoliberalismo, aquele articulado em torno do eixo público-privado, entre Estado e sociedade civil. Mas a proposta neoliberal encobre na categoria "privado" os elementos mais esdrúxulos, sejam sindicatos, bancos, escolas de samba, ONGs, traficantes, um verdadeiro samba do crioulo doido.

A esfera privada não é a que caracteriza a proposta neoliberal. Esta pretende tirar poder e recursos do Estado não para transferi-los para os indivíduos, mas para jogá-los no mercado. Quando uma empresa é privatizada não são os trabalhadores que dela se apropriam, mas é o mercado que resgata a empresa, conforme o maior poder financeiro de cada conglomerado econômico em disputa.

---

6 SADER, Emir. A nova toupeira. São Paulo, Boitempo, 2009.

Essencialmente, a esfera hegemônica no neoliberalismo é a esfera mercantil, o processo de mercantilização que transforma todos os bens em mercadorias com preço no mercado, onde tudo se vende e tudo se compra. Em sua fase mais recente, depois das conquistas do Estado de bem-estar social, passa a ser mercadoria o que fora assumido anteriormente como direito – educação, saúde, saneamento básico – torna-se um bem negociável.

A contrapartida ao neoliberalismo não é o Estado. Porque o Estado não define por si só a própria natureza, uma vez que pode ser um Estado socialista, fascista, liberal ou totalitário. É antes um espaço de disputa sobre suas determinações. No neoliberalismo é um Estado mercantilizado, financeirizado, que arrecada recursos do setor produtivo e os transfere, em grande medida, para o capital financeiro através do pagamento das dívidas. Como também pode ser um Estado refundado por governos que buscam a superação do neoliberalismo, constituindo novas estruturas de poder. O Estado constitui-se assim num espaço de disputas.

A propósito, também Mike Davis em *Planeta Favela* (S. Paulo, Boitempo, 2006), citando o livro *The Challenge of Slums*, argumenta que a principal causa do aumento da pobreza e da desigualdade nas décadas de 1980 e 1990 foi a retirada do Estado. Além das reduções diretas impostas pelos Planos de Ajuste Estrutural – PAE (por sua vez impostos pelo FMI e Banco Mundial como precondição dos empréstimos aos países) – aos gastos e à propriedade do setor público, os autores da ONU destacam a diminuição mais sutil da capacidade do Estado que resultou da "subsidiaridade" – definida como descentralização do poder soberano pelos escalões mais baixos do governo e principalmente entre as ONGS ligadas diretamente às principais entidades de auxílio internacional.

Toda estrutura aparentemente descentralizada é estranha à noção de governo representativo nacional, que tão bem serviu ao mundo desenvolvido, sendo ao mesmo tempo bastante submissa ao funcionamento duma hegemonia global. O ponto de vista de Washington torna-se então o paradigma do desenvolvimento, de forma a unificar rapidamente o mundo todo no sentido geral daquilo que as organizações internacionais apóiam.

Desde os anos 1990, o Banco Mundial, o Programa das Nações Unidas para o Desenvolvimento (PNUD) e outras instituições de ajuda contornaram ou evitaram progressivamente os governos nacionais para trabalhar de forma direta com as ONGs regionais e comunitárias. Na verdade, a instauração das ONGs – há milhares delas nas cidades da América Latina, África, Índia e Ásia – reconfigurou a paisagem do auxílio ao desenvolvimento urbano. Enquanto o papel do Estado como intermediário diminuía, as instituições internacionais se instalaram na base através das ONGs em milhares de favelas e comunidades urbanas pobres. A exemplo, a Fundação Ford trabalha por meio de uma ONG importante que, por sua vez, dá consultoria a uma ONG local.

Contudo, segundo Davis, as ONGs do Terceiro Mundo mostraram-se brilhantes na cooptação dos líderes locais, assim como na conquista da hegemonia do espaço social tradicionalmente ocupado pela esquerda. O maior impacto delas se fez sentir no fato de burocratizar e esvaziar os movimentos sociais urbanos. A profissionalização das ONGs tende a diminuir a característica de mobilização do ativismo de base, enquanto cria uma nova forma de clientelismo.

Assim, um ativista de Mumbai interfere com uma crítica ainda mais dura: o objetivo da ONG é subverter, desinformar e desidealizar as pessoas, de modo a mantê-las afastadas das lutas de classe. Propagam a prática de pedir favores com base na solidariedade, em vez de tornar os oprimidos conscientes dos seus direitos.

A sua atividade visa desviar a atenção dos males políticos maiores do imperialismo (atualizado para "globalização") para questões apenas locais e confundir a todos na hora de distinguir amigos de inimigos. As ONGs são intermediárias de uma "nova classe" que, com a benção de doadores estrangeiros, desviam e sublimam a raiva política, garantindo que não chegará ao ponto de explodir.

Voltando, finalizo com a afirmação de Sader que observa que o polo oposto à esfera mercantil é a esfera pública, constituída em torno dos direitos e de sua universalização, o que implica num profundo e extenso processo de desmercantilização das relações sociais. Democratizar significa desmercantilizar, tirar da esfera do mercado para transferir para esfera pública os direitos essenciais à cidadania.

Substituir o consumidor pelo cidadão.

(9/3/2009)

Rumores do 11 de Setembro

O aniversário do 11 de setembro nos convida mais uma vez a refletir sobre seu significado e desdobramentos na cena mundial, começando com uma analogia que, naturalmente, já ocorreu a muita gente: numa gestão tão insipidamente venal como a de Bush filho, coincidindo com uma crise de popularidade e credibilidade imperiais dentro e fora dos Estados Unidos, o ataque às Torres Gêmeas literalmente caiu do céu, com o perdão do péssimo trocadilho, assim como o providencial incêndio ao prédio do Parlamento alemão em fevereiro de 1933 serviu de pretexto à Hitler para simultaneamente culpar os comunistas (eliminando assim os grupos de oposição) e aprovar leis de restrição aos direitos civis, impor censura à imprensa e extinguir os sindicatos. E impor o estado de exceção permanente.

Para o filósofo esloveno, Slavoj Zizek, o resultado de 11 de setembro é o fortalecimento inédito da hegemonia americana. A Europa sucumbiu diante de uma espécie de chantagem ideológico-política dos EUA: "Não são mais escolhas econômicas ou políticas que estão em jogo agora, mas nossa própria sobrevivência e, na guerra contra o terrorismo, vocês ou estão conosco ou contra nós". É aqui, nesse ponto em que a referência à simples sobrevivência entra como a legitimação última, que nos vemos lidando com a ideologia política em toda sua pureza.

Falamos que nos "sentimos livres" ocamente, apenas porque nos falta a própria linguagem na qual poderíamos formular nossa ausência de liberdade. Essa ausência significa, hoje, que os termos que usamos para designar o conflito atual – "guerra ao terror", "direitos humanos", etc. – são termos falsos que, em lugar de nos ajudar a refletir sobre a situação, confundem a percepção que temos dela. Ou seja, nossas próprias "liberdades" servem para mascarar e sustentar nossa ausência mais profunda de liberdade. A mensagem básica da mídia é a seguinte: os joguinhos fáceis já terminaram e, agora, todos devem tomar partido (contra ou a favor do terrorismo). E, como ninguém é abertamente a favor dele, isso significa que a própria dúvida em si, a simples adoção de uma atitude de questionamento, é denunciada como apoio disfarçado ao terror.[7]

A propósito, Arantes[8] observa que nas primeiras semanas depois do 11 de setembro começaram a surgir nas colunas da imprensa norte-americana insinuações sobre a "reavaliação de antigas técnicas de extração de informação". Tortura, em suma. Na Newsweek, um colunista que se dizia de "mentalidade aberta", achou que já era tempo de se voltar a "pensar sobre a tortura".

E aqui, o uso da palavra "pensar" é pura força de expressão, pois o novo estado de sítio, incrementado pós-11 de setembro, não é apenas mera coação física, mas um arranjo mental destinado justamente a abolir o simples ato de pensar, diz ele atribuindo a Slavoj Zizek, citado anteriormente, o pioneirismo em chamar a atenção para a obscenidade dessas declarações no artigo "A terceirização da tortura" (Folha de S.Paulo, 16/01/2001).

A coisa funciona assim, segundo o articulista do Newsweek: "Não podemos legalizar a tortura; é contra os valores norte-americanos. Teremos de transferir certos suspeitos para nossos aliados menos escrupulosos". Ou seja, assim como o capital reinventou em sua borda colonial a escravidão moderna, pode-se dizer que o sistema imperial está inaugurando uma nova divisão internacional do trabalho da tortura.

Ou melhor, um sistema de subcontratações múltiplas, operando em rede: o capitalismo depende cada vez mais da terceirização. Em vez de possuir diretamente as capacidades produtivas, uma empresa norte-americana contrata outra do Terceiro Mundo para fazer o trabalho sujo da produção material: os tênis Nike são produzidos na Indonésia, etc. Não apenas a produção é mais barata, como evitam-se questões sobre padrões ambientais, de saúde e humanitários, e sempre se pode dizer que é impossível controlar o que fazem nossos contratados. Terceirizar a tortura não é uma prática semelhante?

Terceiriza-se, claro, mas nem sempre. Afinal, existe Guantánamo.

Em junho de 2005, a revista Time publicou um caderno com detalhes sobre as rotinas de interrogatório na base norte-americana de Guantánamo,

---

7 O paradigma da ideologia, 10/5/2007, http://brigadasinternacionais.blogspot.com.

8 In Estado de Sítio, SP, Boitempo, 2007.

em Cuba, do saudita Mohammed al-Qahtani, considerado pelos americanos suspeito de participação nos atentados de 11 de setembro de 2001. Segundo as anotações, durante interrogatórios entre novembro de 2002 e janeiro de 2003, quando o secretário de Defesa, Donald Rumsfeld, autorizou as mais duras técnicas, Qahtani ("preso 063") foi submetido a longas jornadas sem dormir quando era desperto com água fria e músicas da cantora Christina Aguilera.

É aqui que o capitalismo e seus ídolos se superam: realmente ninguém merece acordar com um barulho desses.

(30/8/2007)

Boêmios, Intelectuais & Outros Bichos

Se considerarmos que as transformações histórico-culturais do século XX ocorrem no Brasil – mais especificamente no eixo São Paulo-Rio – quase sempre vinte anos mais tarde que nos Estados Unidos, mudanças decorrentes do processo de modernização e das circunvoluções do capitalismo tardio, e devidamente adaptadas ao nosso subcapitalismo periférico, um livro como *Os Últimos Intelectuais*, do historiador norte-americano Russel Jacoby se torna bastante esclarecedor, uma vez que trata do desaparecimento do "intelectual público" – o autodidata culto sem formação acadêmica – que, ao migrar em massa para as universidades no após Segunda Guerra, desaparece da cena pública norte-americana sem deixar sucessores.

Através dele é possível fazer algumas conexões e começar a entender a chamada extinção do pensamento, presente nos textos de Paulo Arantes, e o silêncio dos intelectuais dos seminários de Adauto Novaes, fenômenos observados entre as décadas de 1990 e 2000.

Mas voltando a Jacoby, este ressalta que o ponto crítico não é a novidade da situação, mas sua amplitude: quando – antes de 50 – as universidades americanas ocupavam apenas um certo espaço da vida cultural, seus defeitos e virtudes significavam uma coisa, mas quando – depois de 60 – elas dominaram toda a área, suas regras se tornaram As Regras.

Os últimos intelectuais a que se refere o autor são os críticos literários, filósofos e economistas norte-americanos que surgiram nas décadas de 30-40, como Edmund Wilson, Mary MacCarthy, Munford, Galbraith, Daniel Bell, Norman Mailer, Noam Chomsky, Susan Sontag, que dirigiam seus trabalhos a um público amplo e esclarecido. Mas os intelectuais das últimas gerações – os nascidos a partir da década de 40 – emergiram numa sociedade em que a identidade entre as universidades e a vida intelectual era quase completa. Nos Estados Unidos, ser intelectual significava ser um professor.

Evidentemente textos acadêmicos ininteligíveis não constituem novidade, mas para Jacoby a questão não é o talento, coragem ou postura política, mas o fato de não ter surgido a oportunidade para dominarem uma linguagem pública; consequentemente, seus escritos não têm impacto público.

De fato, se a cultura pública é desvirtuada pelo dinheiro e pelo interesse privado, os intelectuais que sobressaem pouco significam. Por outro lado, uma cultura secreta sem contato com o público é absolutamente improdutiva. A verdadeira cultura se alimenta do debate, do intercâmbio de muitas vozes, do exercício público dum pensamento crítico. Sem isto, ela se esteriliza.

Entrincheirados nas universidades, não importa quanto estes intelectuais produzam: para o grande público eles se tornaram invisíveis. Por optarem pela segurança de uma carreira (e aqui Jacoby inclui a esquerda norte-americana formada pelos radicais dos anos 60), eles mantêm uma relação de dependência com as instituições que os sustentam.

Eles cresceram num mundo em que eram raros os pensadores independentes da universidade. Assim como as gerações anteriores de intelectuais quase nunca consideravam as carreiras universitárias, o inverso se tornou realidade. E considerar significa avaliar as oportunidades reais: reflete realidades sociais modificadas, não apenas desejos modificados.

E quais as causas desse deslocamento da intelligentsia para o restrito universo acadêmico? Que realidades sociais foram modificadas? A resposta a estas questões passa necessariamente pela reestruturação das cidades, pela expansão da educação universitária depois da Segunda Guerra Mundial e pelo desaparecimento do cenário boêmio.

Esboçando uma espécie de "sociologia da boemia", o autor ressalta a importância desta na formação de gerações intelectuais, uma vez que um modo de vida boêmio favorece a emergência dos novos talentos. Segundo Malcolm Cowley[9], escritores não surgem isoladamente, a intervalos aleatórios, eles aparecem em grupos ou constelações, circundados por anos comparativamente

---

9 Editor e agitador cultural, publicou The Paris Review a partir de 1953, revista de língua inglesa editada na França, com as famosas entrevistas de escritores consagrados, mais tarde publicadas em livro com o título de Writers at work, traduzido no Brasil como Escritores em Ação, pela Paz e Terra, e a série de três volumes de Os Escritores, pela Companhia das Letras.

vazios. Scott Fitzgerald escreveu que uma verdadeira geração tem seus líderes e porta-vozes e traz para sua órbita aqueles nascidos logo antes e logo depois.

Cowley revisa o clássico argumento de Max Weber de que a ética puritana – repressão, ascetismo, culpa – lubrifica as máquinas do capitalismo. A ética da produção que pregava a indústria, a previdência, a poupança pertencia a uma era anterior à máquina. O capitalismo recente não precisava de trabalho e economia, mas de lazer e gastos, não de uma ética de produção, mas de uma ética de consumo. Neste conflito entre ética de produção antiga e ética de consumo recente, Greenwich Village, o bairro boêmio nova-iorquino, teve um papel crucial: sua devoção ao prazer e à autoexpressão se ajustava ao "etos do mercado". Donde que a boemia provou ser sua vanguarda. "Viver o momento" passou a promover o consumismo, acabaram-se restrições de preço e utilidade. Até a "igualdade feminina" – uma realidade na boemia – passou a vender cigarros. Em 1929.

Quarenta anos depois, a sexualidade e a subversão dos anos 60 comercializaram, popularizaram, banalizaram e por fim destruíram a ética boêmia que, sob o nome de contracultura, fundiu-se na corrente da "cultura" principal: a do dinheiro. E os shopping centers antitabagistas cortaram qualquer possibilidade de vida boêmia, senão de vida cultural propriamente dita, tal como foi definida lá atrás.

Voltando ao desaparecimento do "intelectual público": por aqui eles também sumiram completamente. Ou se imobilizaram devido ao rabo preso (isto é, à defesa do indefensável).

E a nossa perda é ainda maior pois se, para Russel Jacoby, os Estados Unidos jamais tiveram um pensamento crítico-cultural brilhante, e ele estava se referindo aos pensadores europeus – Derrida, Sartre, Camus, Habermas, Lacan, Foucault, aos escritores latino-americanos – García Márquez, Borges, Cortázar – no Brasil, cujo pensamento tem origem no ensaísmo livre de Gilberto Freyre e Euclides da Cunha, tivemos intelectuais públicos admiráveis entre os anos 50 e 70 – Celso Furtado, Antonio Callado, Nelson Rodrigues, Antonio Candido, Glauber Rocha, Stanislaw Ponte Preta, toda a turma do Pasquim (não quero ser extensiva) até Paulo Francis, morto em 1997, o último dos velhos dragões do pensamento independente a escrever na imprensa.

Realmente admiráveis, concordemos ou não com suas ideias.

E o que temos hoje? Diogo Mainardi? O blog do Reinaldo Azevedo? Arnaldo Jabor? Paulo Coelho? Lya Luft? Gabriel Chalita? A direita explícita? Sociologismos à parte, à vista desta fauna não admira que qualquer intelectual de bom senso prefira ficar calado.

(23/5/2008)

Em Nome do Lobby

Morrendo muita gente da cultura e literatura entre o final do ano passado e início deste: o crítico Leo Gilson Ribeiro, fada madrinha de Hilda Hilst; Bento Prado Junior, um intelectual da velha escola, e imaginem, Sidney Sheldon himself, o bom e velho ícone das letras enlatadas. Cruzes, só li um livro dele, *O estranho no espelho*, uma experiência e tanto, mágica, inexprimível: mal acabei de ler, já havia esquecido!

No início do mês, morre minha agente literária frankfurtiana, Ray-Güde Mertin, quer dizer, minha e de quase todo mundo, tipo João Ubaldo, Loyola, Lygia Fagundes, Veríssimo, salvo Zé Rubem, agenciado pelo Thomas Colchie.

Ray começou como secretária do Colchie, só que, a exemplo da Carmen Balcels – agente preferida dos escribas brasileiros e latino-americanos até Gabriel García Márquez ganhar o Nobel em 1978 e ela, por tabela, ganhar como que na loteria esportiva e simultaneamente abandonar os outros agenciados – a partir de 1998, com o Nobel de Saramago, foi a vez da Ray desaparecer.

Embora já viesse nos deixando desde o início de 1990 por razões diversas, entre elas a vertiginosa queda na cotação das literaturas de ficção terceiro-mundistas, algo a ver com o colapso ideológico das esquerdas, da União Soviética, etc., etc., ergo o sucesso estrondoso de bobagens como Paulo Coelho, Lair Ribeiro, Mônica Bonfiglio, Harry Potter, todo o lixo de autoajuda.

Na época, Marcos Rey, morto em 1997, queixava-se amargamente, ele que há muitos anos vivia de direitos autorais, sobretudo das traduções no exterior, e um autor neste nível não pode ser negligenciado pelo agente literário. Muita gente já escreveu sobre a Ray na imprensa, mas posso apostar que ninguém quis contar de que modo ocorreu a intervenção dos agentes literários no Brasil a partir de 1970.

Aliás, a década do boom literário latino-americano foi algo demasiado significativo pra se deixar fora do obituário, tudo porque atualmente na imprensa os caras parecem escrever de luvas e a longo prazo omite-se absolutamente tudo – como quem sofre de catarata na inteligência (e que história burra é essa de inteligência emocional, inteligência sexual: *inteligência de autoajuda?*).

A longo prazo, espolia-se o leitor dum tesouro de conhecimento cultural, social, histórico – a mercadoria mais valiosa do mundo chama-se informação, meus queridos –da compreensão das profundas conexões e inter-relações da contemporaneidade às quais ele teria direito, mas que já não mais se distribui seja em nome do marketing, seja em nome do lobby estúpido de si mesmo, seja por inevitável esquecimento. Por derradeiro, duas efemérides das mais funestas, marketing incluído: 80 anos que completaria Tom Jobim, e dez anos sem Paulo Francis.

Tento ler no Caderno 2 a matéria do Ruy Castro sobre o Tom: impossível. Uma enxurrada, uma parede de informações em estado maciço sobre cds (que não comprarei), livros (que não lerei), filmes (que não assistirei), de como o samba do Tom deu isso que deu aquilo que deu a produção sobre o Tom, além do Tom, tudo por dentro e fora e adjacências do Tom – letras, músicas, arranjos, teses, filmes, seriados, "causos", fatoides, camisetas, bonés, balas, bombons, blá,blá,blá, a matéria tinha de tudo. Menos o Tom.

Me admira o Ruy que escreve, ou escrevia, tão bem, há tantos anos na estrada, pouco mais do que eu, reduzido a esse texto burocratizado, raso, repetitivo, previsível, indigesto: ilegível. Penso, emburreceram o Ruy, os malditos editores deixaram o Ruy besta. No mesmo caderno, a matéria dos dez anos sem Francis: mais blá,blá,blá, idem ibidem. Textos que se reportam a outros textos a outros textos a outros textos a outros textos, matéria sem substância, tinta sobre o papel, alimento para o esquecimento: chega.

Então eu e minha Uzi envenenada abrimos fogo.

(31/1/2007)

Feras do Mar (Tea-Party Volume I)

O editor on-line da matéria deu-lhe o título de "A nau dos dinossauros", embora na versão impressa deste mês do Le Monde Diplomatique tenha saído como "No Coração do Conservadorismo". Não importa, ambos se complementam. Mas uma coisa é certa, ou melhor, duas.

A primeira é que o artigo de Johann Hari[10] sobre o cruzeiro marítimo promovido pela National Review, a bíblia dos conservadores americanos, no qual embarcaram 500 exemplares entre os mais truculentos e sanguinários da espécie neoconservadora, está engraçadíssimo, levando-se em conta os dotes humorístico-literários do autor, que também embarcou para espioná-los. A segunda é que meu título aí em cima é disparado o melhor entre todos. Considerando-se os passageiros do Oosterdam, o nome do navio, porra.

Empenhados em defender a Tradição (deles), a Família (a própria) e a Propriedade (idem ibidem), *para eles a guerra do Iraque é um "sucesso notável", o aquecimento global "não existe", Pinochet "salvou o Chile", os muçulmanos irão dominar a Europa e, "se Deus quiser", Bush vai bombardear o Irã*. A propósito: para quem não sabe ou finge que não sabe ou não quer nem saber, os membros do DEM são seus equivalentes em âmbito nacional.

Tudo o que os conservadores negam em público: que o Iraque seja a versão 2000 do Vietnã ou que Bush defenda unicamente os interesses de classe dos ricos, no Osterdam isto é aceito e comentado como verdade absoluta. Então os papos rolam mais ou menos assim:

---

10 Colunista do The Independent de Londres.

– O senhor tem filhos na Inglaterra? – pergunta uma senhora ao repórter, e quando este diz que não, ela o adverte: *– O senhor deveria pensar a respeito. Os muçulmanos se reproduzem como coelhos. Logo, logo, vão invadir toda a Europa*! Aliás, durante o cruzeiro, este era o assunto da vez: se existem cruzeiros de enxadristas, de cozinheiros gays, de dançarinas de rumba, aquele foi o cruzeiro *dos muçulmanos estão chegando!*

Uma mulher conta que *em suas preces agradece todos os dias a Deus por ter criado a Fox News*, mas se o interlocutor protesta, ela retruca: *– O modo como a mídia fala da guerra do Iraque é escandalosa. Até a Fox News fala de um jeito escandaloso. Ouvindo, parece que só gente nossa morre por lá. Nunca se fala das perdas inimigas, embora matemos aos montes, todos os dias.*

O fato é que em 1955, quando a National Review foi fundada, o conservadorismo era encarado pelas elites americanas como uma espécie de doença mental. Quem imaginaria que 53 anos depois, os 500 neoconservadores a bordo se confessariam totalmente indiferentes ao fato de que 80% dos iraquianos quisessem a partida dos invasores:

– Não os levamos a sério. Ninguém foi torturado em Abu Ghraib ou Guantánamo, Donald Rumsfeld era o melhor de nós todos e Bush é um herói: vai lançar um ataque contra o Irã!

O navio faz uma parada em Puerto Vallarta, no México – um país que os conservadores sonham ver isolado por um muro de 5 mil kilômetros de comprimento – e quando o repórter comenta que vai visitar a cidade, o entorno reage apavorado: *– O senhor quer morrer aqui?*

A mulher do assistente de Rumsfeld ridiculariza o feminismo e *essas mulheres que querem mudar o mundo para pior*. Quando o repórter menciona que na Alemanha pede-se a extradição de Donald Rumsfeld, acusado por crimes de guerra, um deles ameaça: *– Se os alemães acreditam que podem tomar decisões pelo mundo todo, pior para eles, só nos resta bombardeá-los!* Lembra-se Pinochet, que abriu um precedente, contudo alguém protesta: *– Tratar Rumsfeld como Pinochet é indigno!*

– Tratar Pinochet daquele jeito é que foi indigno! – outro defende. *É um herói, salvou o Chile. Ele privatizou as aposentadorias!*

Até o fim da viagem todos chegam à conclusão que *até 2015 haverá uma evacuação em larga escala, a Europa será dominada pela Al-Qaeda e a França, de bico fechado, vai se tornar província da Bósnia.* O jornalista observa que, em uma semana perguntaram-lhe nove vezes – ele havia contado – quando deixaria a Europa para refugiar-se no único santuário ainda existente.

Na chegada, despedem-se do repórter com um gesto afetuoso: – *Vamos deixar a Inglaterra para os muçulmanos! Melhor vir para a América!*

(23/2/2008)

Bush & Sherazade (Tea Party volume II)

Na era Bush, que felizmente agoniza, tornou pública uma nova concepção das relações entre política e sociedade. Nela, os líderes norte-americanos da vez deixaram de lado não só a realpolitik como o simples realismo, tornando-se criadores da sua própria realidade, mestres das aparências, reivindicando o que poderíamos chamar de realpolitik da ficção – se isso não fosse um absurdo.[11]

Então o discurso de Karl Rove, consultor de Bush, sempre que confrontado com os princípios das Luzes e do empirismo, ocorria mais ou menos nessa linha: "Não é mais assim que o mundo funciona. Somos um império agora. E, quando agimos, criamos nossa própria realidade. Enquanto vocês estudam essa realidade, nós agimos de novo, criando outras novas realidades, que vocês podem igualmente estudar. É assim que as coisas se passam. Nós somos os atores da história. E a vocês, vocês todos, só resta estudar o que fazemos." (Entrevista a Ron Suskind, publicada no New York Times, dias antes da eleição presidencial de 2004.)

As pessoas a quem mostrei a declaração acima, todas elas, tiveram duas reações: acharam-nas repulsivamente ofensivas ou francamente hilariantes. Na base, na origem, um porre. Não havia palavras que exprimissem a terrível periculosidade decorrente de tal inflação do Ego Arrogante. Jeová, aquele do Mar Vermelho, o deus irado e o demiurgo estúpido do Velho Testamento, atacava de novo, dessa vez com Sentex.

A invasão do Iraque em março de 2003 constituiu um exemplo lapidar da vontade da Casa Branca de "criar sua própria realidade". Preocupado em não repetir os erros da Guerra do Golfo em 1991, o Pentágono caprichou em sua estratégia de comunicação.

---

11 In A estratégia hollywoodiana de George W. Bush, por Christian Salmon, Le Monde Diplomatique, dez/2007.

Além dos quinhentos jornalistas embeded, a sala de imprensa do quartel general das tropas americanas no Qatar, que custou um milhão de dólares, era um moderníssimo estúdio de tevê com palco, telas de plasma e toda a parafernália eletrônica a produzir, em tempo real, imagens do combate, animações e gráficos, dirigido por um cineasta com passagens pela Disney, MGM e o Good Morning America. Ele também escolhia os cenários para as aparições presidenciais.

São estreitas e mais do que carnais as ligações entre o Pentágono e Hollywood, Jerry Bruckeimer (Piratas do Caribe) que o diga. Segundo Ira Chernus, professor da Universidade do Colorado, durante os dois mandatos de Bush, Karl Rove praticou a "estratégia de Sherazade", que é assim: quando a política os condenar à morte, comecem a contar histórias – tão fabulosas, tão cativantes, tão sedutoras que o rei (ou o cidadão americano que teoricamente governa o país) esquecerá sua execução.

A aposta de Rove é que os eleitores ficarão hipnotizados por histórias ao estilo John Wayne, com "homens de verdade" combatendo na fronteira, e deixarão de proferir a sentença de morte contra um partido que os conduziu ao total desastre no Iraque, sem contar o colapso econômico que agora presenciamos.

A estratégia de Sherazade é uma pilantragem construída sobre a ilusão de que simples histórias moralizantes irão proporcionar uma sensação de segurança, independentemente do que aconteça no mundo. De consciência limpa, de dever cumprido – farisaísmo tem mágoa – e o mundo que se lixe.

No mais: jogue o cigarro fora!

(10/3/2008)

Pensamentos, Ideias & Demais Extinções

Pensar Delivery

Tentando botar ordem nas ideias e as ideias no lugar, é sempre um imenso prazer para esta escriba poder discorrer sobre os "colunistas com filtro" ou "revolucionários a favor" ou "transgressores de butique" que escrevem "com luvas" (obliterando a memória das mãos) e até "com pinças" (tal o nojo e o horror à realidade, como sempre pobre, suja e feia), responsáveis pela blindagem cultural, embotamento crítico e o embaçamento crônico onipresente na grande mídia, que impede o livre pensar do homem comum de modo a transformar precisamente essa realidade tão horrível e tão pedestre.

Certa vez Hannah Arendt escreveu que pensar é intrinsecamente uma atividade antissocial e subversiva, porque é um ato que ameaça todas as versões oficiais do direito e da ordem. Por isso, tanto nos sistemas totalitários quanto naquele em que prepondera o Pensamento Único, que impõem a "verdade única", pensar livremente é crime. Mas como pensar, senão livremente?

Hoje encaro Sampa como o outro lado dum armistício, um lixo a céu aberto, metafórica e literalmente, um Eldorado da Caretice, uma terra de ninguém (no man's land) que preferencialmente privilegia a boçalidade, a breguice, o amadorismo, o infantilismo, a puerilidade, a gratuidade, a superficialidade, a fatuidade, a irrelevância, a inconsistência, a incoerência, a inexperiência (o Estado, institucionalmente, se tornou um Imenso Jardim da Infância, brincando de casinha com a grana do contribuinte. Que ainda acha bom e pede bis).

Sem contar a pobreza global de Ivete Sangalo, Faustão, as revistas Piauí e Cult, todos os malditos fast-foods, todas essas livrarias onde não se pode fumar porque lançar um livro tornou-se apenas a uma operação comercial (ou seja, privada), não mais uma festa, uma celebração, enfim, um acontecimento, simultaneamente aplaudido & vaiado, enfim, polemizado (posto que público).

Porque agora tudo o que se lança, expõe, ganha prêmio, ocorre em bienais, simpósios, jornadas, festivais, são "desacontecimentos", elementos que são a cara duma falsa "elite" emergente, ignorante, perversa, canalha, covarde, apoteoticamente careta. Inexistente. Claro. "Desacontecimentos" se destinam a "despessoas". É elementar.

Voltando à política: nos sete anos de governo Lula, o PSDB paulista abraçou um projeto de poder descaradamente autoritário. Um modelo que só tem espaço para crescer pelo negativo, seja praticando uma "oposição" hipócrita, farisaica e pseudomoralista, insuflando e difundindo o medo generalizado entre a população, através do PIG way of life, que cobre praticamente qualquer assunto. Qualquer um MESMO.

E essa mediocrização – resultado dum contínuo e persistente embotamento de ideias aliado ao debate de irrelevâncias – é simultânea a um processo de radicalização que não deixa espaço para diferenças, inibe o diálogo inteligente, quando não o extingue por completo. Radicalização que faz a defesa ideológica do preconceito e do privilégio e cujo objetivo é a normalização do preconceito e do privilégio.

Daqui para frente, preocupado acima de tudo com seu desenvolvimento pessoal imediato, o neopequeno-burguês fofo e libertário rejeitará toda perspectiva de autoemancipação coletiva, que ele enxergará como uma ameaça "contra a democracia e o Estado de direito". Limitada ao modo de vida concebido superficialmente como "estilo de vida", a "não conformidade" não tem mais razão de investir contra os padrões vigentes, uma vez que sua "transgressão" individual, institucionalizada, subvencionada e mercantilizada participa orgulhosamente da renovação da dominação capitalista.

Em contrapartida, agora que contam com a aprovação geral, os governantes podem se dar ao luxo – e o caso do governador Serra é um magnífico exemplo – de reprimir toda forma de luta, comportamento ou palavra que represente um obstáculo para essa dominação.

Esta é a marca registrada do nosso subcapitalismo desigual e combinado – que combina a iniquidade do atraso com a truculência do progresso. Sempre buscando representar o irrepresentável: a burguesia nacional que já não manda; o capital financeiro, que é o obstáculo ao desenvolvimento, pois já se desligou de qualquer representação de classe, e cujos interesses promovem a exclusão – eis a contribuição genuinamente brasileira à práxis política global.

A união ideal do Inútil ao Desagradável: estamos exportando entreguismo de ponta! O eterno gigante bobo adormecido com seu chocalho multinacional.

Nosso sub-horizonte eleitoral "avança" em "marcha à ré para trás", sinalizando, em 2010, com o que nos espera se ocorrer o retorno ao poder "desses caras que não têm mais o que fazer".

Se a Literatura é a empresa de conquista verbal da realidade, segundo Cortázar, o fato é que na raiz da identidade de povos altamente desenvolvidos está um conjunto de textos e autores notáveis. Povos e países – e ninguém mais que os anglo-americanos – são ciosíssimos de seus escritores e pensadores. A hegemonia ou dominação se dá pela imposição de uma ideologia cujo veículo é a linguagem discursiva, escrita e falada na língua do dominador.

Afinal não sou rica, nem famosa e nem pilantra como Jacqueline Onassis. Tampouco grande dama como dona Raquel de Queiroz, de fardão e tudo. Apenas uma escritora em processo que já se expôs o suficiente e por várias Grandes Damas e Variadíssimas Grandes Vaconas: aquela que lava todas as calcinhas do mundo.

(26/12/2009)

O Homo Otarius

Um dos elementos mais significativos do já clássico *Bem-vindo ao Deserto do Real!*, de Slavoj Zizek, é como o filósofo esloveno se serve da análise cinematográfica e da crítica da cultura para demonstrar como opera a ideologia hegemônica. Ele fundamenta seu ponto de vista ao observar que atualmente é extremamente difícil, até traumático, para o ser humano aceitar que sua vida não é apenas um processo estúpido de reprodução e busca do prazer, mas que ele está a serviço de um propósito transcendente.

Em nosso universo "pós-ideológico" é assim que parece funcionar a ideologia: executamos nossos mandatos, incorporamos nossos papéis simbólicos sem admiti-los e "sem levá-los a sério". A exemplo do sujeito que, apesar funcionar como "pai", vive se autoironizando, botando tal condição entre aspas.

O sucesso do desenho animado *Shrek* (Andrew Adamson e Vicky Jenson, 2001), diz ele, expressa perfeitamente esse funcionamento predominante da ideologia: é uma história de fadas padrão, na qual o herói e seu assistente engraçado saem a campo para derrotar o dragão e salvar a princesa. Mas a narrativa vem "enfeitada" (no sentido de adorno, ornamento) com "estranhamentos brechtianos" (que eu chamaria antes de "deslocamentos temporais") – na igreja, a multidão que assiste ao casamento recebe instruções para reagir: "Aplausos!", "Rir!", "Silêncio!", com a mesma falsa espontaneidade dum auditório de TV; desvios politicamente corretos (depois do beijo, não é o ogro quem se transforma num belo príncipe, mas a linda princesa que vira ogra); reversões inesperadas de personagens maus em bons (o dragão se revela fêmea e apaixonada pelo burrinho co-herói), tudo isso sem contar as gírias e referências a costumes e canções pop.

Mas, em vez de festejar tais estranhamentos como potencialmente "subversivos", como uma certa crítica se apressa em fazer, é preciso perceber o óbvio: por meio de todos esses deslocamentos, contou-se a mesma velha história. Em síntese, a verdadeira função dessas "subversões" é atualizar, ou seja, tornar relevante para a nossa época "pós-moderna" a história tradicional – e assim evitar que ela seja substituída por uma nova narrativa. Eis objetivamente o achado crítico do autor.

Zizek lembra que na antiga República Democrática Alemã era impossível uma pessoa combinar três características: fé ideológica, inteligência e honestidade. Lá, quem acreditava e era inteligente, não era honesto; quem acreditava e era honesto, não podia ser inteligente. E isto não se aplica à ideologia neoliberal? Quem finge levar a sério a ideologia liberal hegemônica, não pode ser ao mesmo tempo inteligente e honesto: ou é estúpido ou um cínico corrompido.

Portanto, se me permitem uma alusão de mau gosto ao *Homo Sacer*[12] de Agamben, quero afirmar que o modo liberal dominante de subjetividade hoje é o *Homo Otarius*: ao tentar manipular e explorar os outros, acaba sendo ele o verdadeiro explorado. Quando imaginamos estar zombando da ideologia dominante, estamos apenas aumentando seu controle sobre nós.

O que efetivamente Zizek quer dizer é que a ideologia hegemônica, que domina a subjetividade e impede a construção de uma nova narrativa, tem como objetivo único a preservação do status quo, uma vez que o modelo atual de prosperidade capitalista recente não pode ser universalizado. E, a exemplo, ele cita George Kennan: "Os EUA têm 50% da riqueza do mundo e apenas 6,3% da população. Nessa situação, nossa principal tarefa no futuro é manter essa posição de disparidade. Para fazê-lo, temos que esquecer todo sentimentalismo, devemos deixar de pensar nos direitos humanos, na elevação dos padrões de vida e de democratização."

Um descarado egoísmo econômico, este é o divisor fundamental entre os que estão incluídos na esfera de (relativa) prosperidade econômica e os que dela estão excluídos.

---

12 Homo sacer – conforme extraído do direito romano por Agamben, são os que, apesar de humanos, estão excluídos da comunidade humana, razão pela qual podem ser mortos impunemente. Ex: prisioneiros de campos de concentração, refugiados de guerra, favelados economicamente excluídos.

Em suma, Homo sacer & Homo otarius. Zizek conclui, sombriamente: "O fato é que a democracia – o sistema parlamentar liberal-democrático estabelecido – já não está viva: o trágico é que a única força política que hoje está "viva" é a nova direita populista" – representada no contexto europeu por Le Pen, Berlusconi e outros.

Direita que, no Brasil "pós-ideológico", se faz representar pelo inefável Serra que, emblemático do Homo otarius, não é nada – apenas o pós-Lula. E Lula quem seria? Aquele que, a despeito de toda adversidade e até de toda teoria, estaria efetivamente construindo "uma nova narrativa"?

(24/4/2010)

Deshistória Brasil

Para além do cotidiano Brasil, prossigo tentando me aproximar dum verdadeiro panorama do país, revelado ao se colocar em perspectiva histórica todo som e fúria de vilezas e interesses mesquinhos – eternamente silenciando o bem comum – e que constitui secularmente o anfiteatro de ações e torpes manobras de nossas elites cleptocráticas que reiteradamente colocam em colapso (e fora da vista do grande público) um projeto de país.

Ou ex-país, ou semipaís, ou região, segundo Roberto Schwarz. Sem contar que a estupidez cresce no buraco deixado pela ausência de pensamento de nossos intelingentérrimos, buraco aliás recheado por todos os clichês encontráveis em qualquer almanaque de globalização, algo como uma cosmogonia da asneira com legendas em português neoliberal.

Mas tudo isso é preâmbulo para comentar um artigo publicado na revista *Margem Esquerda 14*, *Dos estudos da formação à greve como formação*, de Luiz Renato Martins. Em termos objetivos, ele trata da perda de um sentido histórico dos atos culturais e artísticos, do naufrágio que engoliu tanto países periféricos como centrais, quando submetidos à hegemonia do discurso neoliberal anglo-saxão, engolfados pela ideia do "pensamento único", ou seja, pelo esquecimento da noção de luta de classes.

Em suma, acreditamos no "fim da história" – a nossa, sobretudo a história da nossa cultura. Que doravante deveria incorporar-se ao universo dos negócios em geral, e do capital fictício em particular. Todos globais. O autor aponta dois sintomas desse processo:

1) A extinção da função crítica das artes e do pensamento em relação ao todo do processo histórico moderno; 2) O papel paradigmático, central e inovador desempenhado pelas artes e pela arquitetura nos novos negócios, especialmente financeiros e imobiliários; fazendo raporte com Otília Arantes de "A 'virada cultural' do sistema das artes". A questão é que a etapa histórica da chamada formação nacional (e seu diagnóstico histórico-crítico), ao lado

da criação dos mercados nacionais, entrou em retrocesso com o advento do modelo neoliberal, o que deu origem ao complexo de sintomas que, no Brasil, denomina-se desmanche.

Martins explicita o termo formação como construção de uma tradição, não no sentido conservador, mas sim modernizador e transformador; no limite, inventar uma tradição num contexto onde esta não existe, no sentido de Mário de Andrade, de tradicionalizar o presente, isto é, traçar um passado a partir de um presente, empresa levada a cabo pela arte moderna brasileira.

Aliás, o tema formação absorve a produção, a crítica e a discussão das artes e das ciências nas décadas de 1930 a 1950, sempre vinculada à preocupação com a construção da nação: o que é, de onde vem e para onde vai a formação histórica chamada Brasil? Passando por Gilberto Freyre (*Casa-grande & Senzala* – 1933), Sérgio Buarque de Holanda (*Raízes do Brasil* – 1936) e chegando a Caio Prado Júnior (*Formação do Brasil Contemporâneo*), que conclui sombriamente: "Nascemos para atender ao mercado europeu e nada mais".

Razão pela qual nossa intelectualidade crítica sempre foi consciente de que não se tratou jamais de construir uma sociedade na América portuguesa, mas sim uma unidade produtiva avançada da maior rentabilidade. Por exemplo: o tráfico negreiro foi o negócio mais rentável do mundo enquanto durou. Até porque a produção de açúcar e extração de ouro seriam impensáveis sem ele. Inclusive a ideia de formação de uma sociedade existia, mas como objetivo futuro, já que a nação não existia.

Escreve Martins: o Brasil, que não era uma nação, tinha raiz no trauma de que se constituíra no país o maior e mais duradouro campo de concentração da história do Ocidente. Basta comparar a escala das monstruosidades de Dachau ou Auschwitz, que duraram menos de quinze anos, com o genocídio africano no campo de concentração brasileiro, efetivado em toda a extensão de seu território, incluindo todo o espaço produtivo e doméstico, não só na colônia como também no Brasil independente – algo que já dura cinco séculos. Desse mal-estar pouco se falou, com exceção de Machado de Assis. Não obstante, a questão continua pendente e bem pouco elaborada.

Ainda na década de 1950, com a Cepal de Celso Furtado e Raúl Prebisch, descolonização e formação passaram a ser entendidas como crítica e superação do subdesenvolvimento. A esta altura entra Antonio Candido (*Formação da Literatura Brasileira* – 1959), cujos estudos o levam a afirmar que, se os estrangeiros esperavam da literatura brasileira somente a apresentação de temas exóticos (tucanos, zés cariocas, bananas, garçons & macacos), é porque a abordagem dos problemas humanos fundamentais era um privilégio das velhas literaturas (e culturas centrais).

O mesmo que dizer para entregar ao consumo externo todas as nossas riquezas naturais, deixando a indústria para os de fora, cujos produtos deveríamos importar. Todos. Desde parafusos ao McDonald's, passando pelas ideias, teorias, filosofias e culturas centrais.

Mas a cultura – não a economia – é infraestrutura[13]. Para as nossas elites cleptocráticas, a ausência de formação simbólico-cultural da nação, esta carência infraestrutural é o objetivo central e necessário para a "manutenção sustentável" da fazenda-modelo ou campo de concentração ou ex-país ou semipaís ou região.

E campo de concentração precisamente no sentido daquela piadinha nazista: eles (o povo) acampam e nós (a elite) concentramos. Concentramos o quê? As rendas. Todas. E esta clareza básica detona qualquer ilusão.

Voltando: desde a colônia, segundo o autor, a vida mental brasileira aponta para uma constante: a mania das modas culturais. Sílvio Romero já notara isto no século XIX.

Na história do desenvolvimento mental do Brasil há uma lacuna: a falta de seriação nas ideias, a ausência de uma genética, um autor não procede de outro, um sistema não é consequência de algo que o precedeu.

A dependência de autores e agentes culturais estrangeiros corresponde à necessidade das elites de se pautar pelo mercado externo. A consequência é a permuta incessante de referências, sem reflexão crítica ou debate, motivada pelo desejo de reconhecimento e atualização cosmopolita.

A propósito, comenta acidamente Paulo Emílio Sales Gomes (1973): "Não somos europeus nem americanos do norte mas, destituídos de cultura original, nada nos é estrangeiro, pois tudo o é. A penosa construção de nós mesmos se desenvolve na dialética rarefeita entre o não ser e o ser outro. Segundo Antonio Candido, as elites periféricas se desenvolvem em termos

---

13 ver Paulo Arantes em nota da rodapé in Zero à Esquerda (2004).

"desiguais e combinados", isto é, sem serem acompanhadas pelo resto do país: a formação do nosso sistema literário, concluída em 1870 com a obra de Machado de Assis, coexistiu com a escravidão."

E Martins conclui: "À complexa questão histórica agrega-se hoje a aguda problemática contemporânea do desmanche, cuja marca é o abandono do juízo histórico reflexivo que engendrou o ideal da formação. O abandono de tal juízo e da proposição crítica de futuro como projeto distinto da atualidade – em favor da solução de um declarado estado de emergência – significa o estabelecimento permanente de um estado sem nenhuma outra prioridade que a do "salve-se quem puder", sob a lei do mais forte."

Eis o que se coloca duplamente como tema de reflexão: de um lado, a determinação crítica concreta entendida como formação ou construção simbólico-cultural da nação, de outro, as renúncias nacionais derivadas do que hoje é o desmanche. Mas a coisa não fica por aí, isto é, apenas como texto e artigo. A propósito dessas questões, foi criado na USP o centro de estudos Desformas – Desmanche e Formação de Sistemas Simbólicos, que reúne um coletivo interdisciplinar de pesquisadores.

E já que estamos tratando de sistemas simbólicos, por aí então se entende a ausência absoluta de reconhecimento/identificação, por parte da elite nacional, da projeção do presidente Lula e elevação do status do Brasil no presente contexto internacional: mutatis mutandis, ocorreu o desenvolvimento "desigual e combinado" (formulado por Candido) do presidente (identificado com o trabalhador analfabeto nordestino, a base da pirâmide social) e do Brasil (pré-fixado no inconsciente colonial como ex-país ou semipaís ou região ou campo de concentração), só que, desta vez, em sentido inverso, isto é, sem serem acompanhados pela elite do país.

Perfeito. Também pela primeira vez, são pouquíssimos os prejudicados. Eu deportaria todos – latifundiários, donos de jornalões, neotraficantes, banqueiros, especuladores universais do reino de deus, rentistas de quatro costados – salvo os americanos que já estão lá – , e você?

(21/6/2010)

Globalizando a Má Consciência

Retomando a discussão a respeito de alguns conceitos centrais da cartilha neoliberal, tais como "mercado livre", "modernidade" e "liberdade", aparentemente tão progressistas, arejados, transparentes, mas cujos significados correntes obliteram-se, tornam-se opacos, quando colocados em prática.

Voltando à leitura de Jameson, este cita John Gray, um pensador de direita um pouco mais moderado do que Samuel Huntington, ex-estrategista do Pentágono, cuja obra *The Clash of Civilizations* ele também discute. Aliás, tanto Jameson quanto eu nada temos contra pensadores de direita, desde que argumentem com elegância e respeitem o ponto de vista alheio, sem subestimar nossa inteligência.

Assim, Gray observa que existem muitas "modernidades": o capitalismo de parentesco da diáspora chinesa, o capitalismo samurai no Japão, os chaebols na Coreia, o "mercado social" na Europa e até o anarcocapitalismo mafioso da Rússia da atualidade – todas essas "modernidades" pressupõem formas específicas pré-existentes de organização social, baseadas nas formas de ordenação da família, seja em clãs, seja em redes estendidas.

Nesse aspecto, a resistência ao mercado livre global não é, afinal de contas, cultural, mas de natureza social: as diferentes culturas se caracterizam segundo sua maneira de fazer uso de tipos distintos de recursos sociais – coletividades, comunidades, associações – para se sobrepor e resistir aos efeitos do mercado livre. Elogiam-se os regimes que alcançam a modernidade através da renovação de suas próprias tradições culturais.

Mas qual o significado exato que podemos atribuir à "modernidade"? E o que explica seu atual prestígio após a Guerra Fria, após o descrédito tanto da versão comunista como da capitalista de modernização? (E aqui me reporto ao livro *O Colapso da Modernização*, do sociólogo alemão Robert Kurtz.)

Jameson é categórico (e eu vou citá-lo literalmente): "Sim, houve um recrudescimento no uso da palavra 'modernidade' – no sentido de 'modernização' – no mundo todo. Será que a palavra se refere à tecnologia moderna? Se for o caso, então quase todos os países do mundo já foram há muito tempo modernizados, têm automóveis, telefones, aviões, fábricas, computadores, celulares e bolsas de valores locais."

Continuo citando literalmente: "Será que ser insuficientemente moderno – no sentido de atrasado mais do que no de pré-moderno – significa simplesmente ter pouco dessas coisas ou não fazê-las funcionar de maneira eficiente? Ou será que ser moderno significa ter leis e uma constituição ou viver como as pessoas nos filmes de Hollywood?"

Para Jameson, "modernidade", tal como se usa e abusa atualmente, é uma palavra suspeita nesse contexto, e está sendo usada precisamente para acobertar a ausência de qualquer esperança – ou telos – social ou coletiva depois do processo de descrédito do socialismo.

Isso porque o capitalismo em si mesmo não tem nenhum objetivo social. Sair usando a palavra "modernidade" a torto e a direito, em vez de "capitalismo", permite que políticos, governos e cientistas políticos finjam que o capitalismo tem um objetivo social e que disfarcem o fato horrível de que não tem nenhum. Os autores consideram que os países vão ter que aliviar os rigores do mercado livre através da fidelidade às suas próprias tradições culturais.

A abordagem de Jameson, via John Gray, apoia-se essencialmente na luta discursiva, ou seja, na quebra do poder hegemônico da ideologia neoliberal. Ele ressalta a força da "má consciência nos Estados Unidos", que só pode ser destruída por uma enorme crise econômica e, para ele, uma crise desta natureza é iminente.

Em tempo: qualquer semelhança, qualquer identidade da "má consciência norte-americana" com a "hipocrisia e furor moralizantes nacionais" realmente não é mera coincidência, mas previsível, normal, óbvia.

Porque a má consciência coletiva – de ontem, de hoje e de sempre – é regida por padrões universais.

(14/10/2006)

Lendo o Outro Chico

A *Era da Indeterminação*, da coleção Estado de Sítio, coordenada por Paulo Arantes, é uma coletânea de ensaios assinada pelo outro Chico, o de Oliveira, o Homem do Ornitorrinco[14].

No pensamento materialista de Chico de Oliveira, consciência e decisões racionais ocupam um lugar central, em detrimento dos mecanismos cegos dos interesses em conflito. No tempo em que éramos subdesenvolvidos, a prova de que a transformação social era possível acabou sendo oferecida pela escolha dos dominantes de uma posição subalterna, porém sob o escudo do imperialismo. Se a porta se fechou foi porque estava aberta também em outra direção, na do socialismo.

O posterior ajuste intelectual – com FHC e banqueiros-intelectuais à frente – simplesmente fez a mesmíssima "opção", mas com uma tremenda "consciência", aquela a pontificar que "fora da globalização não havia salvação". Ironicamente, hoje, apesar de conectados e emergentes, em dia com o FMI, rezando a cartilha do Acordo de Washington, com a mídia, a universidade, a ciência, a arte, a cultura, o esporte totalmente rendidos ao Mercado, tudo o que existe é o vazio, a ausência de pensamento no bloco dominante da crueldade, pois o núcleo duro da estupidez inteligente resplandece na nova classe identificada pela zoologia fantástica do Chico de Oliveira.

Preferimos o subcapitalismo dum país-favela atravessado pelo tumulto de um gigantesco proletariado informal. Que é sistêmico em todos os países periféricos e periferias dos centrais, caminhando velozmente para a periferização ou brasilianização do mundo inteiro, algo como a extensão

---

14 Crítica à razão dualista/ O Ornitorrinco, Prêmio Jabuti de 2004. S.Paulo, Boitempo, 2003.

planetária da nossa fratura. Afinal, o Brasil não era o país do futuro? O sonho do passado é o pesadelo presente.

Mas este Chico continua confiando na hora do autoesclarecimento, promovido pela consciência dos direitos do antivalor, ou seja, que uma sociedade de classes não perca definitivamente a memória de que trabalho, terra, moeda e, agora, informação são falsas mercadorias. Mas como uma sociedade-ornitorrinco é um organismo que só funciona mas não pensa, é daí que jorra a brutal inteligência asnática, uma total contradição nos termos, com bico de pato e corpinho de lontra.

No trecho a seguir, um pouco do chumbo grosso do que vem por aí na irretocável análise deste Chico: "Nessas condições só o capital financeiro sai lucrando, mas isso tem claros limites: a fração dos juros no PIB, para pagar a dívida interna e a externa, cresce até provocar uma retração do investimento produtivo, o que assinala que o capital fictício ou virtual permanece ligado ao produtivo – e por esse movimento chega a hora de realizar o valor, quando então o castelo de cartas desaba. (...) A falência de grandes conglomerados como o Enron e o World Com é exatamente o 'castelo de cartas'.

"Na Grande São Paulo, o trabalho sem-formas inclui mais de 50% da força de trabalho, e o desemprego aberto saltou de 4% em 1990 para 8% em 2002; entre desemprego e trabalho informal transita, entre o azar e a sorte, 60% da força de trabalho brasileira. (...) O cinturão de pobreza inclui mais de 50% da população e um terço vive abaixo dessa linha. Tal situação deve-se ao aumento da produtividade do trabalho, combinado com a privatização e a desnacionalização, sancionados semanticamente pela desqualificação dos atores. É o mesmo mecanismo do trabalho abstrato molecular-digital que extrai valor ao operar sobre formas desorganizadas do trabalho.

"No Brasil, o fenômeno é escondido pelo fato do aumento do desemprego; mas se se calcular a produtividade do trabalho levando-se em conta apenas a fração do trabalho formal, ressaltará de imediato o salto de produtividade obtido. A contradição reside em que é esse salto na produtividade que alimenta o trabalho informal, sobre o qual não se pode estimar a produtividade, justamente porque lhe falta a relação com o capital".

Observem ainda que esses "ínfimos" 60% da mão de obra brasileira, que é informal, sem CPF, RG ou CEP, porém com existência, interferência e poder aquisitivo nada desprezível, ficam fora do alcance do Estado, dos partidos políticos e das instituições em geral, mas a recíproca não é verdadeira:

A desigualdade na distribuição de renda só piorou, em virtude de que o trabalho informal não tem como acessar os mecanismos distributivos que no capitalismo estão ligados ao trabalho sob contrato formal. A sociabilidade centrada no trabalho não pôde resistir, e a vitória "ideológica" do capital transformou-se numa guerra de todos contra todos.

Há uma supressão ou esvaziamento da esfera pública, e a privatização da vida, posto que não há o que deliberar. Os pobres se matam entre si, as classes médias andam de vidros levantados em seus carros para toscamente se defenderem dos assaltos à luz do dia, enquanto os grandes empresários trafegam de helicóptero dentro das cidades. Assim, em lugar de uma hegemonia burguesa que se alimentasse das "virtudes" cívicas do mercado, requer-se permanentemente coerção estatal, sem o que todo o edifício desaba.

A *Era da Indeterminação* é uma expressão que se refere tanto à nova agenda destrutiva do capitalismo quanto ao paradoxal desmonte e revenda peça por peça de uma economia nacional roubada e batida.

Como observa Paulo Arantes, mesmo estando a vida literalmente pela hora da morte, saída de emergência é o que não falta. O círculo vicioso da saída de emergência – que se retroalimenta perenizando a insegurança inerente ao precário – vem a ser o que os autores chamam gestão, o complexo gestionário que se instalou no vazio político deixado pelo Estado engolido pelo reino pré-histórico da mais rasa necessidade econômica.

Nunca houve tanto governo como agora, mas para que haja cada vez mais mercado.

(2/8/2007)

Reduzindo as Mentes

A crescente mediocrização da sociedade contemporânea, que suscitou o interesse dos leitores no sentido dum aprofundamento da questão, coincidiu com a leitura dum texto que vai ao encontro deste objetivo. Trata-se de artigo do filósofo francês Dany-Robert Dufour, professor da Universidade de Paris-VIII, articulista do Le Monde Diplomatique, autor de *L'art de réduire les têtes*, editora Denoël, Paris, 2005 (não sei se já existe uma tradução brasileira) que, confirmando as teses de Paulo Arantes e Chico de Oliveira, aponta a extinção do pensamento como ponto de chegada da ideologia neoliberal.

Pensando bem, não podia ser diferente: para manter a agenda destrutiva do capitalismo e manter-se no poder, só mesmo imbecilizando o resto da humanidade. Um bom exemplo disso foi o encontro de cúpula convocado por Bush em Washington, reunindo 16 países para tratar de questões climático-ambientais, num manifesto desprezo pela assembleia da ONU, que paralelamente acontecia New York, na qual 150 países discutiam as mesmas questões.

Os objetivos do encontro: desqualificar a assembleia da ONU e simultaneamente coagir os outros países a cumprir rigorosamente o protocolo de Kyoto, ameaçando-os com restrições econômicas, para garantir o padrão de consumo norte-americano, mantendo-se fora do acordo. É o Império da força e do arbítrio agindo abertamente contra a humanidade.

Voltando: para Dufour (e para qualquer pessoa que raciocine com relativo bom senso) estamos vivendo um tempo novo, o do capitalismo total, que não se interessa mais só pelos bens e sua capitalização, que não se contenta mais com um controle social dos corpos, mas visa também, sob a aparência de liberdade, a uma profunda reestruturação das mentes.

Tudo, de fato, deve agora entrar no mundo da mercadoria, todas as regiões e todas as atividades do mundo, inclusive os mecanismos de subjetivação. É por isso que, diante desse perigo absoluto, a hora é de resistência, de todas as formas de resistência que defendam a cultura – em sua diversidade – e a civilização – em suas conquistas.

O pleno desenvolvimento da razão instrumental (a técnica), inerente ao capitalismo, resulta num déficit da razão pura (a faculdade de julgar a priori o que é verdadeiro ou falso, o bem ou o mal). É precisamente este traço que caracteriza a virada pós-moderna: o momento em que o capitalismo, depois de ter subjugado tudo, empenha-se na "redução das cabeças". Assistimos atualmente à destruição do duplo sujeito que teve origem na modernidade, o sujeito crítico (kantiano) e o sujeito neurótico (freudiano) – a que se deve acrescentar o sujeito marxista – e vemos instalar-se um novo, o "sujeito pós-moderno".

O processo simultâneo de quebra do sujeito moderno e produção do pós-moderno foi extremamente rápido. O sujeito crítico kantiano, que surgiu em 1800, e o sujeito neurótico de Freud, nascido em 1900, estão em vias de desaparecer. Ambos pareciam protegidos das vicissitudes da história, bem instalados numa posição transcendental, constituindo referência para pensar o ser-no-mundo, tanto que muitos continuam a refletir com essas formas, contudo a potência da forma filosófica que os constituía parece evaporar-se na história, e eles se tornam fluídos, diluem-se.

Mas essa morte programada do sujeito da modernidade é paralela à transformação do capitalismo nos últimos vinte anos em neoliberalismo, o qual se ocupa essencialmente em desfazer todas as formas que anteriormente prevaleciam, deixando de se referir a qualquer valor transcendental para se dedicar às trocas.

E as trocas não valem mais enquanto garantidas por uma potência superior (de ordem transcendental ou moral), mas sim pelo que colocam diretamente em relação enquanto mercadorias. Hoje, a troca comercial colocada como valor supremo des-simboliza o mundo.

Toda figura transcendente que venha a fundar o valor será, a partir de agora, recusada; só existem mercadorias que são trocadas por seu estrito valor de mercado. Hoje, pede-se às pessoas que se livrem de todo estoque simbólico que garantia suas trocas. O valor simbólico é assim desmantelado em proveito do mero valor monetário da mercadoria para que nenhuma outra coisa, nenhuma consideração (moral, tradicional, transcendente, transcendental) possa constituir um obstáculo à sua livre circulação.

As pessoas não devem mais se conciliar com os valores simbólicos transcendentes, mas simplesmente se submeter ao jogo da circulação infinita e ampliada da mercadoria. A esfera de aplicação do modelo [de mercado] está destinada a se estender muito além do domínio da troca comercial e, nesse caso, o preço a pagar por essa ampliação é a alteração da função simbólica. Mais: é a adaptação do indivíduo à mercadoria (e não o contrário).

O neoliberalismo está empenhado em desfazer todas as formas de trocas que prevaleciam, substituindo-as por um absoluto ou metassocial das trocas.

Essa mudança radical no jogo das trocas leva a uma verdadeira mutação antropológica: a partir do momento em que qualquer garantia simbólica das trocas entre os homens é liquidada, é a própria condição humana que muda.

Nosso ser-no-mundo não pode mais ser o mesmo a partir do momento em que o que se empenha de uma vida humana deixa de depender da busca da conciliação com esses valores simbólicos transcendentais, desempenhando o papel de fiadores, mas fica vinculado à capacidade de se adaptar aos fluxos sempre instáveis da circulação da mercadoria. Em suma, não é mais o mesmo sujeito que se exige aqui e ali.

Começamos, dessa forma, a descobrir que o neoliberalismo – como todas as ideologias do século XX (o comunismo, o nazismo) – também almeja a construção dum "homem novo". Mas a vantagem dessa ideologia em relação às anteriores decorre do fato de não ter começado visando diretamente o homem através de programas de reeducação e de coerção.

Ela conferiu um novo estatuto ao objeto, definido como simples mercadoria, esperando que o resto viesse na sequência, ou seja, que os homens se transformassem no momento de sua adaptação à mercadoria, promovida desde então como a única coisa real.

O novo adestramento do indivíduo efetua-se, pois, em nome de um "real" simplesmente porque é mais fácil aceitá-lo do que a ele se opor, uma vez que parece agradável, desejado, como se não passasse de entretenimento (televisão, publicidade, cinema), não permitindo discernir a incrível violência que se dissimula por detrás dessas máscaras.

Voltando: a filosofia kantiana nasceu baseada nos progressos da física desde Galileu e Newton, constituindo uma síntese magistral da experiência e do entendimento. A virada kantiana terá sido necessária para estabelecer que o pensamento necessitava tanto da intuição quanto do conceito. Na realidade, para Kant, a intuição sem conceito é cega, mas o conceito sem intuição é vazio. Mas o que ainda poderá valer esse sujeito crítico a partir do momento em que se trata apenas de vender e de comprar mercadorias?

Para Kant, nem tudo é vendável: "Tudo tem um preço, ou uma dignidade. Pode-se substituir o que tem um preço por seu equivalente; em contrapartida, o que não tem preço, portanto não tem equivalente, é o que possui uma dignidade". Quer dizer, a dignidade – que não pode ser substituída, "não tem preço" e "não tem equivalente" – refere-se à autonomia da vontade e se opõe a tudo o que tem um preço.

É por isso que o sujeito crítico não convém à troca comercial, pois é exatamente o contrário que se exige na venda, no marketing e na promoção deliberadamente mentirosa da mercadoria. Portanto, nesses tempos neoliberais, o sujeito kantiano vai mal. Mas isto não é tudo, o outro sujeito da modernidade, o sujeito freudiano, não está em melhor situação. A neurose, com suas fixações compulsivas e suas tendências à repetição, não é a melhor garantia para a flexibilidade necessária às múltiplas conexões nos fluxos comerciais.

De fato, é necessário que os fluxos circulem, e circularão ainda melhor se o velho sujeito freudiano, com suas neuroses e suas frustrações nas identificações que não param de se cristalizar em formas rígidas antiprodutivas, for substituído por um ser aberto a todas as conexões. Em resumo, esse novo estado do capitalismo é o melhor produtor do sujeito "esquizoide", o da pós-modernidade.

O novo adestramento do ser humano efetua-se, pois, em nome de um "real" (a mercadoria) que é melhor acatar com resignação do que a ele se opor. Como Foucault profetizara há vinte anos, o mundo tornou-se deleuziano. Deleuze queria simplesmente ultrapassar o capitalismo desterritorializando mais depressa que este, mas hoje tudo indica que ele subestimou a fabulosa velocidade de absorção do capitalismo e sua fantástica capacidade de recuperação da crítica mais radical. O que coloca mais uma vez na ordem do dia o ditado segundo o qual os sonhos políticos do filósofo frequentemente se realizam como pesadelos.

Na des-simbolização que vivemos atualmente, o que convém não é mais o sujeito crítico, nem tampouco o sujeito neurótico; o que se exige agora é um sujeito precário, acrítico e psicótico, um sujeito aberto a todas as conexões comerciais e a todas as flutuações da própria identidade, um "sujeito flexível", ou seja, medíocre.

(30/9/2007)

Em Nome de Deus

Deus vai mal mas o fanatismo prepondera.

Deriva de Spinoza o uso contemporâneo do termo "cético" como "alguém que não acredita nem em Deus nem na religião". O ceticismo moderno defende a ciência e combate as pseudociências, as superstições, as religiões oficiais, fazendo a razão supostamente esclarecida combater a fé supostamente irracional.

Já no século XIX, Deus foi morto pelo positivismo à direita, que privilegiava a ciência e descartava a religião, e pelo marxismo à esquerda, que via na religião o ópio do povo. Simultaneamente, na literatura, um personagem de Dostoievski declarava: "se Deus não existe, então tudo é permitido".

Por outro lado, a primazia dos monoteísmos e do Deus único tornou o homem cego e intolerante para com a pluralidade da vida e a multiplicidade de realizações possíveis, incluindo estilos de vida, formas de governo e modos de produção. O filósofo brasileiro Vicente Ferreira da Silva entende o cristianismo como o principal responsável pela metafísica da subjetividade que resulta no domínio técnico do mundo. O Deus único, ao criar o homem à sua imagem e semelhança, permite que se crie um mundo à imagem e semelhança do homem.

Nesse sentido, o cristianismo é a causa da divinização da técnica e, consequentemente, da negação das forças telúricas vitais. Em termos abstratos, esse processo leva à negação do radicalmente outro, isto é, do próprio divino, e em termos concretos, o processo se consuma em Auschwitz, que é o Pior, e Hiroshima, que é o Nada.

Fundamentalistas de todas as nações e religiões fuzilam crentes dentro duma mesquita, matam médicos e enfermeiras que trabalham em clínicas de aborto, derrubam governos legitimamente constituídos. Segundo Karen Armstrong (*Em nome de Deus: o fundamentalismo no judaísmo, no cristianismo e no islamismo* – S.Paulo, Cia das Letras, 2001), em nome do Livro do Gênesis, fundamentalistas cristãos norte-americanos promulgam leis proibindo o ensino da teoria da evolução nas escolas.

E pensar que o capitalismo é ele próprio useiro e vezeiro no darwinismo social e político.

O filósofo Bertrand Russell considera todas as religiões do mundo não só falsas como prejudiciais: se todas se pretendem a única mas diferem radicalmente entre si, não há ponto de vista privilegiado que permita decidir qual é a verdadeira – logo, todas devem ser falsas. A multiplicidade de deuses atesta simplesmente que não existe nenhum.

Em 2002, a World Evangelization Database registrava a existência de 10.200 religiões no mundo. Esse número de religiões faz supor, pelo menos, 10.200 deuses. E se há tantos e todos reivindicando para si ser o único e verdadeiro, no mínimo pode-se afirmar que nenhum deles é poderoso ou justo. Não é poderoso porque existem outros, não é justo porque, se fosse, não combateria as outras religiões.

Quanto mais intensa a religião em qualquer época e quanto mais profunda a crise dogmática, tanto maior a crueldade e tanto pior o estado de coisas, diz Russel. Desse modo, o mundo se revela repleto de inimigos – porque o único Amigo não é deste mundo. Quer dizer, ao contrário do que disse o personagem de Dostoievski, tudo é permitido, sim, mas porque Deus existe: mata-se em nome de Deus, das religiões. Ou de seus sucedâneos simbólicos, as ideologias.

No século XXI, o Capital tornou-se um deus e um dogma de fé inquestionável, o Pensamento Único – não por acaso chamado Único, até porque deuses têm mania de exclusividade –, seu decálogo, e a Tecnociência, a alma do mundo. Que corresponderia à Sofia dos gnósticos, a sabedoria divina, ou ao Espírito Santo cristão, famoso pelo fenômeno da "glassolalia" – falar todas as línguas. Mas a atual Anima Mundi só fala inglês.

(29/2/2008)

O Futuro Foi Ontem

A visita de Bento XVI ao Brasil suscita inevitavelmente um balanço sobre a atuação da Igreja Católica em nossa sociedade nas últimas décadas, e essa tem sido negativa em todos os aspectos, como resultado da orientação retrógrada que a instituição assumiu a partir de 1978 sob o papado de João Paulo II (1978-2005).

A adoção de um moralismo conservador anacrônico, uma ortodoxia petrina, a extinção das políticas de favorecimento dos pobres, mulheres, negros e índios, o repúdio da Teologia da Libertação em todo o continente, a implantação da Nova Carismática entre as classes médias e sua guinada pró-mercado: em toda linha tem sido lamentável a ação da Igreja Católica. Não admira o êxodo, e a julgar por medidas tão lamentáveis – porque absurdas, porque burras, porque alienadas, porque perversas – parece que ela está justamente se empenhando no sentido inverso, quer dizer, rumo a alguma "limpeza étnico-religiosa" ou "assepsia classista".

E tudo isso me lembra Borges quando escreve, citando Emanuel Swedenborg, que no Paraíso os ricos continuam ricos, pois estavam acostumados à riqueza, já os pobres não vão para o Paraíso porque não o compreenderiam.

Porque desde os anos 80, com Karol Wojtyla, o Vaticano aderiu às correntes fundamentalistas de interpretação da fé (a Opus Dei que o diga), ao neoliberalismo combinado da dupla Thatcher/Reagan, ou seja, alinhou-se abertamente com os ricos. Absurdo para uma instituição que postula a caridade? Absolutamente. À sua época, Pio XII (1939-1958) também fingiu não ver o Holocausto judeu. Como agora, que a hierarquia católica proclama que nossos pobres não existem. Literalmente. Porque periféricos, colonizados e neocolonizados, em suma, descartáveis.

Realmente, não admira o êxodo, os católicos só tinham que dar no pé. Aliás, sou mais Edir Macedo, que além de ordenar "bispas", distribui mui lampeira e estrategicamente camisinhas entre os fiéis nas barbas do sumo pontífice. Favelão ou Feira do Inferno? Terceiro mundo...

Mas nem sempre foi assim. Ao contrário. Entre 1958 e 1978, de João XXIII a João Paulo I, plenamente sintonizada com a época, a Igreja Católica conheceu vinte anos de resplendor progressista. E digo isso com duplo conhecimento de causa porque 1) vivi essa época; 2) dos seis aos dezessete anos estudei num colégio de freiras católicas. Confesso que vivi.

Questões como maternidade, contracepção, aborto sequer se colocavam, uma vez que, naquela época, era muito claro que antes seria preciso sustentar-se, não depender dos pais ou assemelhados, pagar os estudos, construir uma carreira profissional, isto é, tais questões não se colocavam porque exigem a priori a conquista duma liberdade econômica (aliás, a única que existe, não conheço outra, e vocês?), propiciando a autonomia para tomar decisões (sabem, o popular do livre-arbítrio só pode ser exercido no plano moral ou existencial quando a sobrevivência está resolvida) quaisquer que sejam, tais como, dois pontos, ingerir ou não anticoncepcionais, oscilar entre a histerectomia e o diafragma, ter ou não um filho, dois filhos, três, um time de futebol inteiro, fazer vinte e oito abortos no Senegal, etc.etc. etc.

Como imputar a uma menina pobre, sem condições de manter a própria sobrevivência, a culpa ou responsabilidade "moral" pelo aborto? No nível dessa menina, a responsabilidade é "social", isto é, da própria sociedade que sempre, e sempre através de suas instituições (igreja, Estado), novamente tira o corpo fora.

Na realidade nem era muito importante, não era o centro das atrações (ou o imo das novelas da Globo), nem o casamento nem a maternidade nem o aborto nem a droga do filho e do marido e da sogra e todas essas questões muito privadas e comezinhas que nossas mães viveram que nossas avós também viveram e bisavós ainda mais tudo igual normal geral generalizadamente e há séculos.

Mas as temporalidades enlouquecem.

Atualmente os jovens vivem tão submersos em hábitos, costumes, orientação moral-religiosa retrógrados, ultrapassados, totalmente anacrônicos em vista das conquistas científicas, dos avanços da legislação dos direitos humanos – até sem se dar conta do quanto são retrógrados – que não sabem – e não têm como saber – o quanto fomos longe, o quanto avançamos, o quanto era diferente para quem viveu plenamente os anos 60 e 70. Porque aí se pode perceber o quanto vocês, jovens, foram lesados historicamente, engolfados sem mais aquela em sociedades pós-catastróficas.

Se o futuro existiu em algum momento, alguma parte, foi lá, aconteceu lá, já aconteceu, pessoal, foi ontem.

(11/5/2009)

Marcas do Mal (Volume I)

Prosseguindo os comentários de *Extinção,* de Paulo Arantes (observando que todas as referências bibliográficas presentes na obra não serão citadas neste texto por duas razões: 1) para não sobrecarregá-lo com interrupções; 2) pelo fato deste não ser rigorosamente acadêmico), gostaríamos de ressaltar o ensaio *Notícias de uma guerra cosmopolita*, onde o autor observa que, em torno desse novo e espantoso regime de crueldade que define o mundo depois da queda (isto é, após a primeira Guerra do Golfo e fim da Guerra Fria, início dos anos 90), surge uma grande quantidade de estudos sobre a violência no Brasil e América Latina, sobretudo quanto ao "paradoxo" do recrudescimento exponencial da violência à medida que a jovem democracia brasileira – e latino-americana – se expandia, removendo o entulho autoritário remanescente do ciclo ditatorial.

Segundo Arantes, este o escândalo: uma sociedade democrática consolidada tendo que conviver com níveis de violência jamais vistos – tanto na escala como no horror das atrocidades cometidas, obviamente espetacularizadas pela mídia – e sua ampliação, a classe política. (...) Nem a institucionalização democrática consegue domesticar a escalada da violência, nem a intensidade crescente dessa maré consegue empurrar de volta a democracia para seu antigo confinamento oligárquico.

Se dissesse agora que esse paradoxo é da mesma ordem que a revelação desconcertante da nova e cruenta belicosidade das sociedades pós-militares, como penso que efetivamente é o caso – e caso de um sistema mundial de violência que vai se desenvolvendo, como no outro, de modo desigual e combinado – precisaria acrescentar a ressalva decisiva de que nunca chegamos a ser uma "sociedade militar" na acepção europeia plena. Vale a pena explicar por quê.

Neste ponto, o autor destaca o papel da guerra na gênese das relações entre concentração de capital e centralização da coerção na formação do

Estado europeu moderno. Assim a América Latina é vista como um subsistema de Estados praticamente à margem das guerras internacionais, mas também à margem do tipo de mobilização nacional e negociação concomitante dos conflitos sociais que as guerras exigiam e propiciavam. Os latino-americanos sofreram repetidamente os horrores da repressão do Estado em parte porque foram poupados dos horrores da guerra internacional em grande escala.

É isso. O Brasil não pode contar com uma das forças mais importantes que na Europa – e durante todo o século XX, nos Estados Unidos – levaram à expansão dos direitos dos cidadãos: a guerra. E a propósito, o autor registra que as ditaduras militares recorrentes não fazem de um Estado um organismo nacional-militar-moderno-clausewitziano, porque geram uma outra variedade de violências.

Afinal, não seria justo pedir que morresse por seu país um povo entregue à própria sorte, desnutrido, comido pela doença, pelo analfabetismo, etc. Não se poderia recrutar como soldado um cidadão sem direitos, como já se sabia muito bem desde a Guerra do Paraguai.

Referindo-se ainda aos estudos sobre violência urbana, Arantes constata uma inversão de perspectiva quando se passa da periferia para o centro: diante da explosão de violência também inusitada nas últimas décadas de crescimento econômico, ninguém fala em coexistência paradoxal entre violência e democracia, mas da descoberta terrível de que algo como "um capitalismo com lei e cidadania" pode não ter sido mais do que uma miragem de trinta anos!

A saber: "Enquanto nos democratizávamos na periferia – democracia ainda que marcada pela regressão econômica que também sepultaria a simétrica ilusão desenvolvimentista – as sociedades centrais viviam o retorno dramático da "questão social", isto é, redescobriam que as desigualdades estavam de volta, cavando uma nova fratura social, que a pobreza não fora banida, sendo os "novos pobres" uma legião, que o racismo e a xenofobia redivivos pareciam recompor o cenário de entreguerras ou, ainda pior, que a violência, supostamente absorvida por um secular processo civilizador, parecia retornar em escala endêmica, não só nos bairros sinistrados e gueitoizados das grandes cidades.

"Em vez do 'paradoxo', uma ferida narcísica de bom tamanho: onde está a 'civilização' de sociedades que já não eram mais nem coesas, nem igualitárias e, muito menos, pacíficas? O fato é que a associação entre capitalismo, industrialização e guerra parece vincular 'pacificação' interna nos limites territoriais dos Estados capitalistas, deixando de lado a 'nova violência' inerente aos processos de exploração econômica 'pacífica', ao 'pós-militarismo' voltado para fora nas relações de competição interestados na arena política mundial".

No livro *Guerra Civil,* H.M. Enzensberger afirma que qualquer vagão do metrô numa capital europeia pode se transformar numa Bósnia, algo típico dum processo de terceiromundização do Primeiro Mundo. Só que o europeu ou norte-americano parece esquecer que se hipoteticamente um bairro inteiro de qualquer grande cidade norte-americana ou europeia virasse uma Bósnia, as forças policiais da ordem agiriam como numa guerra de trincheiras, tratando seus habitantes como um exército de ocupação faria como o inimigo, etc. – está em todos os filmes xyz-adnauseam que eles produzem para suposto consumo dos trouxas aqui da periferia e dos quais eles próprios são os maiores fãs e consumidores, noves fora a idiotia onipresente de plantão em frente às telinhas e telões do planeta.

Universalmente, não se trata de estimular uma guerra civil, mas de promover a guerra contra os civis, incluindo a econômica no pacote aliado do pós-capitalismo suicida, flexibilizado e triunfante.

Eis porque 'guerra é paz' em todos os sentidos possíveis, desde a utopia orwelliana até a hiper-realidade pós-catástrofe nossa de cada dia. (8/3/2007)

Revisitando Hannah Arendt

Certa vez Hannah Arendt escreveu que pensar é intrinsecamente uma atividade antissocial e subversiva, porque é um ato que ameaça todas as versões oficiais do direito e da ordem. Por isso, tanto nos sistemas totalitários quanto naquele em que prepondera o Pensamento Único, que impõem a "verdade única", pensar livremente é crime. Mas como pensar, senão livremente? O pensamento elimina as ficções convenientes que mascaram as deformações de uma ordem social. Um dos feitos de Arendt foi conseguir manter a filosofia fora do alcance dos interesses político-partidários, conferindo à sua obra um caráter aberto, muito distante de imposições dogmáticas.

Aliás, sobre autoridade, ela afirma: "Visto que a autoridade sempre exige obediência, normalmente ela é confundida com alguma forma de poder e violência. Contudo, a verdadeira autoridade exclui a utilização de meios externos de coerção, pois onde a força é usada, a autoridade como tal fracassou." Para ela, no domínio da política, onde o sigilo e o embuste deliberado sempre tiveram um papel importante, o autoembuste (ou autoengano) é o perigo por excelência, o impostor autoenganado perde todo o contato não só com sua plateia, mas também com o mundo real, o que aumenta em muito sua periculosidade.

A "introjeção" da ideologia dominante, a ponto de o dominado fazer coincidir suas aspirações com as do dominador, é o que campeia na mídia.

Nesses tempos tão bicudos, tão estéreis, é um alívio revisitar o livre-pensar de Hanna Arendt, cujo tema foi a liberdade e sua tarefa a de iluminar e restaurar a importância do setor público, onde o diálogo permite a emergência da política como uma das grandes dimensões da dignidade humana. Digo isto a propósito da releitura de *As origens do totalitarismo: imperialismo, a expansão do poder* (Rio, Documentário, 1976), especificamente quando ela trata da emancipação política da burguesia e das ligações desta com o poder.

Segundo Hannah, o imperialismo surgiu quando a classe detentora da produção capitalista rejeitou as fronteiras nacionais como barreira à expansão econômica. A burguesia ingressou na política apenas por necessidade econômica: como não desejava abandonar o sistema capitalista, cuja lei básica é o constante crescimento econômico, a burguesia tinha que impor esta lei aos governos – para que a expansão se tornasse o objetivo final da política externa.

Em meados do século XIX (a partir de 1870), ocorre uma crise econômica em toda Europa devido à superprodução de capital, ao surgimento de dinheiro "supérfluo" causado pelo excesso de poupança, que já não podia ser produtivamente investido dentro das fronteiras nacionais. Pela primeira vez, o investimento de poderio não abria caminho ao investimento de dinheiro, mas a exportação do poder seguia os caminhos do dinheiro exportado, visto que investimentos incontrolados em países distantes ameaçavam transformar vastas camadas da sociedade em meros jogadores, mudar toda a economia capitalista de um sistema de produção para um sistema de especulação financeira, e substituir lucros de produção por lucros de comissão. A época foi marcada por falcatruas, escândalos financeiros e jogatina no mercado de ações.

Mas verificou-se que os acionistas ausentes não queriam correr os tremendos riscos relativos ao aumento de seus lucros, embora estes também fossem tremendos. Só a força material do Estado poderia protegê-los. Então ficou claro que a exportação de dinheiro implicava em exportação da força de governo. E muitos governos viram com apreensão crescente a tendência de fazer dos negócios uma questão política e de identificar os interesses econômicos de grupos com os interesses nacionais.

Mas parecia que a única alternativa à exportação do poder era o sacrifício deliberado de grande parte da riqueza nacional. Só a expansão dos instrumentos nacionais de violência poderia racionalizar o movimento de investimentos no estrangeiro e reintegrar na economia da nação as desenfreadas especulações com o capital supérfluo, ou excedente, desviado para um jogo que tornava arriscadas as poupanças.

A primeira consequência da exportação do poder foi esta: os instrumentos de violência do Estado, ou seja, a polícia e o exército – que na estrutura da nação existiam ao lado das demais instituições nacionais e eram controlados por estas – foram dele separados e promovidos à posição de representantes nacionais em países fracos e não civilizados.

Em regiões atrasadas, sem indústria e sem organização política, onde a violência campeava livremente, as "leis do capitalismo" tinham permissão de criar "novas realidades" (ou seja, pesadelos de ponta). O segredo do sucesso estava precisamente no fato de terem sido eliminadas as leis econômicas para não barrarem o caminho à cobiça das classes proprietárias. O dinheiro enfim podia gerar dinheiro porque a força, em completo desrespeito às leis, econômicas e éticas, podia apoderar-se das riquezas.

Somente o acúmulo ilimitado do poder podia levar ao acúmulo ilimitado do capital.

Não é profética a pertinência do pensamento de Hannah Arendt aqui, agora e sempre?

Guy Debord Toujours

O fato político, a partir da morte de J. F. Kennedy em 1963, tornou-se puro espetáculo. Contudo, não basta constatar "que tudo é circo" e pronto, assim, em seco. É necessário ir às fontes do conceito "sociedade do espetáculo" formulado pelo pensamento crítico francês (e não anglo-saxão).

Ensina Guy Debord[15] que a sociedade modernizada até o estágio espetacular integrado se caracteriza pela combinação de cinco aspectos principais:

1 – a incessante renovação tecnológica; 2 – a fusão econômico-estatal; 3 – o segredo generalizado; 4 – a mentira sem contestação; 5 – o presente perpétuo.

No plano das técnicas, a imagem construída e escolhida por outra pessoa se tornou a principal ligação do indivíduo com o mundo que, antes, ele olhava por si mesmo. A partir de então, é evidente que a imagem será a sustentação de tudo, pois dentro de uma imagem é possível justapor sem contradição qualquer coisa. O fluxo de imagens carrega tudo; como perpétua surpresa arbitrária, não deixa nenhum tempo para a reflexão, independente do que o espectador possa entender ou pensar. Nessa experiência concreta de submissão permanente encontra-se a raiz psicológica da adesão tão unânime ao que aí está.

O discurso espetacular faz calar tudo o que não lhe convém. É, portanto, totalmente ilógico. E como já ninguém pode contradizê-lo (pois a lógica não é fácil e ninguém quer ensiná-la aos espectadores), este é o império da "ideologia do pensamento único". Onde impera a falta de lógica, isto é, a perda da possibilidade de reconhecer de imediato o que é importante, o que é

---

15 DEBORD, Guy. A sociedade do Espetáculo – prefácio à 4ª edição italiana. Rio de Janeiro, Contraponto, 1997-2003.

secundário e o que é fora de propósito. Este é o resultado da espetacularização capitalizada global: um mundo irracional.

Nenhum drogado estuda lógica. A supressão da personalidade acompanha fatalmente as condições da existência submetida às normas espetaculares – cada vez mais afastada da possibilidade de conhecer experiências autênticas e, por isso, de descobrir experiências individuais. Essa existência postula uma fidelidade sempre em mutação, uma série de adesões decepcionantes a produtos ilusórios. Trata-se de correr atrás da inflação dos sinais depreciados da vida. A droga ajuda a pessoa a se conformar com essa organização das coisas; a loucura ajuda a evitá-la.

O próprio McLuhan, que parecia o imbecil mais convicto do século XX e primeiro apologista do espetáculo, mudou de opinião ao descobrir enfim, em 1976, que a pressão da mídia conduz ao irracional. O pensador de Toronto passou décadas a louvar as múltiplas liberdades trazidas pela "aldeia global", de acesso instantâneo a todos e sem esforço, só que as aldeias, ao contrário das cidades, sempre foram dominadas pelo conformismo, pelo isolamento, pelo controle mesquinho, pelo tédio, pelos mesmos mexericos seculares. No fundo, McLuhan acertou quanto às denominações e ao método, sem perceber que o resultado seria exatamente o oposto.

O embotamento crítico, a estupidez satisfeita e a covardia generalizada são as três características mais marcantes dos brasileiros pós-90. Sem demagogia, mas algo pensado e escrito por sujeitos como Orwell (*1984*), como Chomsky: não são os políticos nem os poderosos que irão mudar as coisas, mas o povo, ou seja, nós. Todos nós. A menos, é claro, que para você esteja tudo bem, tudo certo, wonderful, maravilha.

(10/6/2005)

Literatices

Piauí, Who?

"O melhor do teatro é que depois você
vai para o bar beber com os amigos"
Mário Bortolotto

Há uns três anos, fui jantar com Marcelo Mirisola e Ronaldo Cagiano no *Planeta's* – desses restaurantes duma decadência sublime, fecha-não-fecha, situado na confluência absurdamente improvável de Martins Fontes, Caio Prado, Augusta e Praça Roosevelt. Aliás, todo *o Planeta's* é pungente, quase indescritível, desde garçons, vinhos, sobremesas, carrinhos de sobremesa, cardápios incluindo trutas com amêndoas, perfeitamente honestas e comestíveis – e tudo baratíssimo, lembrando um mix de naufrágio com suicídio empresarial no melhor estilo anos 50, uma vez que ainda sobrevive graças à frequência dos teatros off-Roosevelt – atores, dramaturgos, diretores, técnicos, público, fãs de tudo isso retro e supra.

Antes frequentávamos o *Ferro's Bar* na Caio Prado – em frente à Sinagoga!, cruzes, isto parece a Índia, apreciadores entusiásticos do frango à passarinho e seu delirante lesbianismo – mas o *Ferro's* fechou, então nos bandeamos para o *Planeta Naufrágio*, não esquecendo que na rua detrás, a Nestor Pestana, que já abrigou o *Gigetto* em dias gloriosos, agora pululam *Famiglias Mancinis 1,2,3 e 4* – que cobram R$ 170,00 por um spaguetti absolutamente brochante – mais uns bares-espacinhos-gay-comics, tudo muito visual e pós-moderníssimo e em permanente muvuca exposta à visitação da juventude dourada da Mooca, Penha, Perus, Vila Sônia, Suzano, Parque Bristol, Ribeirão Preto, Limeira, Bauru, quiçá Araçatuba.

Voltando ao jantar: foram rolando aquelas conversas literárias vagabundas que implicam em troca de figurinhas, discreta sondagem de preferências e visões de mundo do recém-chegado Cagiano (ele acabara de se mudar de Brasília para Sampa), cumplicidade incondicional entre mim e Mirisola, Cagiano contando sua viagem a Teerã, onde esteve dando palestra, com texto previamente censurado, tipo, dois pontos: a sensualidade da nossa mulata, por exemplo, não passou – a partir do que chegou-se à conclusão que o fundamentalismo talebã fundido ao fundamentalismo neoliberal texano, ensejando a coexistência de burcas & tênis Nike, superpõe censura religiosa local com imposição mercadológica imperial (naturalmente aí, Bush, talebãs e nababos comuns de pleno acordo), deixando a população sem outra alternativa senão render-se ao pior dos dois mundos.

Merda no Além e no Aquém, merda em cima e embaixo, assim na terra como no céu. Amém. Realmente, a única guerra que existe é contra as populações civis.

O negócio é o seguinte: no mundo, você só come no McDonald's (embora isso foda sua saúde e o filme *Supersize me* esgota o assunto), se trata só se tiver Plano de Saúde (que não cobre quase nada, embora cobre os olhos da cara, enquanto neoliberais de plantão destroem o que resta da saúde pública, Serra à frente), não fuma (embora a indústria de cigarros continue faturando horrores), não fala mal dos ricos e poderosos, aliás, melhor não dizer nada: enfia logo uma burca e vai te foder, já que no Paraíso te esperam...o quê? Setecentas virgens!

Local e seres que absolutamente não interessam no caso de a pessoa ser mulher, veado, eunuco, Bento XVI, Macaco Simão, aliás, o Além, cristão ou islâmico, é um mecanismo de controle social arcaico, perverso e estúpido demais.

A população pode ser ignorante e louca, mas não é burra, Deus, pra quem acredita, pode ser louco, mas também não é burro. Quer dizer, coisas simultaneamente loucas & burras, como o Paraíso, o Movimento Cansei & ideólogas Hebe Camargo/Regina Duarte/Ana Maria Braga/Ivete Sangalo, além de Sarah Palin, Rumsfeld, Pinochet, Berlusconi, Sarkozy, Arnaldo Jabor ou Diogo Mainardi não resistem ao ridículo mais elementar, concluímos filosoficamente, já engatando na entrevista do João Moreira Salles, 45, filho de banqueiro e dono da revista Piauí.[16]

Nela, ele discorre instrutivamente sobre o Brasil medíocre, irrelevante (ele não quis dizer *descartável*?) e sem rumo de hoje, sob todos os aspectos, incluindo artes, literatura, cinema, porque "é importante dentro de determinado caldo

---

16 Folha de São Paulo, 13/08/2007.

cultural. Quando esse caldo desaparece, pode haver cineastas (claro, Ele!) extraordinários – e eles existem – mas os filmes não têm mais centralidade. O cinema teve o seu momento e o momento passou. A centralidade hoje está na tecnologia, na ciência. Houve um deslocamento do que é vital para o cultural. O que há de vivo hoje nas artes e tem algum impacto é a arquitetura. Não consigo imaginar em nenhuma outra manifestação das artes um impacto tão grande quanto o museu de Bilbao, produzido na cidade de Bilbao e por conseguinte na Espanha."

Pois é, Bilbao, um pesadelo arquitetônico que nem Borges conceberia porque, ao contrário dos arquitetos de Bilbao, o velho não brincava em serviço.

Referindo-se à casa da Gávea onde, entre os anos 50 e 60, seu pai, o banqueiro e diplomata Walther Moreira Salles, recebia o jet set das artes, economia e política de dentro e de fora do Brasil, locação do seu filme *Santiago*, cujo tema são as memórias e a *persona do mordomo dos Salles* (grifo meu), assunto aliás extremamente relevante para o público brasileiro, e co-ra-jo-so (segundo a brilhante entrevistadora), ele diz: "Aquela é uma casa da década de 50, quando o Brasil tinha uma arquitetura importante, produzia uma literatura muito inovadora, teve grande ambição no cinema, com o cinema novo, e na música, com a bossa nova. No concerto geral das nações, *o Brasil não era irrelevante*."(grifo meu)

Esse João é um exemplo lapidar do "mauricinho-lírico-banqueiro-fofo", amigo do ex-presidente FHC, ambos adornos críticos da nossa mais fina sociedade. Mas o que ele não disse (nem lhe foi perguntado) é que o Brasil medíocre de hoje é o resultado da ação duma elite predadora que, sobretudo nos últimos quinze anos, na etapa de financeirização do capital, têm bancos e banqueiros à frente do desmanche do país e seu projeto, ergo sua cultura e arte, donde mauricinho Moreira Salles metido nisso até o pescoço e com isenção fiscal!

E esse João a fazer um filme sobre Santiago, mordomo da família há três gerações e os dourados anos 50-60, esse João, dono da revista literária Piauí ("Somos imprensa nanica! Somos combativos. A gente é contra o sistema (risos).") é o mesmo que diz que a arte (literatura incluída) brasileira se tornou medíocre, irrelevante!

Ah, sim, à pergunta da Folha: "No filme *Santiago*, você afirma não ter se dado conta, nas filmagens, que o conflito de classe contido na relação patrão/

empregado estendia-se à relação diretor/ entrevistado. É porque pensava em sua relação com Santiago pela perspectiva do afeto, não como patrão?"

Resposta: "De maneira nenhuma quero parecer alguém com maior identificação com quem está do outro lado do conflito de classe, que era mais próximo dos empregados. É algo tipicamente brasileiro. Está em Gilberto Freyre, em Casa-Grande & Senzala – *a impossibilidade de a gente transformar em relações profissionais, principalmente as ligadas à vida domiciliar, as relações que também são pessoais. O afeto atravessa o conflito de classe, rompe um pouco a barreira imposta, é subversivo nesse sentido".* (grifos meus).

Afeto subversivo? Sugiro, meu prezado João, a leitura de *A ideologia do favor*, de Roberto Schwarz. Para aprender a pensar e não cometer declarações estúpidas, um moço tão fino como você. A menos que, como agora no Brasil é fashion entre os ricos posar de anti-intelectual (macaqueando os ianques), a coisa toda possa ter sido proposital.

Mas é isso: semanticamente o texto dele soma duas inevitabilidades: ideologia do favor + globalização. E essa mixagem – "favor + globalização" – inconcebivelmente produz uma "ideologia de terceiro grau!"

Agora o Brasil é isso aí e a literatura (e a arte) brasileira não existe.

Bom, pela cara da revista Piauí e sua "proposta editorial", esse dado é apriorístico, isto é, que a literatura brasileira não exista é *conditio sine qua non* da existência da própria Piauí. Um país que premia exclusivamente escritores irrelevantes e festeja a mediocridade só tem mesmo que se foder literariamente.

Ainda a respeito de piauís, na mesma semana rolava um tremendo barulho na imprensa porque o Sr. Paulo Zottolo, presidente da Philips do Brasil e um dos mentores intelectuais do Movimento Cansei, para "justificar sua tese moralizante do referido movimento", havia declarado literalmente: "Não se pode pensar que o país é um Piauí, no sentido de que tanto faz como fez." (Observatório da Imprensa, 18/8/2007)

Felizmente, no fim da noite, saiu a declaração do referido empresário retificando que "não é o país, mas o Piauí que não existe" – o que nos fez suspirar aliviados.

(14/12/2010)

Literatura para quê?

Pra começar, para não enlouquecer, não perder o sentido duma vida que atualmente anda cada vez mais sem sentido. Porque nesse caso não é só a literatura, são todas as artes que, despojadas de valores simbólicos, de qualquer dignidade (naquele sentido kantiano), valendo unicamente pela sua cotação de mercado, também deixam de ter propósito, finalidade, objetivo. Porque se a Bruna Surfistinha pode ser considerada tão escritora quanto Clarice ou Lygia Fagundes ou Hilda Hilst ou eu mesma, então é melhor quebrar o lápis e parar.

Quer dizer, a menos que você se identifique ideologicamente com Ivete Sangalo ou Hebe Camargo e esteja cansado de não entender absolutamente nada do que realmente está se passando no mundo. Não é possível que TUDO esteja errado, afinal não existem pessoas notáveis tais como políticos, empresários, gestores do caralho a quatro, banqueiros, médicos, advogados, professores pensando por você? Trabalhando por você? Planejando seu futuro, cuidando do seu bem-estar na face da terra, porque, quanto ao Paraíso, sempre se pode contar com Edir Macedo, Padre Marcelo Rossi ou a bispa Sônia, não é mesmo?

Afinal, o objetivo do ser humano não é ser feliz? Quer dizer, individualmente, e os outros que se lixem?

Mas aí a literatura vai mal, porque literatura não tem nada a ver com felicidade nem saldo bancário nem as Ilhas Caimã nem passagens para a Disneylândia nem pneus radiais nem Hugo nem Boss, mesmo porque literatura não tem nada a ver com esquecimento nem conteiners nem lixo nem reciclagem nem obsolescência nem bobagens nem irrelevâncias nem Jean-Paul Gaultier, nem coisas de somenos – que andam de somais – embora tudo isso possa fazer parte da literatura. Também. Como assunto. Num certo nível. Percebem?

Literatura que defino como a empresa de conquista verbal da realidade.

Pois, ao contrário das outras artes que colocam objetos no mundo – como quadros, esculturas, filmes, catedrais – a literatura vai se apropriando pouco a pouco de todas as coisas – e nomear não é apreender?

Esta é uma guerra, senhores, estamos nela para ganhar, conquistar mais e mais consciência – tomá-la à força se preciso, violentamente, porque isto ninguém nos dá de presente, porquanto é preciso apropriar-se, através da literatura, da realidade, como Prometeu roubando o fogo dos céus, posto que o objetivo é promover a ampliação do campo da consciência.

Acender a luz.

(22/10/2007)

Dando Lugar aos Mais Jovens

Há alguns dias um amigo lembrou uma frase lapidar do Paulo Francis que, se referindo às perspectivas de uma época "sem horizonte ideológico", comentou: "Estamos, sem dúvida, no limiar de uma nova era. Vivê-la é tolerável, mas 'ser' dela me parece insuportável". Naturalmente isto também serve para a "ausência de horizonte cultural" e respectivas posturas a respeito.

Para a ideologia pós-moderna, segundo Frederic Jameson, inteiramente dominada pela produção mundial de mercadorias e pela mercantilização, inconsciente e natureza se foram para sempre. De forma que, se eu dissesse que esta época é totalmente sem imaginação e bem pouco saudável, estaria sendo rigorosamente correta, certo? Errado, porque tal afirmação seria politicamente incorreta. Donde se conclui que nossa época é essencialmente ideológica – realidade e verdade são produzidas artificialmente. A natureza e o inconsciente são desmentidos descaradamente, conforme a cotação do mercado.

Mas não é bem assim, não é mesmo?

Vejam o conceito de "fama". Por exemplo, o axioma de Andy Wharhol de que "futuramente todo mundo seria famoso por quinze minutos" parece funcionar perfeitamente, às mil maravilhas, mas o fato é que seu inverso – a infâmia – pode durar o resto da vida. Porque assim é e assim foi sempre.

Porque a cultura é um processo cumulativo. Nada pode ser subtraído a ela, sob pena de desfigurá-la. Mas atualmente há adeptos e praticantes alegremente convictos dessa mutilação. Senão, vejamos como atuam tais práticas com alguns exemplos especialmente ilustrativos, digamos, na área literária:

(Todos os escritores abaixo citados têm mais de 50 anos)

Você mandaria o Luís Fernando Veríssimo desocupar a moita para dar lugar aos mais jovens? Você teria coragem ou a cara de pau necessária para intimar Chico Buarque a parar de escrever/compor musiquinhas/publicar romances porque está mais do que na hora de dar lugar aos mais jovens? Hein?

E para a Adélia Prado, você diria o quê? Para ela pegar um rosário/ir cuidar dos netos/rezar missa, meramente para dar lugar aos mais jovens?

Tá certo que o sujeito é coroa, mas você mandaria o Vargas Llosa, com Nobel e tudo, pendurar as chuteiras para dar lugar aos mais jovens? E o Lobo Antunes? E com a Lygia Fagundes Telles, você faria o quê? E já que estamos na Academia, por que não acrescentar Nélida Pinõn e Antonio Torres? Gente, será que esses caras não se tocam que é a hora e a vez dos mais jovens?

Prosseguindo: E o Cristóvão Tezza? Milton Hatoum? Raduan Nassar? Ziraldo? Olha aí o supercoroa, já tava esquecendo, e Ignácio de Loyola Brandão? Marina Colasanti e Affonso Romano de Sant'Anna? E o João Gilberto Nöll? Outra, mesmo que eu não goste dela, mas e a Lya Luft, você mandaria parar com suas autoajudas pra dar lugar a ajudinhas mais jovens? O que o editor dela pensaria DISTO, ou o do Chico, ou o do Veríssimo, ou o do Vargas Llosa? Sem contar aqueles escritores/jornalistas e tem uma pá de gente!

Se você faria tudo isso, você é certamente "um ser humano do seu tempo" (aquele que tolera o intolerável e pratica alegremente o próprio suicídio cultural), só que não perguntes por quem os sinos dobram. Eles dobram por ti.

(17/2/2010)

A Consciência Perversa

Cresci durante os anos 60, amadureci literariamente nos 80 e cá estou – cá estamos – no final de 2007. Pensando retrospectivamente (e os finais nos convidam a fazer balanços), durante todos esses anos vi e vivi grandes transformações em nossa sociedade: o Brasil da ditadura e o Brasil da abertura, do nacional-desenvolvimentismo a este pós-paganismo consumista sem inconsciente e sem natureza – porque a cultura de mercado se tornou sua única natureza, interna e externa, corpo e alma – isto é, sem deuses. Pós-paganismo que se move vertiginosamente, mas gira em falso.

Porque há um abismo entre a sociedade dos anos 60 e a de 2000, e isto se torna evidente através da Literatura. No modernismo, de Drummond a Guimarães Rosa, existia uma "aproximação simpática" ao Outro, abria-se espaço ao discurso dos oprimidos, dos excluídos, daqueles que não têm voz – empregadas domésticas, trabalhadores rurais – a fim de deixá-los falar de seus sonhos, razões, esperanças, emoções, costumes e crenças. Era uma aproximação pelo lado luminoso, positivo, uma vez que correspondia a uma atitude e visão de mundo ideológicas. Afinal, em *Grande Sertão: Veredas*, um dos maiores romances brasileiros, o personagem principal não é Riobaldo, um jagunço? Regionalismos à parte, que estes não se aplicam a Rosa.

Já na década de 70, a partir duma crise generalizada no mundo das artes que traduz o fim da busca da originalidade do primeiro modernismo, aliada ao enfraquecimento das ideologias de esquerda – e, no Brasil pós-64, com a derrota política da esquerda e o esvaziamento do nacional-desenvolvimentismo – surgem os primeiros grandes textos chamados pós-modernos, onde essa aproximação se inverte, torna-se "negativa".

Ao assumir o discurso do Outro, o escritor representa-o pelo lado obscuro, a sombra, a imagem em negativo do marginal/pobre/oprimido/excluído, que é ignorante, mesquinho, cruel, insensível, grosseiro, sem nenhum servilismo, admiração e contemplação para com os elementos da classe dominante (a qual, ironicamente, pertence o escritor), para com aqueles que o excluem e mantêm em sua condição miserável, a exemplo dos marginais de *Feliz Ano Novo*, de Rubem Fonseca, significativamente censurado durante 14 anos pelo regime militar.[17]

Devido à ausência dum projeto social coletivo, ao excesso de individualismo, à crise da subjetividade pelo fato de se viver num caos social e sem perspectivas, à submersão numa cultura de mercado, ainda nesse período surge no Brasil uma literatura claustrofóbica, cujo horizonte é a telinha da tevê, marcada por crime, sexo, violência, conflitos mesquinhos e sem grandeza. Na produção literária pós-80, ao invés do Sujeito ou Narrador Onisciente do Modernismo, temos os Diversos Sujeitos Inconscientes do Pós-Modernismo, ou almas parciais, ou várias posições descentradas do sujeito que expõem o nervo da Má Consciência Coletiva ou Consciência Perversa e liquidam a história no nível mesmo da linguagem, bem como qualquer ilusão a respeito do gênero humano.

Não há mais conflito autor/personagem, pois a personalidade esquizofrênica é dada como condição de normalidade do cotidiano high tech estilhaçado, onde o personagem é o autor que se "objetiva" no espaço no qual ambos só sobrevivem se estiverem "armados" (com facas, revólveres, metralhadoras, automóveis, cartões de crédito, celulares, computadores, cash), revestidos com o brilhante tecido dos elementos da cultura e da economia de mercado como "armaduras", soterrados por resplandecentes couraças metálicas (inclusive as abstrações da teoria lacaniana).

Armaduras que, usadas full-time, transformam-se no seu verdadeiro corpo fantasmático/frio/insensível. Assim, a grandeza do escritor se torna a negação diária da sua humanidade, a sua desumanidade triunfante, a consumação da perversidade que agora é a medida da genialidade.

A diferença entre as duas sociedades é que a de 1960 se conhecia pela "Falsa Consciência", a consciência envergonhada de suas injustiças e contradições, enquanto a de 2000 se conhece pela "Consciência Perversa",

---

17 Lançado numa coletânea em 1975 e logo em seguida recolhido pela Censura Federal, só foi liberado em 1989, numa edição da Companhia das Letras.

que não só ignora a desigualdade social, como quer mais é que o Outro se foda, ou pior, tem plena consciência das injustiças, contradições e do ponto sem retorno em que se encontra e não se importa.

E continua querendo que o Outro se foda.

(01/12/2007)

Posteridades Literárias – um Balanço dos Melhores Autores da Década de 1980 –

Usando o critério crítico geracional (as gerações de autores se sucedem a cada 30 anos), em 2010 já se pode fazer uma avaliação da geração de escritores da década de 1980.

E na geração 70/80 (a minha) surgiram cerca duns 400 novos autores! Para se ter uma ideia, em 1976, só a Editora Ática (na época, investindo massivamente em ficção nacional; lembram as famosas capas do Elifas Andreatto?), na coleção Nosso Tempo, publicou cerca de 75 títulos de autores inéditos. ***E onde estão esses caras hoje?***

Dos quatrocentos escritores emergentes daquela época, trezentos e setenta e cinco desapareceram por completo, porque hoje, trinta anos depois, só restam aí uns vinte e cinco, sem contar os poetas, os mortos ou ambos, tipo Leminski, Ana Cristina César...

Porque não se trata de fazer sucesso ou vender ou ganhar prêmios ou concursos ou bolsas ou petrobrases, não se trata nem de publicar **muito**, trata-se de escrever uma obra – pode ser apenas uma – realmente significativa, que faça diferença, que penetre o imaginário e se instale na memória profunda das gerações subsequentes. E este critério inclui o equivalente inverso: o conjunto da obra é que se torna representativo. É o caso do escritor que publica constantemente e, pelo conjunto produzido, define um estilo, uma marca inconfundível.

Aliás, nessa categoria, de imediato posso citar dois gaúchos: Luís Fernando Veríssimo e João Gilberto Nöll – este menos prolífico, todavia mais complexo, dum nível técnico-estilístico refinadíssimo.

Tal critério – a obra exemplar ou o conjunto de obras – consagrou nossos grandes escritores, claro, incluindo os gênios – o autor de várias obras fundamentais – a exemplo de Guimarães Rosa, Carlos Drummond de Andrade, Machado de Assis, Graciliano Ramos, Osman Lins, Lygia Fagundes

Telles, Clarice Lispector, João Cabral de Melo Neto, Érico Veríssimo, Mário de Andrade, etc. Mas a propósito, e citando o próprio Mário de Andrade: *uma grande literatura nacional não é feita de gênios porque o gênio aparece em qualquer lugar, até no deserto de Gobi, uma grande literatura nacional é feita por muitos escritores médios.*

Agora, voltando à geração de 70/ 80, pinçando só os prosadores, lá vão: 1) Antonio Torres, 2) Caio Fernando Abreu, 3) Deonísio da Silva, 4) Domingos Pellegrini Jr., 5) Hilda Hilst, 6) Ignácio de Loyola Brandão, 7) Ivan Ângelo, 8) João Antonio, 9) João Ubaldo Ribeiro, 10) João Gilberto Nöll, 11) João Silvério Trevisan, 12) Luiz Vilela, 13) Luís Fernando Veríssimo, 14) a primeira Lya Luft, 15) Márcia Denser, 16) Marcio Souza, 17) Moacyr Scliar, 18) Marina Colasanti,19) Nélida Pinõn, 20) Roberto Drummond, 21) Rubem Fonseca, 22) Raduan Nassar, 23) Reinaldo Moraes, 24) Roniwalter Jatobá, 25) Sonia Coutinho, 26) Silviano Santiago, 27) Silvio Fiorani, 28) Sérgio Sant'Anna, 29) Tânia Faillace, 30) Wander Piroli.

Taí, 30 escritores, digo, 24, porque seis já estão mortos: Caio F., Hilda Hilst, João Antonio, Roberto Drummond, Wander Piroli e Moacyr Scliar.

Quero assinalar que este critério não diz respeito à idade dos escritores, mas à época em que foram consagrados graças às suas obras, ou seja, as décadas de 70 e 80. Razão pela qual não incluí, por exemplo, Milton Hatoum ou Cristovão Tezza, uma vez que suas obras mais relevantes foram publicadas a partir de 90.

O teste do tempo – posteridade deve ser isto – é algo absolutamente fora do nosso controle. By the way: aguardemos em 2020 o inventário da geração de 90.

Faz tempo, mas lembro de ter lido um artigo do José Castello onde este faz aquela defesa envergonhada de Lya Luft (se é que eu ainda sei ler no subtexto) "que só porque a coitadinha agora vende, dá-lhe inveja de quem não vende" e etc., nessa linha. Cruzes, Zé Castello, não é que ela botou o título de "Ônus" num dos tais poemas que você defende com tanta galhardia?

A propósito, tudo isso me lembra DEMAIS o grande problema que Marcos Rey criou (e o amargurou nos últimos anos de vida, sei disso porque éramos amigos) ao vender milhões de livros infanto-juvenis e – duma forma que ele não previra – comprometendo seriamente a recepção da sua literatura adulta, que havia dado títulos como *O Enterro da Cafetina, Traje à Rigor, O*

Pêndulo da Noite, O bar dos cento e tantos dias, Mustang Cor-de-Sangue, Eu e meu Fusca, etc. A verdadeira obra incorporada à tradição literária (mas que pouco vendia).

E hoje? Quem se lembra dos seus livros infanto-juvenis? (que pena, tão vendidos!) Um deles, se me lembro, chegou a cinco milhões de exemplares.

Pois é, Castello, é natural que você defenda "a letra morta" (deve ser esse o Ônus da Lya), posto precisar de defesa, é compreensível, porque "a palavra viva" tem valor e substância por si mesma, logo não há porque defendê-la, não é mesmo?

A palavra viva vence o tempo.

(24/12/2010)

A Insinceridade Cultural como Espírito de Época

Toda geração tem seus epígonos.

No *ABC of Reading*, Ezra Pound classifica os escritores em três categorias: inventores (os inovadores absolutos, cujos exemplos brasileiros seriam Guimarães Rosa, Machado, os Andrade, Mário e Oswald), mestres (que aplicam, ampliam, atualizam e desenvolvem as descobertas dos inventores, tornando-se os mestres stricto sensu) e diluidores (os bandidos ou epígonos, os ditos "seguidores dos mestres", cujos ajustes formais parafraseiam, mimetizam, replicam e diluem em fórmulas vazias).

Os mocinhos lucram e os bandidos passam cheques sem fundos. Só que a mais-valia do texto quando chega, chega tarde, quase sempre para os herdeiros, por isso os grandes escritores são sempre uns "endividados", como dizia Mário de Andrade. Porque o reconhecimento de um escritor se dá lentamente, num processo gradual de universalidade e perenidade.

Quase todos os grandes textos do Modernismo brasileiro tiveram primeiras edições reduzidíssimas, foram lidos por um número não menos reduzido de leitores, só que estes livros tinham uma qualidade em comum: continuavam vendendo ao longo do tempo, ampliando pouco a pouco as tiragens e o número de leitores.

O tempo é sua pedra de toque, tempo necessário à assimilação, reflexão, avaliação, penetração e acumulação na memória profunda dos públicos, algo observado por críticos como Octavio Paz, Silviano Santiago, bem como Sérgio Miceli, pelo viés sociológico.

Repito, toda geração tem seus epígonos.

A atual não só não foge à regra mas institui outras, constituindo exceção, replicando a "conjuntura político-social de exceção", caracterizada pela fusão da intelectualidade com as altas finanças em meio à idiotia triunfante e bem pensante do novo Febeapá. Pior que o pensamento único dominante é a própria ausência de pensamento que contamina os contemporâneos e suscita a generalização da cretinice e do oportunismo político enquanto embota a percepção, donde a falência da elite intelectual que parece ter desistido ao mesmo tempo do Brasil e da reflexão sobre o processo histórico em curso.

É a "extinção da inteligência dos inteligentes" no mesmo instante em que ocorre a formação de um "bloco histórico da crueldade social" que envolve a grande mídia na atmosfera envenenada e obscura duma Censura (e autocensura) Onipresente, infinitamente pior que a Censura praticada durante a ditadura que, comparada à atual, não passava de brincadeira de amadores.

Eu sei porque eu lembro.

Se ontem o inimigo era "o general de óculos escuros da república de bananas", contra o qual a sociedade se mobilizava, hoje o inimigo "somos nós", contra quem o Sistema Econômico como um todo se mobiliza. Com nossa total e incondicional colaboração.

Como veem, a diferença é sutil.

Então como se dá a produção dos atuais epígonos literários? Escrevem com facilidade, aliás caracterizam-se por escrever MUITO, são copiosos, cacofônicos, contudo de matéria sem substância (que no íntimo perseguem desesperadamente), porque ela – a substância, a ideia, o espanto original, o sangue, a paixão – sempre lhes escapa, de forma que a poesia desaparece, se equivoca, soa oca, vira ornamento verbal, adorno crítico de sub-elites perversas e burras, colisões pós-parnasianas de poetisas de sobremesa e vates oficiais – que em nossa cultura sempre abundaram.

Só que a estes epígonos se acrescente a Torcida Unânime dessa sub-elite emergente dos anos 2000, inculta, acrítica, boçal, ao Silêncio não menos unânime da Crítica Acadêmica, a que se reduziu desde que se elegeu o Mercado como Instância Única de Consagração de Qualquer Coisa, donde a Exceção – e por que não o Salto Qualitativo? – destes Pós-Diluidores.

Que confundem literatura com informação de luxo. Que continuam a dar as cartas e o tom geral da nossa cultura periférica e manca que assim prossegue girando em falso, celebrando o eterno retorno do Mesmo Revolucionário A Favor, travestido de Transgressor de Plantão, atualizado como Intelectual de Autoajuda, lançando mais um livrinho na Fnac, onde é proibido fumar, porque não se bebe, não se trepa para consumar a Assepsia Final: a Apoteose do Não-Dito!

Se em 70 os valores estavam invertidos, em 2007 eles se pulverizam! (Confiram a genial entrevista de João Gilberto Nöll no site Paralelos, onde confessa que continua incorrendo no experimentalismo existencial, na contracorrente do vácuo contracultural presente).

Será que a crítica da cultura e da literatura agora se resume a *isso*? A este exercício de insinceridade estética? Praticado oralmente e por escrito, na internet, na imprensa, em sociedade, enfim, na vida?

É vital captar a pulsação do "espírito de época" (ou da "falta de espírito de época", como diz Jameson, em quem já não boto fé, talvez por ser brilhante demais mas não levar a parte alguma), porque essa "insinceridade cultural" praticada a torto e a direito, de efeitos catastróficos a longo prazo, é produto da Censura Econômica a que se sujeitou o ser humano que ou se acanalha ou morre de fome, mandando, de passagem, para o diabo toda a literatura e a liberdade para escrevê-la!

(27/5/2007)

Os Escritores de Nova York

De qualquer forma sempre volto aos escritores de Nova York: Truman Capote, Mailer, Below, Gay Talese, Roth, Gore Vidal, J. D. Salinger, Dorothy Parker, Tom Woolf.

De todos estes, Talese me parece o mais humilde, mais modesto, um trabalhador incansável, tremendo. OK. Ninguém atinge a sua (dele) faixa de imposto de renda sem produzir, no mínimo, mil palavras por dia. Andei lendo *Fama & Anonimato*, reedição da Companhia das Letras de 2004, posfácio de Humberto Werneck.

Parafraseando Julio Cortázar, há escritores que vencem por nocaute, outros por pontos. Os primeiros são ficcionistas (sobretudo contistas), os outros, jornalistas. Gay Talese, um ítalo-americano de 77 anos, o sujeito que praticamente inventou o "new journalism", traduzido por aqui como "jornalismo literário", é daqueles que vencem por pontos. O impacto do seu texto se dá em razão do "efeito acumulado" – por uma minuciosa, exaustiva, vertiginosa acumulação de dados.

Mas falando em jornalismo, queria lembrar duas ou três coisas, escriba de trinta anos que sou: olhe, se você quiser ficar por dentro do grande livro do momento, pergunte a um jornalista. Porque estes, não raro, passam totalmente despercebidos do leitor comum. Cito um exemplo definitivo: *O Noivo da Princesa* (Rio, Marco Zero, 1986), de William Goldman – outro escritor de Nova York – do qual só fiquei sabendo pela indicação dum amigo jornalista, Wladir Dupont. Tecnicamente inovador, duma eficiência devastadora, obrigou-me a atualizar meu estilo narrativo pela incorporação do método cinematográfico e da programação visual à prosa literária. O que significa:

1) diagramar a folha em branco como se esta fosse o próprio leitor; 2) usar a palavra como imagem e som; 3) os resultados são deslumbrantes! Já imaginaram um livro assim passando despercebido?

Aliás, *Nova York é uma cidade de coisas que passam despercebidas* é um texto de Fama & Anonimato, mas não o melhor, a não ser quando Talese escreve: "Nova York é uma cidade com seiscentas estátuas e monumentos. Quando o cavalo da estátua equestre de um general está com as duas patas dianteiras levantadas, isso significa que o general morreu no campo de batalha; quando uma das patas dianteiras está no chão, o general morreu de ferimentos recebidos em combate; quando todas as patas estão no chão, é provável que o general tenha morrido na cama". E podem apostar que Talese não inventou isto!

Outra coisa a respeito de jornalistas: agora parafraseando Rubem Fonseca no conto *Corações Solitários*: público leitor não escreve cartas, a gente inventa todas. Tomo a mim mesma como testemunha: ali por 1988, lancei a coluna "Coração de Plantão" na Folha da Tarde, onde supostamente eu atenderia um suposto correio sentimental dos leitores. No começo, inventamos as cartas, inventamos os leitores, seus grilos, paixonites, dores de corno e respectivas respostas, no melhor estilo canalha.

Jornalismo literário só pode ser isso!

Outro dos meus escritores de Nova York foi Paulo Francis, claro. *Other voices, other rooms*. Mas, depois dos cinquenta, minha vida já começa a se assemelhar ao castelo de um homem empobrecido: salões e salões desabitados, vazios... Então lembro a última inscrição do imperador Adriano: *Natura deficit, fortuna mutatur et deus omnia cernit.*

A natureza nos trai, a sorte muda e lá do alto um deus vê todas as coisas.

(16/7/2009)

Cânone Literário I: o Saci de Apartamento

Pensando em meu cânone, percebo que não é apenas literário, porque se insere num entorno mais amplo, como parte do universo simbólico de fenômenos culturais, artísticos, sentimentais, manifestos em certo lugar e em dado momento. Aliás, sua recepção não se deu em tábula rasa, existe toda uma condição existencial que me conduziu a esses livros. A virar escritora.

O despertar para o sexo e o grande mundo ocorreu num Brasil do final dos anos 70 cuja capital mudara há pouquíssimo para Brasília, conquanto a corte permanecesse no Rio, que continuava lindo pois era sol, era sal, era sul, era O Pasquim, Leila Diniz, de Ipanema ao Leblon, do Beco da Fome ao Beco das Garrafas, na Barra havia o Quincas Berro D'Água, o Clube Germânia onde proliferavam generais de pijamas; o D'Ângelo em Petrópolis, a Fiorentina, o Sachinha, Le Bateau, o Quitandinha, o La Mole, O homem de fevereiro ou março, Bebel que a cidade comeu, Céu e Mar: Inútil Paisagem?

E o barquinho ia embalando todos aqueles cronistas maravilhosos (aliás, a crônica é um gênero brasileiro) escrevendo em O Cruzeiro e Manchete, donde que na sala de espera de dentistas e cabeleireiros invariavelmente pintavam Rubem Braga, Paulo Mendes Campos, Stanislaw Ponte Preta, Pongetti, Raquel de Queiroz, Nelson Rodrigues, Fernando Sabino, difundindo a linguagem depurada das altas esferas da criação, a culminar numa espécie de altíssimo modernismo para o qual convergiam Cinema Novo, MPB, Bossa Nova, em cujo epicentro resplandecia Tom Jobim.

Que dava o tom do espírito de época – uma espécie de lirismo translúcido –, essa felicidade por estar vivo, mais, por ser eterno, e que está na base do meu corpo e da minha alma, marcando com sua poética meu paradigma estético. Haveria alguma relação entre a limpeza de formas da Bossa Nova, a pureza de linhas arquitetônicas da Brasília de Niemayer, o Concretismo e a poesia ecológica do Tom? Que dele é o texto:

"Enquanto o progresso vai resolvendo certos problemas, cria a cidade neurótica, a São Paulo, a Nova Iorque. O Rio tem tráfego, o assalto, a metralhadora, o apartamento, o confinado, o refrigerado. Aí eu faço uma música como 'Matita Perê' e fica um negócio assim da pessoa ter que ir ao dicionário procurar o significado.

O matita perê é um passarinho do sertão, ele não vai nos auxiliar a comprar o detergente, a ir ao supermercado, a comprar a máquina de lavar. Assim ele começa a virar uma figura, como direi, underground? Uma figura folclórica, um ente, um Saci. Ora, o que é que o barulho do Rio tem a ver com o Saci? Saci não dá em apartamento!"

Nesse clima, gestei a escritora – um saci de apartamento.

Cânone II – Lendo Tudo

A fotógrafa Maureen Bisilliat comparava livros a velhos amigos, aos quais recorremos em nossa solidão, a quem visitamos, com quem dialogamos pelo resto de nossas vidas. Mas para fazer sentido, este cânone obedece a uma cronologia, que é onde entram os "autores e obras de formação" – muitos dos quais não reli ou não releria hoje, e outros tantos dos quais me esqueci – mas que são eternamente evocados por sua influência transformadora em dado momento da minha formação:

Monteiro Lobato – Na festa de aniversário dos meus nove anos, meu pai me deu de presente a coleção de livros infantis de Monteiro Lobato, a começar por *Reinações de Narizinho*, *O Saci* (olha ele aí) e *Viagem ao Céu*. Lembro que abri o livro, li o primeiro parágrafo, então fui para o quarto e tranquei a porta, sem me importar com a festa ou as outras crianças lá fora. Este foi o ponto sem retorno, o evento definitivo. Quando fechei aquela porta e dei as costas para o mundo, outro universo se abriu. Foi aí. Minha vida começou aí.

Pensando retrospectivamente, e definindo a literatura como um projeto de vida, o significado original não só permanece como também se esclarece, mais e mais vivemos e escrevemos. Se minha vida começou com a descoberta do universo literário, o que não existe para mim é um significado *fora* desse universo. E isso não tem nada a ver com excentricidade ou alienação, mas a necessidade de ser coerente com o próprio destino. Um escritor é um ser superespecializado num único sentido, o da escrita – a qual se torna não uma segunda natureza, mas a primeira. E única.

Alencar, Capa & Espada, Nietzsche e Dostoievski – Lembro da biblioteca que havia na casa de minha avó que, entre uma dúzia de netos e netas, era visitada apenas por mim e minha prima Mary (atualmente vivendo na França). Com uma voracidade incrível por ficção, sem nenhum método, eu lia de tudo: novelas de piratas, capa & espada, romances ingleses de terror, antologias de contos norte-americanos, poesia francesa, os romances de José de Alencar, Eça de Queiroz, Stendhal, Zola, Balzac, Kipling, Dickens, Dumas, Victor Hugo e outros.

Entre dez e treze anos, algumas leituras foram definitivas, me transformaram (ou formaram?) para o resto da vida: a descoberta do lirismo poético captado pela primeira vez em *Noites Brancas*, de Dostoievski; a opção moral entre ser único e solitário, ou aburguesar-se e viver preso ao rebanho, colocada por *O lobo da estepe*, de H. Hesse, relatividade do bem e do mal representada em *O Retrato de Dorian Gray*, de Oscar Wilde, e violá: Deus estava morto!, segundo Nietzsche (*Assim falava Zaratustra*).

Ex-aluna de colégio de freiras, adolescente e senhora apenas do meu corpo (do qual acabara de me dar conta) e de seus poderes sobre o outro (idem, idem), me tornava perversamente materialista. E transgressora. Onde quer que estivesse a tradição, a lei, a ordem, o pré-estabelecido, a norma, o consenso, o bom senso, eu seria contra.

Cânone III – Afinidades Eletivas

São os "autores de sustentação", eternamente lidos e relidos, incorporados ao meu texto por serem inventores de linguagem. Não importa tema ou tempo ou lugar ou contexto histórico, grande escritor é aquele que encontra uma forma de dizer o indizível.

Nesse ponto, a literatura pode ser definida como empresa de conquista verbal da realidade, segundo Cortázar, ou como criação verbal, segundo Borges, ou como empresa de fundação, segundo Octavio Paz, uma vez que o escritor toma consciência de que mais do que um mundo a exprimir e inventariar, o que tem diante de si é um mundo a fundar.

O que há atrás do autor é a linguagem, não o ego. Quer dizer, o que aciona o escritor é a palavra. Por isso, é esta agudíssima consciência da linguagem – como interrogação e problema – o que constitui finalmente a literatura.

Machado de Assis – *Dom Casmurro*, *Quincas Borba*, *Memórias Póstumas de Brás Cubas*, e, claro, os contos, crônicas, notas, principalmente esta onde ele observa: "O que se deve exigir do escritor antes de tudo é certo sentimento íntimo, que o torne homem do seu tempo e do seu país, ainda quando trate de assuntos remotos no tempo e no espaço"[18]. Machado se opunha àquela mentalidade provinciana que só reconhecia o espírito nacional nas obras que tratavam de assuntos locais, aqueles textos situados entre o exótico, o pitoresco e o regionalismo turístico, macacos e tucanos incluídos.

Rubem Fonseca – *O Homem de Fevereiro ou Março*, *A Coleira do Cão*, *Lúcia McCartney*, *Feliz Ano Novo*. Especificamente com esta produção contística, publicada entre 65 e 75 – porque ele é absolutamente genial no conto – Zé Rubem revoluciona nossa literatura urbana contemporânea.

---

18 In "Notícia da atual literatura brasileira – Instinto de nacionalidade" (1873). Obra completa. Rio, Aguilar, 1959.

Com a contribuição dos clássicos, da novelística norte-americana dos anos 30/40/50, sem esquecer os tough writers (os escritores durões da escola hemingwaiana) incorporados à sua dicção e à sua fabulação, RF inova a linguagem, depurando-a, liberando-a dos derradeiros cacoetes desnecessários, da literatice meramente ornamental. Rubem Fonseca é o último moderno e o primeiro pós-moderno. É canônico e pós-canônico: grande Zé Rubem!

William Faulkner – *O Som e a Fúria*, *Luz de Agosto*, *Absalão,Absalão*, *Palmeiras Selvagens*. O velho Billy, quando ganhou o Prêmio Nobel em 1949, disse em seu discurso que começara escrevendo poemas, mas como não eram grande coisa, partiu para o conto; como também estes lhe pareceram medíocres, então virou romancista. E ele não estava sendo modesto, entendam, porque poesia, conto e romance – ao contrário do que muita gente imagina – graduam-se genericamente em ordem crescente de dificuldade. É um autor difícil, de cujo texto é preciso aproximar-se como os pregadores batistas analfabetos aproximavam-se da Bíblia: com fé.

Mário Vargas Llosa – *Conversa na Catedral*, *A Casa Verde*, *A História de Mayta*, *A Guerra do Fim do Mundo*. Mas a partir de *A Festa do Bode* (2000), sua obra posterior "burocratizou-se", tornando-se absolutamente prescindível (à semelhança de Gabriel García Márquez, com a repetição de "fórmulas"), até porque seu direitismo babaca, sua puxassaquisce pânica euro-ianque e uma certa gagueira prematura (só por desaforo e castigo pra deixar ser imbecil) devem ter contribuído sobremaneira. A despeito do Prêmio Nobel (bastante tardio), Llosa, tanto cronista quanto ficcionista, tornou-se um horror. A partir de 90, guinou alucinadamente para uma certa ultradireita apátrida (aquela do lado errado do azar), servil e com asinhas, um pouco estilo FHC, só que COM talento e muitíssimo a perder, porra.

Jorge Luís Borges – *O Aleph*, *História Universal da Infâmia*, *Ficções*, *O Livro de Areia*, *O Livro dos Seres Imaginários*. Borges é extremamente engraçado. E excludente. É preciso um respeitável cabedal de leituras para captar o humor sutil, secreto, cifrado, das citações apócrifas, dos ensaios sobre autores e obras inexistentes. Uma síntese do espírito borgeano está no Paraíso de *Os Anjos de Swedenborg*, os quais "quanto mais inteligentes, mais resplandecem. Lá, os ricos continuam ricos porque já estavam acostumados com a riqueza, já os pobres de espírito não vão para o Paraíso porque não o compreenderiam...".

Julio Cortázar – *O Jogo da Amarelinha, Todos Os Fogos O Fogo, Bestiário, Alguém que anda por aí, Orientação dos Gatos, Um tal Lucas, Octaedro, Os Prêmios.* Aliás, este último, Cortázar escreveu durante uma longa viagem de navio com o objetivo de erguer uma espécie de muro entre os demais passageiros e ele próprio, porque, afinal de contas, o interior dum livro é o único lugar do mundo onde nos tornamos inatingíveis, inapreensíveis, inabordáveis... E nos deixam em paz.

Marcelo Mirisola – *Bangalô, O azul do filho morto, Joana a contragosto, Charque, Hosana na Sarjeta,* as coletâneas de contos e crônicas. Mirisola reinventa a linguagem da indizível "lixeratura, feita com sucata de cultura" (Affonso Romano de Sant'Anna). Os anos 90 produziram este autor genial. Fundamental para se compreender a perversa subjetividade brasileira nesta virada de milênio. Em seu calmo desespero, que outro autor pensaria em "consultar o horóscopo para entrar na câmara de gás"?

Literatura & Ideologia

Até o final da década de 80, o traço mais marcante das literaturas sul-americanas era o cunho militante do escritor, levado com frequência a participar da vida política e dos movimentos sociais, em boa parte porque as condições do meio o empurravam nesse sentido.

Segundo Antonio Candido[19], isso produzia duas consequências. A primeira é que a atividade intelectual se tornava um ato de participação, até de militância, na medida em que seria uma afirmação de cultura em meios pouco desenvolvidos culturalmente; de modo que a produção literária se tornava, duma perspectiva "ilustrada" que vinha de longe, contribuição para construir a nação. A segunda consequência é que o intelectual tendia a se politizar no sentido estrito, muito mais do que na Europa ou Estados Unidos, isto é, em países cuja sociedade e cultura estivessem sedimentadas há muito tempo. Um exemplo bem conhecido é a contribuição significativa do nosso "ensaísmo", tipo *Casa- Grande & Senzala*, de Gilberto Freyre, para a formação do pensamento científico brasileiro.

O panorama literário brasileiro ainda se considerava assim, em linhas gerais, há menos de trinta anos, mas não parece que isso aconteceu há séculos? O fato é que tais condições, estáveis durante meio século, se transformaram vertiginosa e radicalmente, paralelas às transformações globais. Com o colapso dos projetos nacional-desenvolvimentistas (e do socialismo real), provocados pelos saltos tecnológicos e de produtividade do capital, a partir de 1990 o estatuto e a função das literaturas em todo mundo começou a mudar.

---

19 In "O Olhar Crítico de Angel Rama", Antonio Candido, *Recortes*. São Paulo, Cia das Letras, 1993.

Tais transformações – impostas pela "lógica cultural do capitalismo tardio" – favoreceram o surgimento de escritores e críticos literários caracterizados por uma postura acrítica (o que em si é um absurdo!), conformista, mercantilista, colocando a criação a reboque do mercado e da voracidade midiática, cuja produção se realiza aquém de qualquer critério estético, fora do contexto político-social.

E, assim, conforme foi dito dos seriados *Mandrake* e *Filhos do Carnaval* no texto *Cinema & Ideologia*, atualmente também se faz "literatura com claustrofobia". Diante da institucionalização da violência econômica, dos signos da cultura de mercado impostos globalmente, povos, nações, continentes, culturas e artes entram em colapso, se homogeneízam, se descaracterizam, ignorando-se séculos de depuração e refinamento.

Encarando realisticamente nossa vivência histórica: questões como a formação da literatura e cultura brasileiras, bem como a inserção destas nas especificidades das literaturas sul-americanas citadas acima, não se tornaram irrelevantes, tampouco anacrônicas, foram apenas interrompidas, suspensas, adiadas pelo presente intervalo de barbárie.

(7/5/2006)

Mercado Editorial & Suas Crises

O mercado editorial brasileiro está se fechando novamente ao autor nacional de ficção, um movimento negativo que se tornou cíclico, mas não inevitável, posto não ser um mecanismo cego. Antes, é preciso corrigir os erros que se repetem ciclicamente e que levam ao dito fechamento.

De acordo com pesquisa realizada em 1995 pelo Idart (Departamento de Informação e Documentação Artística da Secretaria Municipal de Cultura de São Paulo, de cuja equipe fiz parte), entre 1975 e 1979, o mercado editorial e o parque gráfico nacionais expandem-se extraordinariamente em decorrência do chamado "milagre brasileiro" (a grana dos ianques que entrou com a ditadura). Doze anos depois, em 87, ao receber a conta do milagre, o Brasil pede moratória, coincidindo com a ascensão de Paulo Coelho, encabeçando a febre (ou melhor, a praga) das obras de autoajuda e o fechamento do mercado editorial para os ficcionistas.

Em 1990 o Brasil assina o consenso de Washington, cujas políticas perversas ajudarão a manter o referido mercado devidamente fechado por mais doze dolorosos anos, apenas reabrindo em 2000, provocando a queda das vendas da autoajuda, o sucesso das antologias-balanço de fim de século e a emergência de uma nova geração de escritores.

Agora em 2008, embora ainda não seja abrangente, a tendência "cíclica" ao fechamento já se faz sentir. E a única explicação que me ocorre cabe numa única palavrinha: saturação. Em parte por culpa do próprio mercado, em parte por culpa do autor.

Meu Deus, já vi esse filme!

Eis as razões: 1) inundação e encalhe de maus títulos, algo que se repete igualzinho à crise anterior, mas parece que editores, pequenos e grandes, esquecem as lições históricas, porque durante as vacas gordas apostam em tudo quanto é cavalo manco, metáforas zoológicas à parte, a exemplo do "escritor fofo" exaustivamente inventariado por Mirisola que, a despeito do ridículo, de fato existe e contribui vastamente para o recuo do mercado – embora ambos (editoras e autores mancos) ainda não saibam: afinal, o leitor não é besta nem está aí para ser subestimado.Há uma oferta imensa, massiva, indiscriminada – fica difícil separar o joio do trigo, até porque atualmente é humanamente impossível ler tudo. Aquilo que Mirisola quis dizer com "profissionais qualificados no ramo que organizam antologias, escrevem de graça em jornais importantíssimos do Paraná, dão workshops e oficinas literárias, lançam livros geniais toda semana na Mercearia São Pedro" e que ao leitor parece piada, esculachos à parte, é a expressão da realidade, e o resultado é uma indigestão de maus autores e textos.

Publicou-se demais, só pra aproveitar a maré de sorte e, como livro não é pastel, publicaram-se bobagens, irrelevâncias ilegíveis, desnecessárias, tinta sobre o papel, alimento para o esquecimento, porque sequer para entretenimento tais textos se prestam. Afinal, é preciso ser competente, trabalhar duro, especializar-se, se o objetivo é escrever um bom policial, uma boa história de aventuras, uma boa biografia, e isso leva tempo.

Naturalmente, o que ninguém levou em conta; ao contrário, era preciso publicar já, agora, mês que vem, e o tempo de maturação e produção foi anulado. Em nome do mercado, anulou-se o principal, descaracterizando-se assim o escritor e a escrita como profissão e como arte. Algo semelhante aconteceu nos anos 70: a editora Ática, só na coleção Tempo Brasileiro, lançou na mesma época dezenas de títulos de autores inéditos. E onde estão esses sujeitos trinta anos depois? Bobagem.

Naturalmente, em 2000, ocorrem agravantes que fizeram baixar ainda mais a qualidade e a seriedade: a ausência de crítica especializada nos grandes jornais, o efeito blog, a anomia (ausência de regras) do campo literário determinada por uma mídia irresponsável, sem critério, autofágica, anômica ela própria. Ou seja: se qualquer um é escritor, logo ninguém é escritor. Até porque, com o perdão dos blogueiros, escritor não dá em árvores.

2) A boa produção escrita entre 90 e 2000 já foi publicada, os bons escritores e poetas já foram revelados (posso citá-los um a um e dizer o porquê), e estes ainda precisam ser lidos, assimilados, julgados pelo público-leitor, pela academia, pelos críticos, pelos outros escritores. O momento é de consolidar posições, etc.

Gerações de escritores não se sucedem ano a ano. É preciso existir o espaço de uma geração – trinta anos – entre uma e outra. É um saco ficar repetindo o óbvio, contudo não há mais gavetas dos já consagrados, e não há gavetas do porvir. Vivemos uma espécie de entressafra.

Mas não, neguinho insiste, na rabeira do momento que passou. Então desabam concursos e prêmios do caralho. Lemos milhares de páginas, calhamaços, MONTANHAS de originais nada originais, de deixar qualquer um besta. Repito: não há gavetas, nem produção genial nem gênios incompreendidos a serem descobertos. E se alguém te disser o contrário é porque está tentando te vender alguma coisa. Ou não?

Na primeira crise, o editor da Record, Sérgio Machado (aliás, meu editor), disse que em tempos economicamente bicudos o mercado só aposta em livros que garantem um retorno líquido e certo, tipo memórias, biografias e reedições de autores famosos.

Faz sentido.

Embora os tempos não sejam exatamente tão bicudos, a reedição da obra de Jorge Amado pela Companhia das Letras não dá o que pensar?

(24/4/2008)

Pintadinho de Amarelo

Um dos bons textos críticos lidos ano passado, assinado pela socióloga Maria Célia Paoli, aborda a questão das políticas públicas no Brasil, sobretudo no que se refere à capacidade (quase uma vocação) de nossos governos de retirarem da população a possibilidade de ação organizada e política.

Mas a coisa vem de longe. Na década de 30, Sérgio Buarque de Holanda, em *Raízes do Brasil*, detecta um "horror à realidade" no modo irrelevante e alheio do pensamento sobre o país. O predomínio da ciência e o privilégio dos especialistas em avaliar a sociedade, educando as massas com "meias verdades" e na manutenção das hierarquias de mando e obediência (que supõem a exclusão dos incapazes de compreendê-las), constelam o que ele chama de "pedagogia da prosperidade". Mas o progresso, como regra suprema da sociedade, está a serviço tanto daquele horror à realidade como duma confiança cega e idiota no poder milagroso das ideias.

Diz a autora que, longe da realidade, o esperado milagre faz da ciência uma autoridade política que desterra o cidadão e exalta a pedagogia técnica como órgão da verdade, e seu resultado final é desarmar todas as expressões menos harmônicas de nossa sociedade, de negar toda a espontaneidade nacional.

Neste ponto, quando a ideia de país é imposta de cima para baixo, oficialmente, postiçamente, me ocorre o exemplo lapidar de Cassiano Ricardo (que a serviço do Estado Novo, malgrado ser bom poeta, sucumbe à ideologia) e seu inacreditável poema *Metamorfose*:

Meu avô foi buscar prata
mas a prata virou índio.

Meu avô foi buscar índio
mas o índio virou ouro.

Meu avô foi buscar ouro
mas o ouro virou terra.

Meu avô foi buscar terra
mas a terra virou fronteira.

Meu avô, ainda intrigado,
foi modelar a fronteira:

E o Brasil tomou forma de harpa.

(In: *Martim Cererê*)

Affonso Romano de Sant'Anna comenta que neste tipo de paráfrase (da série social) a história é reagenciada pela História. O poeta cede à lei e à ordem e "reelabora uma mitologia que sirva aos interesses da nação". O poeta imitador encontra, enfim, o seu emprego. Centra-se na ideologia e produz "os hinos aos deuses e os encômios dos heróis", como queria Platão. O poeta aderiu à República. Cometida na conjunção de linguagem antiga e mito, é uma "poesia" só acordes, só flores, onde tudo surge nacionalmente pintadinho de amarelo.

Saltando cerca de oitenta anos, no pós-tudo, no pós-desmanche, um outro exemplo literário me ocorre, mas desta vez do ângulo dos costumes. Diz Roberto Schwarz no prefácio à *Crítica à Razão Dualista/O ornitorrinco*: "O avanço nos torna – quem diria – contemporâneos de Machado de Assis, que já havia notado no contrabandista de escravos a exceção do gentleman vitoriano, no agregado verboso a exceção do cidadão compenetrado, nas manobras da vizinha pobre a exceção da paixão romântica, nos conselhos de um parasita de fraque a exceção do homem esclarecido. Há maneiras e maneiras de enfrentar o desajuste que a seu modo resume a inserção do país – ou do ex-país, ou semipaís, ou região – na ordem contemporânea."

Ex-país e pintadinho de amarelo.

(7/1/2008)

Escritores à Brasileira

A pesquisa do sociólogo paulista Sérgio Miceli (*Intelectuais à Brasileira*: S. Paulo, Cia das Letras, 2000), ele próprio discípulo de Pierre Bourdier, sobre as conexões entre intelectuais e o poder, aponta algumas características comuns à maioria dos nossos escritores: 1. pertencem a famílias decadentes; 2. experimentam o nomadismo, deslocando-se continuamente, não só na escala social, como espacialmente, mudando de casa, cidade, estado; 3. possuem estigmas físicos ou doenças crônicas; 4. sofrem a ausência do pai; 5. são funcionários públicos; 6. atuam na imprensa.

E este é um painel que faz todo o sentido.

Vejamos: a decadência familiar e a ruína financeira os tornam profundos conhecedores do coração humano. As inúmeras mudanças, para melhor ou pior, passando por suas várias gradações, instrumentalizam-nos com uma visão múltipla da vida. Suprem com os livros a ausência dum pai humano, pois é o pai que nos dá o nome, um lugar no mundo, um sistema de valores, uma profissão, exatamente como os livros, sem, é claro, um coração ou uma personalidade (ao passo que à mãe cabe a mediação com as emoções, os sonhos, o inconsciente). Os estigmas físicos os excluem dos esportes, inclinando-os à introversão, à misoginia, à solidão.

Quanto ao funcionalismo público, este se enquadra como uma espécie de "refúgio profissional" que o escritor necessita para construir uma carreira literária, carreira que eu definiria como uma aposta de cacife altíssimo, de retorno pra lá de incerto ou nulo. Em vida.

Porque estamos falando de escritores realmente importantes, como Mário de Andrade – chefe do Departamento de Cultura do Município de S. Paulo (ou seja, ele foi o primeiro Secretário Municipal de Cultura em Sampa), Lima Barreto – oficial da Secretaria da Guerra, Machado de Assis – diretor de contabilidade do Ministério da Viação, José de Alencar – consultor da Secretaria de Justiça, Osman Lins – escriturário do Banco do Brasil, Rachel de Queiroz – professora da escola pública, idem Cecília Meireles, Graciliano Ramos – prefeito, diretor de imprensa oficial, José Lins do Rêgo – funcionário do Ministério da Fazenda. Já os grandes poetas e prosadores se concentram no corpo diplomático, constituindo uma elite dentro da elite: Guimarães Rosa, João Cabral de Melo Neto, Murilo Mendes, Vinicius de Moraes.

Escreve Carlos Drummond de Andrade, ele próprio funcionário, chefe de gabinete do ministro Gustavo Capanema: "O emprego do Estado concede com que viver, de ordinário sem folga, e essa é a condição ideal: certa mediania que elimina cuidados imediatos, porém não abre perspectivas de ócio absoluto. Cortem-se os víveres e as questões de subsistência imediata, sobrelevando a quaisquer outras, igualmente lhe extinguirão o sopro mágico. A Organização burocrática situa-o, protege-o, melancoliza-o e inspira-o. Observe-se que quase toda a literatura brasileira, no passado como no presente, é uma literatura de funcionários públicos..." (*Passeios na Ilha*)

Aliás, eu também não fugi à regra: servidora pública municipal, fui responsável durante quinze anos pela Área de Literatura do Idart, Secretaria de Cultura do Município de São Paulo. E também não por acaso publiquei um romance chamado CAIM – que é uma história de São Paulo, a saga de uma família decadente e a crônica duma cicatriz.

(26/7/2006)

Literatura & Amnésia Histórica

Refletir sobre a situação atual da literatura não deixa de ser uma operação essencialmente política, tantas as mediações envolvidas, de forma que, inspirada por umas leituras de octavio paz, tentei articular algumas características que marcam a literatura no início do século 21:

- O deslocamento dos estudos humanísticos, que deixaram de ser o centro dos sistemas educativos; o cientificismo, que leva o discurso da física, da química ou biologia a domínios como a história e as ciências humanas. Por exemplo, deixar de ler a *Odisseia* como texto literário, para ler como relato histórico ou reportagem etnográfica, é como aplicar a mineralogia na Catedral de Chartres (que, entre outras coisas, é feita de pedras);
- Fora da universidade, a tradição poético/literária é corroída pela hipertrofia da indústria editorial que, aliada à publicidade, converteu em mercado financeiro o intercâmbio de ideias, valores, gostos e opiniões. O mundo literário sempre foi um comércio de bens materiais e espirituais, livros são objetos, mas principalmente objetos simbólicos, porque veículos de ideias e formas estéticas;
- A indústria editorial tende a transformar a diversidade de público em massa. E isso não é deliberado, mas algo inscrito na própria natureza do sistema de produção. O mercado editorial é movido apenas por considerações econômicas – o valor supremo é o número de compradores. É bom ganhar dinheiro, bem como produzir para um grande público, mas nesse processo, infelizmente, a literatura morre e a sociedade se degrada se o propósito básico é a publicação de best-sellers, obras de entretenimento e de consumo popular. E a História da Literatura no Ocidente, sobretudo na Idade Moderna, tem sido a das minorias: escritores rebeldes, críticos da ordem estabelecida,

poetas e romancistas inventores de novas formas, artistas herméticos e difíceis. A lógica do mercado não é da literatura;

- As considerações econômicas deslocam as literárias. A tendência à restrição e à uniformidade afeta o autor. Este enfrenta agora conselheiros de marketing e "editores" encarregados de alterar, corrigir e adaptar originais. Perda do diálogo autor e leitor: de onde se escreve e se lê? Para o mercado editorial, publicidade e televisão, todos os lugares, até os mais remotos, estão aqui. E onde fica aqui? Em nenhum lugar, que são todos os lugares. Aqui está no tempo, no agora mesmo. O eixo espacial se dissolve no eixo temporal;
- A ação do mercado tem efeito corrosivo no outro eixo da tradição poético-literária: o temporal. O império do agora desata os laços que nos unem ao passado. A imprensa, a televisão, a publicidade só oferecem relatos do aqui, agora e sempre. Vertiginosamente, o passado se afasta e desaparece. A perda do passado por sua vez provoca a perda do futuro. No Ocidente, desde o século 18, a orientação voltava-se para o futuro e para o progresso, mas com o declínio do Cristianismo e das utopias, o futuro sucumbe ao presente que herda seu brilho, sendo contudo um presente sem peso, flutuante, que não decola, que vai a todos os lugares mas não avança, nem chega a parte alguma, porque perdeu o sentido de orientação;
- A evaporação dos fins é a contrapartida do crescimento dos meios. No âmbito da tradição literária, a expansão do presente se manifesta pela tendência à comunicação instantânea. A duração, atributo da excelência, cede lugar ao consumo rápido;
- Esta mudança econômica coincide com outra de ordem moral e política nas democracias do Ocidente: a conversão dos cidadãos em consumidores. A ausência de movimentos poéticos na contemporaneidade reflete uma das mudanças que marcam nossa época: o fim da tradição de ruptura. É um dos signos que anunciam o fim da modernidade;
- Hoje as artes e a literatura estão expostas a um perigo diferente: não se veem ameaçadas por uma doutrina ou um partido político, mas sim por um processo econômico sem rosto, sem alma e sem rumo. O

mercado é circular, impessoal, imparcial e inflexível. Sua censura não é ideológica: não tem ideias. Sabe de preços, não de valores;

- A perda da memória histórica tem sido alarmante. A poesia canta, a literatura conta o que está acontecendo, a função de ambas é dar forma e se tornarem visíveis na vida cotidiana. Esta é sua missão principal, a mais antiga, permanente e universal. Ou vão deixar esse papel à cultura de mercado?

(22/3/2010)

Caminhos da Criação

A ideia deste texto é levantar pistas a fim de refazer os caminhos da criação de grandes escritores. Por exemplo, Thomas Man descreve o intelectual italiano como dotado de eloquência aliada à plasticidade verbal e espírito pedagógico-iluminista, como seu personagem Settembrini de *A Montanha Mágica*. Man parece ter acertado em cheio quanto ao escritor Ítalo Calvino.

Pedagogicamente, Calvino categoriza os seis elementos fundamentais da criação literária: Leveza, Rapidez, Exatidão, Visibilidade, Multiplicidade (a sexta, a Consistência, não chegou a escrevê-la, pois faleceu). Pena que em seu exemplário só existam autores italianos: Dante, Petrarca, Lucrécio, Ovídio e por aí vai. Os italianos são terrivelmente ciosos da própria língua: Moravia chegou a afirmar que a influência dos escritores americanos no após-guerra se deu na Itália através de Vittorini – foi influência americana "vittorinisada" – embora sabe-se lá quem foi Vittorini. Já os escritores de língua inglesa, William Faulkner, Ernest Hemingway, Aldous Huxley e Truman Capote parecem mais ecléticos e menos arrogantes. Afinal, a Guerra dos Cem Anos foi vencida pelos ingleses com modéstia e armaduras leves.

Faulkner cita seus autores nesta ordem: o Antigo Testamento, Cervantes, Flaubert, Balzac, Dostoiévski e Tolstói. Só no final lembra Melville, Marlowe, Donne, Keats e Shelley, os de língua inglesa, cujos equivalentes na italiana Calvino teria citado em primeiro lugar.

Truman Capote fala de "seus entusiasmos constantes"por Flaubert, Turguêniev, Tchecov, Jane Austen, Maupassant, Rilke, Proust, Shaw, Willa Cather.

Hemingway lembra Flaubert, Mark Twain, Stendhal, Turguêniev, Tolstói, Dostoiévski, e também pintores, pois "aprendeu muito com eles", algo a se pensar quanto à visualidade recorrente dos processos narrativos.

Mas será casual o fato de autores tão diferentes coincidirem nas escolhas de Flaubert, Dostoiévski, Turguêniev, Tolstói?

Flaubert indica a obsessão pelo mot juste, a precisão vocabular, comum à maioria dos escritores. Aliás, segundo Borges, não há sinônimos em literatura, o substantivo "vermelho" deve ser repetido no texto quantas vezes for preciso, não pode ser substituído por "escarlate" ou "rubro", pois assim procedem os datilógrafos.

Truman Capote diz que um texto deve ser perfeito como uma laranja, que é definitiva, sem nada a acrescentar, sem nada a retirar. Como Deus a fez. Já Huxley lembra mais dois franceses – Alexandre Dumas e Balzac – como incríveis contadores de histórias. Huxley, um cavalheiro cultíssimo, que cursou Eton, Balliol e Oxford, membro da alta intelectualidade de após-guerra, espirituoso e irreverente.

O dom de saber contar histórias é referido por Calvino na categoria Rapidez, quando trata do regime da narrativa. Adepto da concisão, Julio Cortázar afirma que escrever é dizer o máximo com a maior economia de meios. E a Exatidão (ou concisão) é outra das seis categorias propostas por Calvino. Cortázar irá enfatizar a intensidade e a tensão como essenciais à ourivesaria do conto.

Tensão e intensidade são descritas por Hemingway em sua "teoria do iceberg" – dizer pelo não dito, dizer pelo que está implícito. O conhecimento que subjaz (além, aquém, abaixo, acima) ao texto determina a tensão narrativa. Mas ele alerta: se o escritor omite porque não sabe, surgem os buracos no texto, causando o efeito contrário, a inconsistência.

Criar obstáculos ao desenvolvimento da ação, segundo Umberto Eco, é estabelecer limites que, para Osman Lins, estão para a criação literária como a férrea estrutura dos vitrais – quanto mais circunscritos, brilham mais.

De acordo com a lógica ou regime da narrativa, o escritor cria leis que ele próprio não transgride. Eis o que E. M. Foster, Huxley e Umberto Eco querem dizer quando falam que seus personagens assumem a história: estes são forçados a agir conforme as premissas do mundo onde vivem, ou seja, o autor se torna refém das próprias leis. Daí a obra literária como cosmogonia, como definida por Faulkner, que também fala sobre o Movimento, esta categoria esquecida, talvez como uma possível terceira articulação, que objetivamente pertence ao cinema, mas que é a medida da eterna atualização da narrativa literária.

Huxley fala da "pressão do passado sobre o presente" ao comentar a criação do romance onde os tempos avançam e recuam. Truman Capote também fala de simultaneidade na visão do projeto.

Lembrando Peirce: o objeto insiste.

(9/3/2008)

Latitudes Geopolíticas

Planeta Favela

Eventos recentes têm chamado a atenção para a situação das populações faveladas. Por essa razão, assinalo *Planeta Favela*, do pesquisador e historiador Mike Davis (S.Paulo, Boitempo, 2006), como obra fundamental, cuja tremenda pesquisa – com tabelas, gráficos, estatísticas recentes – embasa uma abordagem original, sarcástica e demolidora sobre o processo de favelização que ocorre simultaneamente, e não por acaso, ao boom da urbanização no mundo todo.

Para Davis, as favelas, apesar de funestas e inseguras, *têm um esplêndido futuro*. Por um breve período o campo ainda conterá a maioria dos pobres do mundo, mas essa honra às avessas será transmitida para as favelas urbanas por volta de 2035. Dois bilhões de favelados em 2030 é uma possibilidade monstruosa, mas os pesquisadores da ONU advertem que já em 2020 a pobreza urbana do mundo chegará a 50% do total dos moradores das cidades.

Mike Davis considera que as décadas de 1980 e 1990 assinalam o big bang da pobreza urbana, principalmente nos países em desenvolvimento da África, Ásia, América Latina, inclusive a Rússia. Aliás, o maior acontecimento dos anos 90 foi a conversão de boa parte do antigo Segundo Mundo – o socialismo de Estado europeu e asiático – em um novo Terceiro Mundo.

No início de 90, aqueles considerados em extrema pobreza nos antigos "países em transição" dispararam de 14 milhões para 168 milhões: uma pauperização em massa quase instantânea e sem precedentes na História. Segundo pesquisadores do Banco Mundial, anteriormente a taxa não excedia de 6% a 10%; depois, 60% das famílias russas passaram a viver na pobreza.

Desde 1978, o tectonismo violento da globalização neoliberal e os Planos de Ajuste Estrutural não só foram catastróficos como impuseram uma reconfiguração fundamental do futuro da humanidade: em vez de serem focos de crescimento e prosperidade, as cidades tornaram-se depósito de lixo de uma população excedente.

Os fatos exógenos que precisavam de ajuste não foram atacados pelo FMI e Banco Mundial – os maiores deles sendo a queda dos preços das commodities e os juros da dívida – mas todas as políticas nacionais e programas públicos foram cortados.

O Plano Baker, de 1985, exigiu sem rodeios que os quinze maiores devedores do Terceiro Mundo abandonassem as estratégias de desenvolvimento conduzidas pelo Estado em troca de novos empréstimos e de continuar participando da economia mundial. Este era o admirável mundo novo do chamado Consenso de Washington.

Por toda parte, o FMI e o Banco Mundial, agindo como delegados dos grandes bancos e apoiados pelos governos Reagan e George H. W. Bush, ofereceram aos países pobres o mesmo cálice envenenado de privatização, desregulação, abertura de mercados, remoção dos controles da importação e subsídios alimentares, obrigação de repor os gastos com saúde e educação e enxugamento do setor público.

A dívida foi o viveiro duma transferência de poder sem paralelo dos países do Terceiro Mundo para as instituições de Bretton Woods, controladas pelos Estados Unidos e outros países capitalistas centrais. A equipe profissional do Banco Mundial é o equivalente pós-moderno do serviço público colonial, resume admiravelmente o autor.

Citando *The Challenge of Slums* (UM-Habitat. Londres, Earthscan, 2003), Davis observa que a causa principal do aumento da pobreza e da desigualdade nas décadas de 80 e 90 foi a retirada do Estado.

Ele observa que na América Latina, a partir do golpe neoliberal do general Pinochet em 1973, o ajuste estrutural esteve intimamente associado à ditadura militar e à repressão dos movimentos populares. Um dos resultados mais espantosos dessa contrarrevolução hemisférica foi a rápida urbanização da pobreza.

Amplos setores da classe média instruída viram-se nas fileiras dos novos pobres. Em alguns casos a mobilidade ladeira abaixo foi quase tão repentina quanto na África. Mas os mesmos ajustes que esmagaram os pobres e a classe média abriram oportunidades lucrativas para privatizadores, importadores estrangeiros, narcotraficantes, oficiais militares e políticos. O consumo ostentatório chegou a níveis estratosféricos.

Segundo pesquisas do *Human Development Report/2004*, em 46 países o povo está mais pobre hoje do que em 1990, em 25 países há mais gente faminta do que há uma década.

Em todo o Terceiro Mundo, uma onda de PAE (Plano de Ajuste Estrutural) e programas neoliberais voluntários aceleraram a demolição do emprego público, da indústria e da agricultura para o mercado doméstico.

A desigualdade global, medida pelos economistas do Banco Mundial na população do mundo todo, atingiu um inacreditável coeficiente de Gini de 0,67 no final do século – o equivalente matemático de uma situação em que os dois terços mais pobres do mundo recebem renda zero e o terço mais rico recebe tudo.A grande vitória tecnoideológica do neoliberalismo é que as pessoas – todas elas, ricas e pobres – passaram a aceitar tais subcondições existenciais como algo perfeitamente normal, eterno, irreversível, sequer cogitando, nem mesmo remotamente, qualquer intervenção no sentido de alterar esta realidade catastrófica.

(20/10/2009)

Os Nomes do Jogo

Com o propósito de ligar o dogma à realidade, ideologia à lógica, o neoliberalismo é o jogo que inventa novos nomes para velhas desgraças, eleva-as ao máximo e as vende de volta aos trouxas como bênçãos. Bilhões de trouxas. É bem verdade que a linguagem cria o pensamento e vice-versa, só que o mesmo não se dá com o real, a não ser magicamente. Sem contar que o intelecto, ao manusear valores, apega-se a fórmulas vazias (o neoconservadorismo é o quê?), conquanto ideias vivas possuam valor e substância, logo não é necessário se apegar a elas. Infelizmente, o nominalismo mais canalha é a bola da vez, relegando o universalismo ao lixo conceitual.

Desde que o antropólogo Keith Hart criou o conceito de "setor informal" em 1973, inúmeros estudos abordaram os enormes problemas teóricos e empíricos envolvendo as "estratégias de sobrevivência dos pobres urbanos" cujo papel macroeconômico atual atinge níveis catastróficos. No final dos anos 90, um bilhão de trabalhadores, equivalendo a um terço da força de trabalho mundial, a maioria deles no hemisfério sul, estavam desempregados ou subempregados, e apesar disso, além do formalismo infinitamente flexível, não há roteiro para a reincorporação dessa enorme massa de mão-de-obra excedente na corrente principal da economia do mundo, segundo relatório da CIA em 2002.

O contraste com a década de 60 é total: há quarenta anos, a guerra ideológica entre as duas potências gerou ideias para abolir a pobreza do mundo e reabrigar os favelados. E hoje, o que temos? Um Pensamento Único e Um Favelão Estratosférico no lugar do que chamávamos mundo, emprego e futuro nenhum. Aliás, o Futuro é atualmente o lugar mais perigoso da existência, melhor não pintar por lá em hipótese alguma!

A terra prometida da década de 60 não está nos mapas neoliberais do futuro e o último sopro de idealismo desenvolvimentista está reduzido às Metas de Desenvolvimento do Milênio (MDM), das Nações Unidas – mais conhecidas por Metas de Desenvolvimento Minimalista. Para Mike Davis, autor de *Planeta Favela*[20], o proletariado informal é uma força de trabalho invisível para a economia formal, pois é mais provável que exista uma linha contínua do que uma divisão abrupta entre o mundo do emprego formal e o abismo do setor informal.

Na verdade, o trabalhador urbano favelado está radicalmente fora da economia internacional contemporânea, pois, em vez de mobilidade ascendente, parece que só existe uma escada de descida (aliás, uma escada que desce mas não sobe é invenção borgiana, um profeta neoliberal inverso), pela qual os trabalhadores supérfluos do setor formal seguem para a economia oculta.

Os ideólogos neoliberais – também altamente borgianos, mas no pior sentido, pelo fato de aplicarem o realismo mágico discursivo à vida *dos outros* – chegaram a dizer que essa humanidade excedente era "uma colmeia frenética de protocapitalistas cobiçosos por direitos formais de propriedade e pelo espaço competitivo não-regulamentado" – não é um primor retórico? Pena que estejam longe do ramo, porque esses caras batem de longe os ficcionistas (que hoje estão todos em Hollywood fazendo realities). Voltando: essa massa transbordante não é constituída de "proletários legais oprimidos", mas de pequenos "empresários extralegais comprimidos". Comprimidos onde? Em sua versão mais absurda, os ideólogos retro e supra chegam a redefinir ***favela*** como **"sistema de gerenciamento urbano estratégico de baixa renda**".

Afinal, é preciso distinguir microacumulação de subsubsistência e não confundir sobrevivência com submorte, os estagiários de plantão há anos que o digam. Aqui Mike Davis enumera e refuta as "falácias epistemológicas" construídas em torno da ideia de informalidade, de uso corrente nos países centrais e incorporadas muito filha-da-putamente por nossas elites.

Em primeiro lugar, o emprego informal é ausência de poder de barganha, de regulamentos, direitos e contratos formais. A pequena exploração infinitamente franqueada é sua essência. A falácia da "revolução invisível" do capital informal de Hernando de Soto na verdade se refere a uma miríade de redes invisíveis de exploração caracterizadas pela tecnologia antiquada, baixo

---

20 São Paulo, Boitempo, 2006/2007.

investimento de capital, natureza manual da produção, elevada taxa de lucro não tributada.

Em segundo, os empregados do setor informal são tão invisíveis aos estudos do mercado de trabalho quanto os locatários favelados.

Em terceiro lugar, a informalidade garante o abuso extremo de mulheres e crianças.

Em quarto lugar, o setor informal não gera emprego criando novas divisões de trabalho, mas sim fragmentando o trabalho existente e assim subdividindo a renda.

Em quinto, por enfrentar condições tão desesperadoras, os pobres apelam com cega esperança para uma "terceira economia de subsistência urbana", que inclui o jogo, loterias e outras formas semimágicas de apropriação de riqueza. Indo no popular: aqui o nome do jogo é jogo do bicho, forma semimágica de apropriação de riqueza que no Brasil é mais velha do que andar para trás.

Conclusão: politicamente, o setor informal, na falta do respeito aos direitos trabalhistas, é um reino semifeudal de comissões, propinas, lealdades tribais e exclusão étnica. O espaço urbano jamais é gratuito.

O fato é que a retórica demonizadora das várias "guerras" internacionais ao terrorismo, às drogas e ao crime são um apartheid semântico: constroem paredes epistemológicas ao redor das favelas, que impossibilitam qualquer debate honesto sobre a violência cotidiana da exclusão econômica.

(16/7/2009)

Haiti & Outras Oportunidades Inc.

O momento é de calmo desespero. Se atentarmos para as articulações da atual geopolítica que, para sorte & azar (nossos), pela primeira vez inclui a América Latina em geral e o Brasil em particular no Grande Jogo, ao lado da China, como alvos fundamentais a serem neutralizados pelas forças norte-americanas (leia-se IV Frota).

A abordagem procede, pois, segundo comentou ironicamente Noam Chomsky, os governos democratas sempre excederam em belicosidade os republicanos, até porque a xenofobia destes últimos sempre foi tão grande contra estrangeiros, negros, índios, mexicanos, gays, mulheres e chihuahuas (nessa ordem) – enfim, qualquer coisa *que andasse e rastejasse na face da terra e não fosse um wasp* – que literalmente os prendia dentro de casa.

E isso até os Bush (pai e filho) chegarem e lhes mostrarem "novos horizontes". Não apenas janelas, mas verdadeiros PORTAIS de oportunidades!

Uma análise especialmente brilhante de Raul Zibechi considera que, com a crise haitiana, avança a militarização das relações entre os EUA e a América Latina como parte da atual política externa de Washington. A intervenção é tão escancarada que o jornal chinês Diário do Povo pergunta "se os EUA pretendem incorporar o Haiti como mais um Estado?"

Em uma semana o Pentágono mobilizou para a ilha um porta-aviões, 33 aviões de socorro e numerosos navios de guerra, além de 11 mil soldados. A Minustah, missão da ONU para a estabilização do Haiti, chefiada pelo Brasil, só tinha sete mil soldados.

Porque o problema central para a hegemonia dos EUA no seu "quintal" é o Brasil.

O petróleo é uma riqueza importante. Mas é preciso extraí-lo e transportá-lo, o que significa investimento, ou seja, estabilidade política. O Brasil já é uma potência global, é o segundo dos países do BRIC (Brasil, Rússia, Índia e China), ficando atrás em importância apenas da China. Dos dez maiores bancos do mundo, três são brasileiros e cinco chineses.

Nenhum destes dez bancos é norte-americano ou inglês. O Brasil tem a sexta reserva mundial de urânio (com apenas 25% de seu território investigado) e estará entre as cinco maiores reservas de petróleo quando for concluída a prospecção da bacia de Santos.

As multinacionais brasileiras figuram entre as maiores do mundo.

A Vale do Rio Doce é a segunda mineradora e a primeira em mineração de ferro; a Petrobras é a quarta empresa petrolífera do mundo e a quinta empresa global por seu valor de mercado; a Embraer é a terceira empresa aeronáutica, atrás apenas da Boeing e da Airbus; o JBS Friboi é o primeiro frigorífico de carne de gado bovino do mundo; a Braskem é a oitava petroquímica do planeta. E por aí vai. Ao contrário da China, o Brasil é autossuficiente em energia e será um grande exportador. Sua maior vulnerabilidade, a militar, está prestes a ser superada graças à associação estratégica com a França.

Nesta década, o Brasil fabricará aviões caça de última geração, helicópteros de combate e submarinos, devido à transferência de tecnologia francesa. Até 2020, se não antes, será a quinta economia do planeta. E tudo isso ocorre debaixo do nariz dos EUA.

O autor observa que o Brasil já controla boa parte do Produto Interno Bruto da Bolívia, Paraguai e Uruguai, tem uma presença significativa (no mínimo) na Argentina, da qual é sócio estratégico, assim como no Equador e no Peru, porque estes facilitam seu acesso ao Pacífico. Aí está o osso mais duro para a IV Frota.

O Pentágono desenhou para o Brasil a mesma estratégia que aplica na China: gerar conflitos em suas fronteiras para impedir sua expansão e influência, a exemplo da Coreia do Norte, Afeganistão, Paquistão, além da desestabilização da província de Xinjiang, de maioria muçulmana.

Na América do Sul, uma constelação de bases militares do Comando Sul circunscreve o país pela região andina e o sul. A pinça se fecha com o conflito Colômbia-Venezuela e Colômbia-Equador. Agora contará com o porta-aviões haitiano, que desloca da ilha a presença brasileira, até agora dominante, à frente da Minustah.

É uma estratégia de ferro, friamente calculada e rapidamente executada. O problema a ser enfrentado pelas nações e povos da região é que as catástrofes naturais serão uma moeda de troca – e um grande pretexto – nas próximas décadas. Isso é apenas o começo. A IV Frota será o braço militar mais experimentado e melhor preparado para intervenções "humanitárias" em situações de emergência.

Aliás, o que vem ocorrendo no Haiti é apenas a prática mais atualizada daquilo que Naomi Klein chama de "Capitalismo de Desastre" – vide tsunamis, katrinas, iraques & outros onze de setembro – não vou dar o crédito do livro de novo porque já estou enchendo o saco.

Chega a ser tedioso. E desse ponto de vista (e tem outro?), o terremoto do Haiti literalmente caiu do céu para os rapazes de Washington. E aqui vou citar Condoleezza Rice, a fada madrinha das hecatombes neoliberais, em nota ao Congresso Americano após o Onze de Setembro: "Esta é uma oportunidade maravilhosa!!!!!!!!!!!!!"

By the way, projeto demotucano para 2011 em diante: o "patrulhamento" das nossas costas pela IV Frota.

Help.

(9/2/2010)

O Declínio do Centro do Mundo

Um longo ensaio do economista argentino Jorge Beinstein discute em profundidade o crepúsculo do capitalismo, suas nostalgias, heranças, barbáries e esperanças no início do século XXI, constituindo uma das análises mais originais que tenho lido ultimamente, de forma que vale à pena assinalar seus pontos mais importantes.

Abrindo com a afirmação de que a crise econômica global de 2008 inevitavelmente irá se aprofundar em 2010, ao contrário do que proclamam as mídias mais interessadas em varrer a verdade para debaixo do tapete, o autor traça um painel desde a crise global de superprodução (presente e passada) até a crise geral de subprodução (futura), sinalizando com o esgotamento da civilização burguesa.

Segundo Beinstein, nos encontramos diante do declínio do centro do mundo – os Estados Unidos – e essa decadência não vem acompanhada da ascensão de nenhum outro centro imperialista mundial para substituir a potência declinante. As outras grandes potências (União Europeia, Japão, Rússia, China) encontram-se todas no mesmo barco global à deriva. A partir da Segunda Guerra Mundial, o capitalismo se estruturou em torno dos EUA, espaço fundamental de todos os negócios – produtivos, midiáticos, financeiros.

Sua degradação desde os anos 70 e sua decadência atual expressam um mal universal: O parasitismo e a predação ianque é sua manifestação específica, central e acelerada pela crise crônica global de superprodução – incluindo os falsos milagres, como a "expansão" chinesa, o "renascimento" russo e a "integração" europeia – uma vez que todos constituem fenômenos perversos.

Na expressão do autor, o parasita norte-americano consumia acima de sua capacidade produtiva porque as economias da Europa, China, Japão, etc., precisavam vender seus bens e serviços e investir seus excedentes financeiros. Isso gerou uma interdependência cada vez mais profunda que foi chamada de "globalização" e a propaganda neoliberal descreveu-a como uma espécie de etapa superior do capitalismo, superadora do sistema vigente entre o fim da Segunda Guerra Mundial e a crise dos anos 1970. Foi construída uma imagem idílica de um capitalismo transnacional liberado da tutela dos grandes Estados nacionais, crescendo indefinidamente em torno dos círculos virtuosos inter-relacionados da revolução tecnológica, da expansão do consumo e das finanças globais.

Na verdade, o que se impôs foi um capitalismo global caracterizado pelos negócios financeiros articulados em torno de um grande centro imperialista com claros sintomas de decadência, acumulando dívidas públicas e privadas, externas e internas, cada vez mais dependentes de suas periferias desenvolvidas e subdesenvolvidas. Seria um erro grosseiro considerar o fenômeno parasitário como um fato específico, exclusivo da sociedade norte-americana. Trata-se, na verdade, de um processo mundial.

A financeirização, a proliferação de redes mafiosas e o gangsterismo, como o tráfico de drogas, a prostituição, os saques de empresas públicas periféricas, atravessa todas as elites capitalistas dos países centrais e produz uma rápida conversão-degradação das burguesias do Terceiro Mundo, transformadas em autênticas lumpemburguesias periféricas.

Poderiam dizer que o caso chinês é a exceção, mas não é assim. A China é uma grande exportadora industrial, mas acumula fabulosos excedentes financeiros e cumpre um papel muito importante nos negócios especulativos mundiais.

Suas elites dirigentes são altamente corruptas e, em última instância, sua industrialização é completamente funcional à reprodução do capitalismo financeiro global, especialmente na fase mais recente da economia norte-americana, fornecendo-lhe mercadorias baratas e acumulando, em troca, dólares, bônus do tesouro e outros papéis.

Deste modo, a elite chinesa participa ativamente da festa parasitária global, formando parte do restrito clube dos ricos do mundo. Sua base social de trabalhadores e camponeses faz parte da massa proletária de pobres, oprimidos e explorados.

A propósito, quanto à questão da China, em resenha do novo livro de David Harvey, *O Neoliberalismo: História e Implicações*[21], o nosso Chico

---

21 Sequelas de um velho malfeitor, Chico de Oliveira, Jornal de Resenhas no. 7.

de Oliveira comenta que Harvey dedica um proveitoso capítulo à análise recente da evolução chinesa desde os dias de Deng Xiaoping, para ele um dos construtores – ao largo das teorias de Hayek – do neoliberalismo.

Diz ele: recado direto para o Brasil: não tentem ser "chineses" porque isso quer dizer cinco dólares de salário por dia, sem direitos sociais, com forte discriminação contra as mulheres, trabalho infantil sem disfarces, privilégios inimagináveis para altos executivos, subsídios governamentais astronômicos para capitais estrangeiros.

A China sofre de um excesso de poupança que, se transformada em investimento interno, pode fazer ruir a economia chinesa, e não a norte-americana. Em marxismo clássico, trata-se de superacumulação de capitais. O ajuste de contas virá algum dia, mas não na forma de uma nova guerra interimperialista.Afinal, estão todos no mesmo barco global à deriva. Beinstein adverte que a realidade da crise mostra o desespero das outras grandes potências diante do declínio de seu espaço central de negócios.

O que estamos presenciando não é a substituição da *unipolaridade* por alguma forma de *multipolaridade* eficaz – traduzida por uma espécie de repartição completa do mundo entre potências centrais – mas sim seu deslocamento para um processo de *despolarização*, onde vão se abrindo múltiplos espaços nos quais os controles imperialistas (norte-americanos, europeus e outros) estão enfraquecendo, ou onde a articulação capitalista do mundo se debilita ao ritmo da crise.

E os antecedentes históricos (sobretudo se pensarmos no que ocorreu a partir da Primeira Guerra Mundial) assinalam que, se isso ocorre, *se a hierarquia mundial do capitalismo (econômica, política, cultural e militar) entra em crise, então irrompem as condições objetivas e subjetivas para as rebeliões das vítimas do sistema* (grifo meu). Quando certos gurus ocidentais mostram sua preocupação diante do possível desenvolvimento do que chamam de *despolarização caótica* estão expressando um grande medo universal, consciente ou inconsciente, frente à perspectiva da reaparição do odiado fantasma anticapitalista, várias vezes declarado morto e exorcizado, mas que sempre permanece como uma ameaça.

E como uma esperança. Aliás, a única.

(15/1/2009)

Algumas Questões-Chave

Parece que a novela Hugo Chávez andou culminando num festival de "cala a boca". Segundo Eliane Cantanhêde da Folha, na Cúpula Ibero-Americana, o rei da Espanha, Juan Carlos, mandou o presidente Hugo Chávez, da Venezuela, calar a boca:" Por que não se cala?", irritou-se o rei, uma vez que Chávez chamou de fascista o ex-presidente espanhol José Maria Aznar. Literalmente, ela conclui: "O rei é adversário de Aznar, mas tudo *tem limite*".

O que tem limite, cara Elianinha? Que o presidente indígena emergente e periférico devia conhecer o seu lugar e não ficar se metendo em conversa de aristocratas europeus, malgrado os petrodólares que ele também devia enfiar no rabo, só pra largar mão de ser comunista?

Já o outro "cala a boca" foi *a favor* de Chávez. Aliás, as coisas ficaram tensas na Comissão de Constituição e Justiça da Câmara durante as discussões do projeto de inclusão da Venezuela no Mercosul (que dia 21/11 finalmente acabou aprovando a adesão daquele país, por 44 votos contra 17.

Irritado com as intervenções feitas pelo deputado ACM Neto contra a inclusão da Venezuela no Mercosul por causa do "ditador emergente" Hugo Chávez, o deputado José Genoino (PT-SP) ordenou que o colega se calasse: "Peço a Vossa Excelência que, democraticamente, permaneça calado", e como o outro prosseguisse, mesmo com o microfone desligado, Genoino disparou: "Calado", donde que ACM Neto deixou silenciosamente sua cadeira.

Ou seja, Tonhão Malvadeza III, o Retorno, triplamente injuriado, manifestou-se de forma, digamos, dinástica. Se a História se repete como farsa, a decadência político-familiar também é um fato.

O relator do projeto, Paulo Maluf, qualificando Chávez de "cafajeste" e "psicopata", apresentou voto favorável ao ingresso da Venezuela no bloco econômico ao longo de um texto que poderia ser considerado uma das mais preciosas joias da coroa nazipopuloide, que finaliza com chave de ouro: "Enfim, nessa matéria talvez a solução esteja em adotar a postura paraguaia, qual seja, a de precaução no que diz respeito à admissão da Venezuela no MERCOSUL. Isso mesmo: já que as nossas lideranças vacilam, deveríamos, nessa matéria, seguir a liderança do Paraguai!".

O que ele quis dizer com, dois pontos, "postura paraguaia" e "liderança do Paraguai", meu Deus? Algo como um *neodadaísmo explícito*?

Falando nisso, agora para dar um certo nível de realidade a outras questões-chave, o brilhante César Cardoso, "escritor de elite e candidato à Academia Brasileira de Letras de Câmbio", segundo o próprio, constata que um clamor surge das ruas onde existem jornais e universidades: é chegada a hora de definirmos o lugar do povo brasileiro em nossa sociedade, até porque tá na cara que esse gentinha não sabe qual é o seu lugar.

E a maneira de estar no mundo desse povo, sempre de camiseta e chinelo de dedo? Francamente, que São Louis Vuitton nos proteja! E quem sofre com isso? As nossas elites, coitadas, que há 507 anos tentam dar um jeito nesse povo! Se Pedro Álvares Cabral tivesse chegado não a Salvador, mas a Miami, hoje o Brasil ficaria nos Estados Unidos e todo brasileiro falaria inglês, o que melhoraria ENORMEMENTE suas chances como povo!

Enfim, eis algumas questões-chave que ora agitam nosso amado país.

(27/11/2007)

Multiculturalismo à Brasileira

O centenário de participação de Rui Barbosa na Conferência Internacional de Paz em Haia na Holanda (1907) suscita algumas reflexões sobre a participação e engajamento de intelectuais brasileiros na cena pública, tanto da área diplomática como acadêmica, nas questões envolvendo direitos humanos e multiculturalismo.

Meu bom amigo Ítalo Moriconi, poeta, crítico e professor na UERJ, viajando para a Holanda em pleno carnaval carioca, conta que está indo para a Universidade de Leiden participar de um simpósio em homenagem a Rui Barbosa, evento que também comemora os dez anos da Cátedra de Estudos Brasileiros naquela universidade, a ser rebatizada Cátedra Rui Barbosa, ocupada anualmente durante três meses letivos por um professor brasileiro, cada ano de uma área diferente, como Literatura, História, Economia, Antropologia.

Segundo Moriconi: "Desde Haia, com Rui, o Brasil se notabiliza pela defesa de uma ordem jurídica internacional em termos de igualdade dos povos e nações. Isso hoje se traduz pelo multilateralismo, o que significa que as decisões internacionais hoje são tomadas multilateralmente pelos vários países envolvidos, sob a égide da ONU, entidade que o Brasil fortalece e apoia. Infelizmente a maior potência do planeta, sob a presidência Bush, tem atuado de maneira unilateral e segundo lógicas de guerra.".

Esta opinião também é partilhada por outro amigo, José Augusto Lindgren Alves, embaixador brasileiro em Budapeste, que, aliás, também neste Carnaval se deslocou para Genebra a fim de cumprir programação de três semanas como membro do Comitê para a Eliminação da Discriminação

Racial (CERD) da ONU. Diplomata de carreira, Lindgren é especialista em direitos humanos, autor de textos importantes sobre o tema.[22].

Ele escreve: "Os direitos humanos se tornaram tema global, sendo 'universalizados' pela Conferência de Viena em 1993, onde o Brasil teve um papel extraordinário, pois coordenou toda a negociação do texto final. Mas desde então, a globalização sem controle, de um lado, e as políticas antiterroristas, de outro, estão literalmente destruindo os direitos humanos, como direitos e como utopia. No Brasil, os desequilíbrios sociais e a criminalidade avassaladora simplesmente impedem que eles sejam exercidos."

Referindo-se ao ensaio "*Excessos do culturalismo: pós-modernidade ou americanização da esquerda?*", Lindgren observa que a "cultura" ganhou uma nova semântica a partir da adoção dos *cultural studies* nas universidades norte-americanas, destronando a velha sociologia, uma vez que se ajustavam admiravelmente às características do sistema sócio-econômico ianque, incluindo seu conceito e práticas de relações raciais. Advindos do movimento negro pelos direitos civis de 50/60, expandidos com o feminismo em 70, os *cultural studies* incorporaram-se à esquerda acadêmica, que se pretendia radical, substituindo a noção de classe por novas categorizações identitárias de grupos oprimidos como negros, mulheres, índios, gays e lésbicas, e estas novas categorias excluíam os pobres!".

Como se não fosse absurdo para um sistema que privilegia o econômico suprimir seu próprio conteúdo! "O corte social dos proletários, dos explorados de todas as maneiras, dos marginalizados e excluídos do mercado, soava a marxismo totalizante e repressor perante as novas configurações sub e supranacionais pós-modernas, estas sim consideradas emancipatórias, conquanto eliminassem a categoria de classe social a pretexto de que esta ocultaria as repressões de natureza 'cultural' que esmagavam o indivíduo numa ótica não-economicista".

Ou por outra – e agora o texto é meu – libera-se culturalmente o neguinho pra fazer sua macumba, jihad, programa de índio, virar polígamo,

---

22 Alves, José A. Lindgren. Os Direitos Humanos na Pós-Modernidade e Os Direitos Humanos como Tema Global, ambos editados pela Perspectiva em 2005 e 2003, respectivamente.

viado, lésbica, tiete do Padre Marcelo Rossi, enfim, libera geral menos a grana, isto é, os meios para o neguinho instrumentalizar-se e ganhar dinheiro, tipo educação, assistência médica, emprego, etc. Aí é o caso de perguntar, **liberdade sim, mas para quê?**

O buraco continua no mesmo lugar, ou seja, embaixo, mas parece que a função principal desse culturalismo de fachada, dessa ideologia de rico, é deslocar continuamente o problema para *outro* lugar cada vez mais distante da solução óbvia. Por exemplo, o ardor com que a classe média é insuflada a se engajar na luta antitabagista babaca-militante, como se esta fosse a questão crucial e central da nossa época, também funciona como uma das tantas estratégias de despistamento e evasão neoliberais, não passando de bobagem camuflada de álibi moral-sanitário que pretende – e o absurdo é que quase consegue! – tampar o abismo de horror e exclusão e desemprego estrutural para onde estamos sendo empurrados. Repito, num contexto dominado pela economia de mercado, o conflito central é entre pobres e ricos, metam isso no, digamos, miolo.

(19/2/2007)

Latitudes

I

Atitudes latino-americanas – ***Latitudes*** – lideram mundialmente a resistência política ao neoliberalismo globalizado a partir do início do século XXI – daí chamá-las ***Latitudes***, abrindo o volume um desta série que irá incorporar reflexões de autores como Emir Sader (na verdade, foi o último livro dele, *A Nova Toupeira*, que deu o start), Naomi Klein, Roberto Schwarz, Paulo Arantes e outros.

Por que a América Latina, que foi o primeiro laboratório das experiências neoliberais, num prazo relativamente curto tornou-se o elo mais fraco da cadeia neoliberal em escala mundial? pergunta-se Emir Sader no capítulo *Os ciclos neoliberais*[23]. Naomi Klein enfatiza que *é precisamente por ter sido o primeiro continente* a experimentar o "capitalismo de desastre", que a América Latina foi a primeira a reagir, pois teve mais tempo de se refazer dos choques do passado.

Segundo Klein[24], de todas as diferenças, a mais impressionante é uma consciência perspicaz da necessidade de proteção contra golpes, terapeutas de choque nacionais e estrangeiros treinados na Escola na Chicago, colapsos monetários, intervenções e endividamento com o FMI.

Embora repousem numa longa história de militância, os movimentos contemporâneos da América Latina não são réplicas de seus predecessores:

---

23 In A Nova Toupeira, pg. 49. São Paulo, Boitempo, 2009.

24 In A Doutrina do Choque – a ascensão do capitalismo de desastre, pgs. 540-541. Rio, Nova Fronteira, 2008.

não são mais centralizados, mas constituídos em redes progressistas altamente descentralizadas.

A proteção mais importante da América Latina contra choques futuros (e, portanto, contra a doutrina do choque) vem da independência do continente em relação às instituições financeiras de Washington, resultante da maior integração entre os governos regionais.

A Alternativa Bolivariana para as Américas (ALBA) é a resposta do continente à ALCA, sonho corporativista, agora sepultado, de uma zona de livre-comércio que se estenderia do Alasca à Terra do Fogo. O principal benefício é que a ALBA se baseia essencialmente no escambo, deixando os países decidirem por si mesmos quanto vale cada mercadoria ou serviço, em vez de permitir que negociadores de Nova York, Chicago ou Londres definam os preços por eles.

Isso torna o comércio muito menos vulnerável ao tipo de flutuação brusca de preços que devastou as economias latino-americanas no passado recente. Cercada de turbulentas águas financeiras, a América Latina está criando uma zona de relativa calmaria econômica e previsibilidade, um feito considerado impossível na era da globalização.

Voltando ao texto do brasileiro Emir, que aprofunda e complementa a abordagem da pesquisadora canadense nas questões pertinentes à América do Sul: retrospectivamente, ele assinala que, desde os anos 30, o continente viveu cinco décadas de contínuo desenvolvimento econômico promovido por projetos de industrialização substitutiva de importações, em reação à crise de 1929. Tais processos foram acompanhados de projetos político-ideológicos de caráter nacional, que fortaleciam a classe trabalhadora, os sindicatos, assim como as ideologias e as identidades nacionalistas. Paralelamente, constituíram-se novos blocos sociais de poder.

A propósito, Roberto Schwarz[25] lembra que, no campo da cultura, as novas alianças e simpatias de classe operavam transfusões de experiência social e novas combinações de forma e conteúdo: a cultura do cinéfilo vinha ao encontro do movimento camponês, o estudante educado no verso modernista se arriscava na música popular.

---

25 In Seqüências Brasileiras. S.Paulo, Cia das Letras, 1999.

De lá para cá, boa parte da produção em cinema, teatro, música popular e ensaísmo social deveu seu impulso à quebra das barreiras de classe esboçada nos anos 60. Ele diz: "Para o professor cinquentão de hoje não é fácil explicar aos alunos a beleza e o sopro de renovação e justiça que na época se haviam associado à palavra democracia (e socialismo).

"Foi um momento forte de tomada de consciência contemporânea, nacional e de classe, que se traduziu por uma notável desprovincianização do pensamento. Não foi por acaso que o Cinema Novo, a Teoria da Dependência, a obra de Celso Furtado tiveram repercussão internacional. À guisa de contraprova, note-se como a perda desse dinamismo devolveu a cultura do país à sua irrelevância tradicional."

E foi muitíssimo mais longe: a perda desse dinamismo levou à "extinção do pensamento", como demonstra Paulo Arantes[26], haja vista o conformismo complacente em que se encontra a intelectualidade brasileira, a ausência de pensamento que contamina nossos contemporâneos e suscita tanto a generalização da cretinice e do oportunismo em matéria de política, quanto o embotamento da percepção – é a falência da elite intelectual, que parece jogar a toalha ao desistir, a um só tempo, do Brasil e da reflexão sobre o processo histórico em curso.

É a "extinção da inteligência dos inteligentes", ou melhor, "o ajuste intelectual tucano-petista" que, através do discurso neoliberaloide, se esmera em tornar aceitável o inaceitável.

Como chegamos a isso? Por que chegamos a isso?

---

26 In Extinção. S.Paulo, Boitempo, 2007.

II

Citando o texto do Emir Sader[27]: "Na década de 60, quando o longo ciclo expansivo se esgotou e se chocou com os direitos conquistados em toda a América Latina, as ditaduras militares substituíram as democracias liberais existentes.

"Dois processos combinados produziram a mais radical e concentrada transformação regressiva das correlações de força entre as classes: as ditaduras militares e a implantação dos modelos neoliberais – ambos estreitamente vinculados entre si.

Até porque, sem quebrar a capacidade de defesa dos interesses do movimento popular de forma repressiva, seria impensável a implantação dos sinistros processos de privatização – com a transferência brutal de renda e de patrimônio público correspondente – sendo o Chile, o Uruguai e a Argentina os exemplos mais extremos".

Esses três países tinham os mais avançados sistemas de proteção social, estados com capacidade reguladora, processos de expansão do mercado interno, de fomento ao desenvolvimento econômico, de garantias dos direitos sociais.

A mais brutal repressão de suas histórias abriu campo para os modelos neoliberais – implantados pelos garotos de Chicago – os quais produziram modalidades de Estados mínimos, privatizando praticamente todo o patrimônio público, no caso argentino, e abolindo direitos sociais conquistados ao longo de muitas décadas de luta. Três dos mais avançados Estados do continente foram desarticulados, "quebrados" – literalmente.

Para um detalhamento preciso das "desarticulações" ocorridas no Cone Sul, com nomes, datas, estatísticas, relações de causa e efeito, a inequívoca vinculação entre prisões e tortura de cidadãos e a implantação de choques econômicos, cujos pacotes incluíam desregulação dos mercados, arrocho salarial, corte de gastos sociais, privatização do patrimônio público e reservas naturais, abolição de direitos trabalhistas, além da fortíssima intervenção norte-

---

27 in A Nova Toupeira, São Paulo, Boitempo, 2009.

americana através de suas agências, corporações multinacionais, programas de ajuda militar e estratégico-ideológica no continente, bem como suas alianças com as elites locais, ver também Naomi Klein.

Para manter a espoliação de populações inteiras durante gerações, são necessários níveis quase absolutos de violência física e psicológica. E, sem hesitação, eles foram aplicados em NÓS. Ainda são. Na década de 1990, o neoliberalismo se alastrara pelo continente como em nenhuma outra região do mundo.

Nascido na extrema direita do Chile de Pinochet, teve adeptos como Alberto Fujimori no Peru, Carlos Menem na Argentina, o PRI mexicano, o MNR na Bolívia. A partir daí, atingiu a social-democracia como a Ação Democrática na Venezuela e o PSDB no Brasil. Ocupou praticamente todo o espectro político do continente, da direita e da esquerda, tornando-se um modelo hegemônico.

No entanto, o modelo neoliberal, por suas próprias peculiaridades canalhas – que outro nome atribuir a tal modelo? – não cria, por motivos óbvios, bases sociais de sua reprodução e legitimação. A desregulação, que destrava todos os obstáculos à livre circulação do capital, levou – como hoje se sabe claramente – à canalização de imensos recursos, não para o setor produtivo, mas para o financeiro, onde o capital obtém lucros mais elevados, maior liquidez sem pagar impostos.

Unido à abertura acelerada das economias, produziu não só um intenso processo de concentração de renda, de exclusão de direitos formais dos trabalhadores e de desemprego, como também de desindustrialização das economias do continente.

Passado o efeito – a um custo altíssimo – do controle inflacionário, aliás criminosamente imposto pelos próprios norte-americanos via FMI, os governos neoliberais também fraturaram radicalmente as classes médias – cooptando um setor específico para os processos de modernização da economia, mas empurrando para o empobrecimento o contingente majoritário delas e, ao mesmo tempo, neutralizando relativamente as reações de massa, graças ao desemprego, à fragmentação e à informalização do mundo do trabalho. Dessa forma, o modelo passou rapidamente da euforia à depressão, relegando ao isolamento os governos que o mantiveram.

À guisa de contraprova, as três maiores economias do continente – a mexicana, a brasileira e a argentina – foram justamente as que sofreram as três grandes crises do modelo, em 1994, 1999 e 2002, respectivamente.

O modelo esgotou seu potencial hegemônico ao impedir a retomada do desenvolvimento econômico, produzir o mais intenso processo de concentração de renda que o continente já conheceu, gerar enormes déficits públicos, expropriar direitos fundamentais da população – sobretudo o direito ao emprego formal – e, além disso, fragilizar as economias da região, que passaram a ser vítimas indefesas de ataques especulativos.

Não obstante, ironicamente, as maiores conquistas do neoliberalismo não aconteceram no plano econômico – onde concentrava suas maiores promessas – mas nos planos social e ideológico.A combinação entre políticas de "flexibilização laboral" – que, na realidade, não passa de "precarização laboral", de expropriação do direito formal de trabalho – desemprego resultante de ajustes fiscais em nível governamental e demissões massivas no setor privado enfraqueceu os sindicatos, a capacidade de negociação dos trabalhadores, fragmentou e atomizou a força de trabalho, deslocando seus temas e relações do debate público.

Nesse ponto, Sader é implacável: "A maioria dos latinoamericanos não pode se organizar, não pode apelar para a Justiça, não tem identidade pública, não são cidadãos porque não são sujeitos de direitos, mas vítimas dos piores mecanismos de superexploração do trabalho.

"São os chamados 'excluídos', não no sentido de que são marginalizados dos processos sociais constituídos, mas uma vez excluídos das relações de direito, não são reconhecidos pelo mercado de trabalho, têm expropriados seus direitos sociais fundamentais." A essa fragmentação social, que dificulta ao máximo a organização das lutas de resistência ao neoliberalismo, somam-se as mudanças radicais no campo ideológico.

A derrota do socialismo em escala mundial foi seguida de um projeto ideológico que substituiu o Estado pela Empresa, o Estado pelo Mercado, o cidadão pelo consumidor, a regulação econômica pelo livre-comércio, os espaços públicos pelos shopping centers, o trabalhador pelo indivíduo, a ideologia pelo marketing, a palavra pela imagem, a escrita pela mídia visual, o livro pelo vídeo, as concentrações de rua pelas campanhas televisivas – tipo "Diretas Já" pelo "Cansei", com direito a guarda-costas e cachorrinho

– os direitos pela competição, a novela escrita pela telenovela, os jornais pelo noticiário de televisão.As campanhas do "pensamento único" e do "Consenso de Washington", somados à fragmentação social, são os elementos de "força" do neoliberalismo, apesar da sua exaustão econômica precoce e das derrotas dos governos que o personificaram – Fujimori no Peru, FHC no Brasil, Carlos Menem e Fernando de la Rúa na Argentina, Carlos Andrés Pérez na Venezuela, Sánchez de Lozada na Bolívia, os dois partidos tradicionais no Uruguai, o Partido Colorado no Paraguai e Lúcio Gutiérrez no Equador. Mais de dez governos da região caíram, não por motivo de golpes militares, mas por perda de legitimidade.

(15/2/2009)

Pós-Feminismos, Eufemismos & Outros Desaforos

Musas de Joelhos

Atualmente, se existe uma crise de representação da mulher no Ocidente, esta é política, crise que envolve o processo de globalização intensificado a partir dos anos 90, quando a mulher ocidental retrocede ao projetar novamente a imagem de mulher-objeto, voltando a agir como objeto do homem e não mais como sujeito da ação, principalmente no cinema comercial norte-americano onde, emblematicamente, ela passa a maior parte do tempo de joelhos a fazer felação no parceiro embora, é claro, não fume.

O neoliberalismo combinado Thatcher-Reagan dos anos 80 constituiu-se para diluir, entre outras coisas, as conquistas dos movimentos feministas de 60/70, desagregadores para o capitalismo, e a este neoliberalismo se une a ação da igreja católica na figura do papa polonês e do atual, alemão, ambos conservadores, impondo as políticas da "nova carismática", práticas religiosas idiotizantes que substituem a "teologia da libertação" da década anterior, aliás já convenientemente massacrada em alguns países da América Central pelas forças norte-americanas (ver Noam Chomsky, *Poder e Terrorismo- entrevistas e conferências pós-11 de setembro.* Rio, Record, 2005).

Um puritanismo farisaico se impõe ao lado da hipocrisia do politicamente correto, incentivando a natalidade, condenando e proibindo o aborto, provocando uma nova explosão populacional que abrange não só as classes C e D, como uma nova B, constituída por uma média burguesia emergente da informalidade – inculta, massificada, despolitizada – explosão demográfica que não interessa a ninguém, mas que aos latino-americanos, e particularmente a nós, brasileiros, apenas prejudica e cujas consequências, apenas vislumbradas, já são e serão gravíssimas (se em Brasília a demografia é uma ficção distante, aqui em Sampa é uma realidade atroz que nos fustiga há décadas diariamente!).

Aliás, a retomada da mulher como sujeito da ação (e da história) – algo que nem imagino como poderá ocorrer, dada a inconsciência reinante

– necessariamente irá passar pela busca de uma voz própria, o que significa não ser falada pela língua, não vincular o discurso do Outro, ao contrário, deslocar o discurso da Tradição para colocar o seu próprio, conquistando assim o direito à própria fala. E quem detém a palavra, detém o poder. Bom, pelo menos no meu caso, isso é um fato, n'est-ce pas?

Mas este não é mais um problema só das mulheres do terceiro mundo, uma vez que se tornou um problema das mulheres do segundo e do primeiro, isto é, de todo o Ocidente, já que o retrocesso do feminismo – projetado na figura hollywoodiana da musa de joelhos – é um fato universalmente visível.

(16/11/2005)

Erotismo & Preconceito

Existe uma frase duma autora americana que define com precisão a diferença entre subjetividade masculina e feminina: "Os orgasmos de Lady Chatterley devem ser de D. H. Lawrence porque eu não sinto assim". Ao estudar a representação do corpo nos poetas brasileiros, Affonso Romano de Sant'Anna observa que o corpo feminino ocupa grande parte do discurso, enquanto o corpo masculino é silenciado. E, reveladoramente, embora o corpo masculino esteja ausente, a voz que fala pela mulher é masculina. Uma constatação simples mas de graves consequências.

Essa ausência do corpo masculino e presença do corpo feminino começam a ser explicadas pelo fato de que o homem sempre se considerou o sujeito do discurso, reservando à mulher a categoria de objeto. Como sujeito, ele se escamoteava, projetando sobre o corpo feminino os seus próprios fantasmas. Aí se porta como o ventríloquo: o corpo é do outro, mas a voz é sua.

Mas a mulher transformada em objeto de análise também é o campo de exercício do poder masculino. Do Romantismo em diante, a questão do desejo se torna mais diferenciada e passa por um momento histórico com a grande liberação erótica dos anos 60 e o surgimento de várias outras linguagens e posturas ideológicas realmente instaladas na modernidade, quando então a subjetividade do homem e a subjetividade da mulher definitivamente se diferenciam, perdendo a relação complementar sujeito/objeto.

A escritora transgride a separação tácita existente entre esfera pública e privada, transformando-se ela própria, a mulher que publica, em "mulher pública", quer dizer, a prostituta, que é a mulher pública por excelência; historicamente, qualquer mulher que ousasse agir em público, arriscava-se a ser identificada como tal.

Criticamente, havia um acordo tácito de que certas palavras, certos temas estariam interditos às mulheres, devendo as questões do corpo e da sexualidade ser tratadas de uma forma elegante, esfriada ou cerebral, independente da qualidade do trabalho. Ou seja, está tudo bem, contanto que você escreva "de fora", como homem.

Ficcionistas e poetas que rompessem este acordo tácito, colocavam-se como transgressoras, apropriando-se de um discurso visto como prerrogativa masculina.

Quanto a mim, meu "fazer literário" é algo construído no cotidiano, constituindo-se o viver e o escrever uma só e a mesma coisa, não mais a vivência metafísica consumada apenas no plano subjetivo clariceano, e muito além duma subliteratura Carraro/Cassandra.

Minha personagem toma a iniciativa no jogo de sedução e sexo, está interessada no seu próprio prazer, ela usa, não é usada pelo outro. Desse modo opera a subversão do sistema de gêneros dominante e assim coloca a mulher como sujeito da ação, e não como objeto do outro, cancelando o papel de mulher-objeto.

Outrossim, este cancelamento é uma conquista levada a efeito no interior da batalha discursiva. Em função duma pesquisa de linguagem, como produto duma elaboração da linguagem como fenômeno estético, duma consciência plena da língua e da linguagem como instrumento de trabalho, minha personagem não é falada pela língua, não vincula o discurso do outro, ao contrário, desloca o discurso da Tradição para colocar o seu próprio, conquistando o direito à própria voz, à própria fala. E quem detém a palavra, detém o poder.

Mas a conquista de uma voz própria, de uma voz pública, coletiva, universal, polissêmica, plurivalente, que se manifesta ao se atingir um estilo único, meta de todo escritor, seja mulher ou homem, é algo que precisa passar antes pelo exercício, pelo domínio, pela superação, pela incorporação de um discurso erótico. O que significa a colocação em primeiro plano da própria subjetividade.

As escritoras que surgiram após os anos 60, tiveram que levar adiante um duplo projeto caracterizado por uma literatura que fizesse a crítica do discurso masculino dominante e colocasse a sexualidade feminina como elemento fundamental para a construção da própria identidade. Até porque a experiência erótica leva à afirmação da subjetividade – ao sentido de poder e controle sobre o próprio destino.

A criação do discurso erótico representa o reverso de uma moeda cuja face é a inscrição da mulher na literatura – não mais como objeto do masculino, numa relação de ventriloquismo literário (daí o sujeito que é pensado pela linguagem dominante), mas sujeito da ação enunciando sua própria fala.

No caso da mulher, considerando o controle social sobre seu corpo que ocorre através da história – a exemplo, veja-se a questão do aborto, da contracepção, o regime do casamento monogâmico, esteio do capitalismo – a manifestação do erotismo é fundamental para a construção da própria subjetividade.

Historicamente, se usasse o erotismo em seu discurso, a escritora transgredia a separação tácita existente entre esfera pública e privada, tornando-se ela própria "mulher pública" ou" prostituta" – a mulher pública por excelência – e quem que ousasse agir em público arriscava-se a ser identificada dessa forma, isto é, como tabu. Obviamente, o próprio ato de escrever constituiu, em determinado momento histórico, a transgressão feminina do espaço público.

Contudo, há apenas vinte anos, ao publicar *O Caderno Rosa de Lori Lamby* (1989), Hilda Hilst foi execrada publicamente, uma vez que, para muitos, transgrediu os limites do "pornográfico" – ligado ao grotesco, ao obsceno, sem valor literário – e do "erótico" – associado à realização estética.

Na verdade, o caso Hilda foi exemplar e ilustrativo: quando a grande escritora decidiu esculhambar, variar, mudar o disco, chutar o pau da barraca, algo que qualquer um tem o direito de fazer seja lá qual for a razão – o preconceito ressurgiu inteirinho, novinho em folha, pulverizando décadas de transformações radicais, dos costumes à estética literária.

O que significa que as coisas aparentam mudar rapidamente apenas na superfície, pois no âmbito da consciência profunda as transformações são lentíssimas, levam séculos para se completar – quando não se regride. E ainda ocorre uma espécie de silêncio generalizado da crítica em relação ao discurso erótico da mulher, enquanto que o erotismo de autoria masculina é saudado com grandes elogios.

Mas o buraco é ainda mais embaixo: o fato é que o subdesenvolvimento da expressão linguística no que toca à libido transforma quase sempre em pornografia de luxo toda matéria erótica.

Claro que muitos de nós, escritores, homens e mulheres, já conseguimos esboçar com ousadia e destemor o que algum dia escreveremos com naturalidade e com direito.

Porque antes ou simultaneamente é preciso conquistar outras liberdades: a colonização, a miséria, a injustiça e a desigualdade social também nos mutilam esteticamente.

Pretender-se dono de uma linguagem erótica quando nem sequer se ganhou a soberania política é ilusão de garota imitando Beyoncé.

É preciso deixar claro: não se é obrigado a escrever uma literatura erótica como declarar imposto de renda ou renovar a carteira de motorista. O problema é quando chega a hora de escrever o tal trecho erótico, não sai, quer dizer, ou sai eufemístico, como se o sujeito estivesse escrevendo com luvas, ou sai pornografia grossa e burra (geralmente erotismo literário direto é pesado, indigesto, impúbere, sombrio, frenético, hoteleiro, adúltero, incestuoso, lúgubre, gerontológico, funéreo – conotações limítrofres entre sexo e morte, sexo e decepção), donde que a emoção do indizível passa e este resta indizível para sempre.

Por isso o verdadeiro erotismo – que nem todos distinguem da mera sexualidade – é inconcebível sem sutileza – naquele sentido de refinamento da linguagem no ponto exato em que deliciosamente nos toca e dá tesão.

E em literatura, essa sutileza nasce do exercício natural de uma liberdade e de uma descompostura que correspondem, semanticamente, à eliminação dos tabus no plano cultural (e da escritura) e, sintaticamente, ao domínio técnico do ofício de escritor.

E isso vale para ambos, homens e mulheres.

(18/9/2009)

Vida Besta

Jamais imaginei entrar numa livraria e não querer comprar *nenhum* livro, mas foi exatamente o que aconteceu ao passear pela book shop da sala de embarque do aeroporto Santos Dumont, voltando para São Paulo da Bienal do Livro no Rio. À vista, nenhum elemento de ficção em meio a dezenas de autoajudas fajutíssimas, marketing neoliberal, cem mil maneiras de gastar papel, tinta e jogar meu dinheiro fora no formato 14x21, pocket ou capa dura.

Naturalmente, nem pensar nas revistas tipo Caras, Poderosos, Bons Fluídos, Boa Forma, Bravo, Criativa, Cosmopolitan, Casamento, Corpo, Cabelos, Casamento, Exame, Época, Isto É, Veja, Vida & Saúde, Vida Simples, Women's Health, CAR, COOL, RUNNING, VIP, UMA.

Me senti literalmente desesperada no meio *disso* e a perspectiva de duas tediosas horas sem nada para ler. Até porque ler *isso* te deixa besta.

A escritora Marina Colasanti definiu bem essa sensação quando diante da estante promocional da Barnes & Noble, na Sétima Avenida em Nova York[28]. Sob o rótulo "Fábulas da Mulher Moderna" proliferavam os seguintes títulos: *Slave of fashion* (Escrava da moda), *Good in bed* (Boa de cama), *Filthy rich* (Terrivelmente rica), *The accidental virgin* (A virgem acidental), *I do but I don't* (Eu faço, mas não faço), *The dominant blonde* (A loura dominadora), *The dictionary of failed relationships* (Dicionário das relações fracassadas), ao todo 36 livros na mesma linha.

De deixar qualquer um maluco, uma lobotomização definitiva a preços imperdíveis.

E todos prometendo "muita diversão", se dizendo "engraçadíssimos", que as leitoras iriam "morrer de rir". Naturalmente, eu e Marina não achamos graça nenhuma, porque só podemos interpretá-los como sismógrafos da

---

28 In Fragatas para Terras Distantes: Rio, Record, 2004.

presente "falta de espírito de época", ou ausência absoluta de "presença de espírito" – e isto seria um mero jogo de palavras não fosse a "presença de espírito" a pré-condição do humor genuíno.

Marina comenta que ninguém nos prometia gargalhadas nas décadas de 70 e 80 quando procurávamos nas livrarias títulos, por exemplo, sobre a modernidade do feminino, aliás, ninguém esperava que Simone de Beauvoir fosse "engraçada". "Buscar a seção 'Mulher' equivalia a um encontro com a antropologia, sociologia, história, psicologia. (...) Hoje essa seção foi substituída por 'Estudos de Gênero', onde as mulheres aparecem mais vinculadas ao homossexualismo do que a qualquer outra coisa. As mulheres foram transferidas para o setor 'Comportamento', uma vaga mistura de autoajuda e aconselhamento amoroso".

Pois é. Voltamos ao consultório sentimental. De onde nunca devíamos ter saído. Antes a palavra de ordem era "pensar", agora é "divertir-se". Se antes a mulher refletia sobre sua condição, hoje ri dela. Não sem poucos motivos, embora a maioria "delas" esteja rindo por todas as razões erradas. Colasanti considera que se tornou cômica "a busca feminina pelo amor, como se o amor fosse um resíduo ridiculamente romântico a ser descartado com a modernidade".

Mas quantas vezes não cantei a bola de que houve um retrocesso na sociedade contemporânea, não só no feminismo, mas nos costumes de maneira geral? Porque o fato é que essa busca estéril, ridícula, inútil e estúpida do amor é algo que castiga a todos, homens e mulheres.

Assim, finalizo com a reflexão de Octavio Paz: "Acho que o amor virou uma abstração. A alma tornou-se um departamento do sexo, e o sexo se tornou um departamento da política (*e da mídia pop, digo eu*). Se a nossa sociedade vai se recuperar, temos que recuperar a ideia de amor, essa é a coisa mais importante. Se não encontrarmos isso, a vida será um deserto".

(9/10/2009)

A Condição Feminina

O Dia Internacional da Mulher faz retornar anualmente à cena pública reflexões sobre os direitos da mulher. Ultimamente me surpreenderam as inúmeras convergências a respeito no pensamento de dois filósofos contemporâneos muito distanciados entre si – a judia Hanna Arendt e o sociólogo francês Pierre Bourdieu, e nossa fonte foram textos publicados na revista galega *Festa da Palabra Silenciada, no. 22 – Os Feministas* (Galícia, Espanha. Concellaria da Muller, Concello de Vigo, 2006).

Embora não fosse feminista, Hanna Arendt, cujo centenário de nascimento aconteceu em 2006, aborda aspectos-chave do feminismo, centrando-se no exame das dicotomias que determinaram a exclusão histórica da mulher. Alimentado pela religião e filosofia, o pensamento dicotômico é gerador das injustiças, das desigualdades e do racismo. As dicotomias se baseiam nas diferenças genéricas, como se o par "homem/mulher" constituísse o modelo de organização fundamental, como se toda oposição fosse sexuada. Nas oposições binárias está sempre presente o pensamento patriarcal como sol/lua, céu/inferno, corpo/alma, razão/sentimento, natureza/cultura, aliás, foi esta última que justificou não só a exclusão, bem como a exploração "natural" das mulheres ao longo dos séculos.

Mas há outras duas dicotomias determinantes para a opressão feminina: público/privado e ativo/passivo. Em *A Condição Humana*, Hanna Arendt divide o mundo em esfera pública e esfera privada. A palavra "privado" para Hanna recobra seu sentido primeiro: "Viver uma vida privada significa estar privado de coisas essenciais à vida humana, estar privado da realidade que provém de ser visto e ouvido pelos outros, estar privado de realizar algo mais permanente que a própria vida. O homem privado não aparece e assim é como se não existisse, qualquer coisa que realize carece de significado e consequência para os outros, e o que importa só a ele, não interessa aos demais".

As consequências da privacidade foram nefastas para as mulheres. Nesse mundo doméstico, que concilia domínio e propriedade, pratica-se a violência contra a mulher, condenada à sujeição, à exploração, aos serviços gratuitos, fora do alcance da proteção legal. O espaço privado, desvalorizado, inexistente, torna necessária a existência do espaço público.

Segundo Hanna: "Tudo o que aparece em público pode ser visto e ouvido por todos. Essa aparência constitui a realidade. O termo 'público' significa o próprio mundo, enquanto comum a todos. Este transcende nosso tempo vital, tanto quanto ao passado, como quanto ao futuro. A distinção entre as esferas pública/privada é igual à diferença entre as coisas que devem mostrar-se e aquelas que devem permanecer ocultas.".

Em razão das conquistas científico-tecnológicas, só na época moderna é que pode florescer a riqueza, a diversidade e o valor da intimidade humana, mas desde o começo da história, a parte corporal da existência sempre se manteve oculta, separada, como todas as coisas relacionadas às necessidades do processo da vida. Separados vivem servos e escravos, que com sua força de trabalho atendem às necessidades da sobrevivência, bem como as mulheres que com seu corpo garantem a perpetuação da espécie, reduzindo o papel da mulher à procriação.

Uma novidade necessária para o feminismo – ao serem as mulheres consideradas apenas como corpo e natureza e secularmente exploradas como tal – foi situar o corpo no centro do discurso e utilizá-lo como meio de liberação.

Outra dicotomia nociva para a mulher é a do ativo/passivo. As imagens religiosas, a simbologia dos contos infantis, a poesia, a educação, a roupa, o sapato, etc. levam a mulher a aceitar a passividade e o silêncio como "comportamentos adequados" a ela, e a passividade está unida ao mundo privado.

As mulheres são presas que se caçam facilmente, não sabem se defender. Na guerra, ficam com os velhos, as crianças e os doentes, enquanto os homens lutam. Mas a passividade feminina sempre conduz à morte, tanto na guerra, como na paz. Assim, a dominação masculina, como sistema de dominação simbólica, se autoreproduz de forma inconsciente como alienação, como se fosse eterna, existisse desde sempre, posto que alienada da razão.

De forma análoga a Hanna Arendt, Pierre Bourdieu estuda a desigualdade sexual como uma das tantas formas de dominação social. Ele considera que a dominação masculina se apoia num sistema de oposições que "naturaliza" as diferenças biológicas construídas culturalmente.

Com uma consciência crítica moldada segundo os padrões da Escola de Frankfurt, Bourdieu não escreve apenas para ampliar o conhecimento, mas sobretudo para pragmatizar a teoria, isto é, a finalidade de seu ensaio é obter instrumentos e meios destinados a romper com o modo de ser das instituições sociais, que é arbitrário e dominador tanto para as mulheres como para os homens.

Socialmente, os atos do conhecimento são atos de reconhecimento ou de submissão: educa-se cada um para ser um dominador ou um dominado, segundo seja mulher ou homem. A socialização impõe limites corporais às mulheres: certas formas de movimentar-se, comportar-se, vestir-se (com a finalidade de limitar seus movimentos). As ferramentas desta dominação exercida pelos homens e pelas instituições constituem a *violência simbólica* (publicidade, cosméticos, moda, etc.).

Bourdieu fala da lógica da maldição, porque a mulher não pode subverter esta ordem na medida em que reproduz esquemas de dominação; no caso de usar armas, são armas de dominada que a condenam a reforçar o estereótipo: histérica ou sedutora. Tomando tais relações como naturais, elas se autodepreciam. E a inferioridade da mulher é a assimetria fundamental do sujeito-objeto, que mediante o matrimônio – dispositivo central – constitui o fundamento de toda ordem social.

A divisão sexual se inscreve nas divisões das atividades produtivas, oficiais, públicas e de representação. A priori, as mulheres estão excluídas dos jogos sérios de poder que se desenvolvem nos lugares públicos, reduzidas à própria feminilidade vista como incompatível para estar no espaço público.

Ressaltando o corpo com roupas, ornamentos, cosméticos, as mulheres são reduzidas a objetos, enquanto o homem o oculta para aparecer socialmente. Ele diz literalmente que *a mulher existe para ser vista pelos outros (homens), isto é, como objeto do olhar.* Neste ponto, ambos são vítimas: os homens, na medida em que se impõem a meta duma virilidade a qualquer preço, e as mulheres que, na condição de esposas e mães, também são os melhores instrumentos para a reprodução da dominação simbólica.

Aqui, o autor recomenda uma análise das instituições, a começar da família, que detém o papel principal na reprodução da dominação; em seguida, a igreja, que mantém a ideia da inferioridade natural da mulher; a escola, que transmite os pressupostos da representação patriarcal, mas que, graças às suas contradições, pode gerar a mudança das relações entre os sexos; e, finalmente, o Estado, que incrementa o patriarcado privado com o público.

Mas a mudança fundamental, aponta Bourdieu, se deve ao imenso trabalho crítico do movimento feminista que surge na segunda metade do século XX, conquanto reprimido, satanizado e/ou degradado pelo neoconservadorismo de corte anglo-saxão vigente a partir da década de 80.

(26/02/2007)

Pós-feminismo e Poder

Sempre que preciso escrever sobre esse pós-feminismo neoconservador ou pós-antigo da atualidade, vejo Condoleezza Rice como mulher-símbolo do Zeitgeist: aquela criatura pós-catastrófica capaz de cometer qualquer tipo de traição – contra o gênero (feminino), contra a raça (negra), contra a espécie humana – *qualquer um.*

Existe pretexto ou justificativa para essa cadeia de traições?

Às quais já nos acostumamos, basta espiar as manchetes dos jornalões, Veja, Manhattan Connection, a sessão da tarde na HBO, Luciana Gimenez. Quer dizer, já conseguimos fazê-lo sem vomitar, o ser humano tem uma extraordinária capacidade de deglutição.

Em artigo recente, Maria Rita Kehl (*O que pode uma mulher?*), discutindo as relações entre mulheres e poder, lembra que só na América do Sul hoje temos duas presidentes mulheres, Michelle Bachelet no Chile e Cristina Fernandez de Kirchner da Argentina. Contudo, mulheres no poder não constituem uma novidade tão espantosa, diz ela, citando a rainha Vitória, Catarina de Médici, Isabel de Castela. Entre as quais incluo as Elizabeths I e II da Inglaterra, as mais famosas, até porque o departamento de relações públicas dos anglo-saxões é eficientíssimo. No século XX tivemos Indira Ghandi, Golda Meir e, naturalmente, Margareth Thatcher, a lady de ferro. Durante a Guerra das Malvinas, os cordelistas do Nordeste, em seus repentismos, inferiram acertadamente ao chamá-la de "nova Lilith". O poder é um lugar que tolera excentricidades, desde que não alterem seu funcionamento e os compromissos que o sustentam, observa Maria Rita, mas mulheres no poder não garantem políticas mais justas e humanitárias.

(5/3/2008)

Mídia Perversa
& Burra

No Lixo da História

Num momento em que a mídia hegemônica brasileira, como sempre fazendo coro com a norte-americana (vide que, mesmo em lados opostos, Judith de Brito, do Grupo Folha, replica mesquinhamente Anita Dunn, porta-voz da Casa Branca, a primeira a definir a Fox News como partido político, não como corporação de imprensa), se declara francamente na "oposição" do governo Lula, a favor da candidatura Serra e das forças conservadoras e ultra-autoritárias que esta representa, o artigo[29] de Paul Craig Roberts nos esclarece. Por quê?

Comprova que não há limite de até onde se pode engrupir o distinto público quando se trata de retomar o poder – lá, perdido há dois anos, aqui, há oito. Afinal, a guerra deles – das corporações, dos banqueiros, dos donos de terras, dos neocons e fundamentalistas de quatro costados – é rigorosamente civil – uma guerra contra os civis; isso mesmo: a população toda!

Aliás, considere-se a recusa sistemática da direita em negociar com grevistas (professores, policiais, etc.) como um modus operandi inspirado nas políticas e práticas neoconservadoras do tipo hidrófobo texano-americano ("não negociamos e nem damos satisfações, porra!").

No artigo, Craig observa que houve um tempo em que as pessoas acreditavam na verdade e encaravam-na como uma força independente e não como um auxiliar de classe, raça, ideologia, interesse pessoal ou financeiro. Hoje os americanos são dominados pela propaganda. Os americanos têm pouco respeito pela verdade, pouco acesso a ela e pouca capacidade para reconhecê-la.

---

29 Texto original em <http://www.counterpunch.org/2010/03/24/truth-has-fallen-and-taken-liberty-with-it/>.

A verdade é uma entidade inoportuna. É perturbadora. Aqueles que a exprimem correm o risco de serem marcados como "antiamericanos", "antissemitas" ou "teóricos da conspiração". A verdade é uma inconveniência para os grupos de interesse cujas contribuições de campanha controlam o governo. A verdade é uma inconveniência para promotores públicos que querem condenações, não a descoberta da inocência ou da culpa. A verdade é inconveniente para ideólogos.

Por toda parte, a verdade sucumbiu ao dinheiro. Sempre que este é insuficiente para enterrar a verdade, a ignorância, a propaganda e a memória curta terminam o serviço. O autor lembra quando, após o testemunho do diretor da CIA, William Colby, perante o Comitê Church, em meados da década de 1970, o presidente Gerald Ford expediu ordens que impediam a CIA de assassinar líderes estrangeiros (se foram cumpridas, é outra história,).

Em 2010, o Congresso dos EUA foi informado por Dennis Blair, responsável pelo DNI (Direção Nacional de Inteligência, órgão criado após o 11/9 para coordenar o conjunto de agências de espionagem, incluindo a CIA), que agora os EUA não só assassinam líderes estrangeiros, como seus próprios cidadãos.

Quando Blair disse ao Comitê de Inteligência da Câmara que cidadãos dos EUA não precisam mais ser presos, acusados, processados e condenados por um crime capital, mas assassinados só pela suspeita de constituírem "ameaça", não foi demitido. Nenhuma investigação se seguiu, nada aconteceu. Nos anos 70, a CIA complicou-se por tramar a morte de Fidel Castro. Hoje são os cidadãos americanos que estão na lista de "inimigos a serem eliminados".

Hoje os economistas americanos não têm consciência de que a economia dos Estados Unidos foi destruída devido ao deslocamento do PIB dos EUA para o exterior. As corporações dos EUA, na busca da vantagem absoluta, do custo mais baixo do trabalho e bônus máximo de desempenho dos seus presidentes, transferiram a produção de bens e serviços vendidos a americanos para a China, Índia e outros países.

Quando vejo economistas definirem "deslocamento do PIB" como "livre comércio baseado em vantagens comparativas", percebo que não há mais inteligência ou integridade entre estes profissionais. A inteligência e a integridade foram compradas pelo dinheiro. As corporações transnacionais ou globais dos EUA pagam milhões de dólares a administradores de ponta, a título de "prêmios de desempenho", exclusivamente para substituírem trabalho americano por trabalho estrangeiro. Enquanto Washington se preocupa com a "ameaça muçulmana", os engodos de Wall Street, das corporações e do "mercado livre" destroem a economia e as perspectivas de milhões de americanos. Aliás, os americanos engoliram a afirmação dos governos Bush I e II de que "segurança exige suspensão de liberdades civis e administração responsável; espantosamente, os americanos acreditam que liberdades civis – tais como o habeas corpus – servem para proteger "terroristas" e não a eles próprios. Muitos acreditam ainda que a Constituição é um antigo documento desgastado que impede o governo de exercer os poderes de polícia de estado necessários para manter os americanos seguros e livres."

O destino da América foi selado quando o público comprou do governo Bush a teoria conspirativa do 11 de setembro, este evento definidor do nosso tempo – que lançou os EUA em guerras intermináveis e num permanente estado policial interno – e um tópico tabu na investigação da mídia.

Com mais de 21% de desemprego, PIB e tecnologia americanos transferidos para China e Índia, com a guerra sendo o maior compromisso de Washington, com o dólar sobrecarregado pela dívida, com as liberdades civis sacrificadas pela falsa "guerra ao terror", a liberdade e a prosperidade do povo americano foram atiradas no lixo da história.

A propósito: graças à imprensa neocon norte-americana, tipo Fox News & asseclas, a liberdade de imprensa também foi atirada no lixo da história. Lá, onde a nossa imprensa hegemônica – jornalões, Rede Globo – há séculos já estava esperando.

(12/4/2010)

Lobotomia News

Um texto do Emir Sader conseguiu exprimir de forma irretocável o day after dos bastidores da mídia oficial depois de mais um tiro pela culatra: a pesquisa Datafolha que acusou o índice de 70% de aprovação para o governo Lula. Dá-lhe, Emir:

Crise faz despencar popularidade de Lula – a manchete do Diário Oficial Tucano (DOT), a FSP (Força Serra Presidente) estava pronta. O editor-chefe encomendou nova pesquisa de opinião, menos de dois meses antes da anterior, para constatar os evidentes desgastes na imagem do presidente com a crise e, principalmente, com o clima de pânico e pessimismo que a mídia privada – e em especial, o DOT – tinham disseminado. Como toda pesquisa fabricada, não se pesquisava a popularidade de Lula, mas a eficácia da campanha de desgaste que a mídia oligárquica tinha desatado. Alardeia-se todo o tempo OMO LAVA MAIS BRANCO e se contrata pesquisa para conferir a efetividade da lavagem de cérebro.

Tudo pronto, convocados os zelosos funcionários tucanos da página dois, os chamados "especialistas" – disfarce tucano-fernandohenriquista – para comentar, tudo pronto para explorar a queda irreversível do apoio à Lula. CRISE FAZ DESPENCAR POPULARIDADE DE LULA. Ou: LUA DE MEL DE LULA TERMINA DEFINITIVAMENTE.

Subtítulo: Serra se diz pronto para enfrentar a crise.

Economistas tucanos: Só volta das privatizações pode salvar o Brasil.

Faltou combinar com o povo brasileiro.

Mais uma vez "o povo derrotou a opinião pública" fabricada pela mídia privada. 70% de apoio, 6% a mais que na última pesquisa, depois da intensa campanha propagandística contra o governo. Crescimento em todos os setores – nível de renda, nível de escolaridade, região do país, tudo, tudo, pior não poderia ser para a FSP e a direita brasileira.

Conseguiram apoio de apenas 7% de rejeição a Lula, com tudo o que gastaram na campanha. Contra eles, 93%. O resultado os surpreendeu tanto que no mesmo dia da publicação da pesquisa, ninguém teve nada a dizer, nenhum comentário, luto fechado. Foram necessárias 48 horas para encontrar palavras que dessem conta do incompreensível para as mentes tucanas dos jardins paulistanos. Depois da ressaca, das doses de uísque para consolar, o jornal sai todo sem graça, buscando razões que a própria razão desconhece, esfarrapadas, para consolar o inconsolável, depressivo e sorumbático chefe que os havia convocado para mais uma batalha serrista.

Pensaram em títulos como: POVO AINDA NÃO PERCEBE A CRISE. Ou: DEMAGOGIA LULISTA ESCONDE A CRISE. Ou ainda POVO BRASILEIRO, IGNORANTE, MERECE LULA E A CRISE.Ou, FHC: LULA ENGANA OS BRASILEIROS.

Subtítulo: Ex-presidente sugere que FSP publique Max Weber em fascículos, embora creia que é biscoito muito fino para a plebe.

Pensaram em declarações da sua galera, como: Gilmar Mendes: Supremo vai questionar resultado da pesquisa. Fiesp: Pessimismo empresarial ainda vai vingar. Gianotti: Leitura de Wittgenstein permite perceber que Lula está condenado pela Lógica. Assim age um jornal de rabo preso com os tucanos e, através deles, com a elite branca, milionária, um intelectual orgânico das elites dominantes brasileiras internacionalizadas. Editorial para xingar Lula, carta de leitor indignado com a realidade, um colunista diz que o desgaste de Lula ainda está por vir, não custa esperar, um "intelectual" tucano repete a mesma coisa, um psicanalista diz que o povo gosta de fugir da realidade. Agora é fazer logo outra pesquisa, quem sabe alguma oscilação no apoio à Lula, quem sabe aumentar a dose do pânico, talvez mandar embora essa equipe de funcionários incompetentes, talvez outra dose de uísque.

Talvez lobotomizar a equipe, não, sai muito caro, talvez subcontratar uma equipe "mais jovem e flexível", cujas cabecinhas já vêm em branco, nas quais se pode inscrever qualquer merda, afinal eles não têm memória do passado, tanto quanto ideais/esperanças/aspirações futuras.

Pois é, uma elementar aula de mídia que literalmente sifu.

(6/12/2008)

O Retorno dos Que Não Foram, a Medalha de Quem Que Não Devia Ter Ido e uma Toupeira que Vai Fundo

A sacada da vez foi o título ***A volta dos que não foram***, do jornalista Maurício Thuswohl, ao comentar as eleições de José Sarney e Michel Temer para as presidências da Câmara e do Senado – algo como o eterno retorno do mesmo.

Ou seja, a confirmação no poder da apoteose do atraso na figura impertérrita do oligarca supremo Sarney que, sem Tonhão Malvadeza, tornou-se senhor absoluto do âmbito paleontogeográfico da alma feudal, situado pré-historicamente entre o Piorão (Piauí com Maranhão) e o Piorserá (Piauí com Ceará), conjugado ao fisiologismo flexibilizado protourbanoide de Temer. José Sarney e Michel Temer representam a volta de quem, na verdade, jamais foi embora.

Eis a síntese do nosso subcapitalismo desigual e combinado, que combina a iniquidade do atraso com a truculência do avanço, e sempre tentando representar o irrepresentável: a burguesia nacional que já não manda; o capital financeiro, que é o obstáculo ao desenvolvimento e que já se desligou de qualquer representação de classe e cujos interesses *promovem* a exclusão – esta é a contribuição genuinamente brasileira à práxis política global.

A união perfeita do Inútil ao Desagradável, e a galera, a população, o people, a "sociedade civil", composta de espectadores-consumidores, ainda achando bom, noves fora, yes. Estamos exportando conformismo de ponta! O eterno gigante bobo adormecido com seu chocalho multinacional.

Nosso sub-horizonte eleitoral "avança" em *marcha a ré para trás*, sinalizando que, em 2010, uma parte do PMDB (mais conhecido como *Pomos a Mão no Dinheiro do Brasil* – vezenquando Zé Simão dá uma dentro) vai apoiar Serra e outra, Dilma Roussef ou outro candidato do Planalto, indicando, nos dois casos, o vice na chapa governista. Sendo fiel a si mesmo, o PMDB apostará no candidato que der mais ibope, mas seja como for, uma coisa é certa: o candidato governista à sucessão de Lula terá que engolir um adversário político da direita mais insidiosa, ligada a interesses privados absolutamente inconfessáveis, a mesma que se sustenta há quinhentos anos colada ao núcleo do poder federal e está pouco se lixando com as mudanças programáticas e ideológicas ocorridas na Presidência da República.

Já "a medalha de quem não devia ter ido" fica por conta da condecoração que Tony Blair recebeu em janeiro de George W. Bush, pelo apoio dado às guerras de Washington. Realmente não valeu à pena durante anos bajular Bush de forma tão histérica, para ao fim e ao cabo ganhar uma reles medalha pela puxassaquice pânica.

E mais: recebeu a "Medalha da Liberdade" (esses caras devem estar brincando!) somando-se aos piores, como John Howard, ex-premiê da Austrália, e Álvaro Uribe, presidente colombiano. O que Bush premiou foi a submissão aos interesses dos EUA, uma vez que Blair e Howard apoiaram a invasão do Iraque. Quanto a Uribe, mantém tropas americanas na Colômbia e sonha torná-la "a Israel da América do Sul".

No Brasil, a mídia golpista também sonha com a volta da submissão incondicional aos EUA. Adepta da vassalagem a qualquer preço (o que é uma pechincha, afinal, mantendo sua posição de sócio menor do capitalismo), a direita brasileira segue tal diretriz com a desculpa de que o melhor é JAMAIS se aproximar de países em litígio com os americanos, tipo Venezuela, Bolívia, Equador, Cuba, com o pretexto de que eles nada têm a nos oferecer, podendo, ao mesmo tempo, prejudicar nossas "boas relações" com o Big Brother. Essa direita é nostálgica do alinhamento automático, sem contrapartida imperial.

Também receberá sua medalha no tempo devido.

E a toupeira?

É o título do novo livro de Emir Sader, que explica: "Decidimos chamar este livro de *A Nova Toupeira*. A imagem de Marx remete a um animalzinho com problemas de visão, que circula embaixo da terra sem nos darmos conta de sua existência e que de repente irrompe onde menos se espera. A toupeira faz seu trabalho surdo sem cessar, mesmo se a ordem reina na superfície e nada parece indicar turbulências próximas.

"Tal imagem remete às incessantes contradições intrínsecas do capitalismo, que não deixam de operar, mesmo quando a 'paz social' – a das baionetas, a dos cemitérios ou da alienação – parece prevalecer. (...) Hegel também se referiu à toupeira para falar das astúcias e surpresas da história. É necessário que as grandes revoluções, evidentemente necessárias, sejam antes precedidas por uma revolução silenciosa e secreta da ideias da época, uma revolução que não é visível para todos."

A América Latina, onde o neoliberalismo nasceu (Chile e Bolívia), mais se estendeu e encontrou solo fértil, tornou-se, ironicamente, o espaço de maior resistência e construção de alternativas a esse mesmo neoliberalismo. A que corresponde essa mudança tão radical, que o continente jamais viveu em prazo tão curto, em toda a sua história, com tantos governos que podem ser caracterizados como progressistas (de esquerda ou de centro-esquerda)?

Segundo o autor, tudo isso se dá exatamente no momento em que o capitalismo se revela mais injusto do que nunca. Quanto mais liberal, mais cruel ele se torna, expropriando direitos elementares como o direito ao trabalho formal. Hoje, o capital subordina e mercantiliza tudo, da educação à água, passando pela saúde. Justamente quando concentra mais renda e propriedade, quando subordina a produção à especulação, quando marginaliza e discrimina a maior parte da população do globo, promovendo guerras e destruição ecológica, o capitalismo assume sua face mais triunfante, pois reina sozinho após o desaparecimento do socialismo da agenda histórica contemporânea.

Perseguir os itinerários da toupeira – os rumos da história oculta – é reencontrar os fios que articulam, contraditoriamente, o presente e o futuro.

(6/2/2009)

Elites & Estratégias de Manipulação

Segundo a ensaísta Marta Harnecker (*Tornar possível o impossível.* Rio, Paz e Terra, 2000), o neoliberalismo também tem um projeto social: promover a máxima fragmentação da sociedade, já discutida em outro texto deste volume. Usadas pelas elites para controlar a opinião pública, sistematizadas por Noam Chomsky, as estratégias de manipulação da mídia estão, mais do que nunca, na ordem do dia, o que nos autoriza a formular:

A Estratégia do Besteirol

É o antiquíssimo Febeapá de Stanislaw Ponte Preta ou Sérgio Porto, o *Festival de Besteiras Que Assola O País* desde 1950, porque as manobras de controle são mais velhas do que andar para trás, apenas se travestem de novidade. Consiste em desviar a atenção do público dos problemas importantes e mudanças fundamentais decididas pelas elites políticas e econômicas mediante a técnica do dilúvio de besteirol, inundando-se a programação diária com todo o tipo de entretenimento e informações irrelevantes, tipo big brother, luciana gimenez, gols da rodada, ratinhos, talk-shows, igrejas universais, globaboseiras, etc.

Visa impedir que o público se interesse por informações importantes, essenciais nas áreas da ciência, economia, psicologia, neurobiologia e cibernética. Pois é preciso mantê-lo longe dos verdadeiros problemas sociais, ocupadíssimo com bobagens, sem nenhum tempo para pensar. São as "armas silenciosas para guerras tranquilas";

A Estratégia do *Você Decide*

Cria-se um problema, uma situação que incite uma forte reação do público, de forma que este pareça o mandante de medidas que a elite deseja fazer aceitar. Por exemplo, promover o aumento da violência urbana ou a execução de atentados sangrentos para que o povo vote por rígidas leis de segurança em prejuízo da liberdade. Vide a política da "justiça infinita" do Bush pós-11 de setembro, interna e externa.

Outra forma é criar uma crise econômica para fazer aceitar, como mal necessário, o retrocesso de direitos sociais e o desmantelamento dos serviços públicos, o que, sem dúvida, nos leva ao próximo passo;

A Estratégia da Degradação

Para que se aceite o inaceitável é preciso que algo se degrade progressivamente ao longo do tempo, digamos, uns dez anos. Foi assim que condições socioeconômicas radicalmente novas, absurdas e desumanas puderam ser impostas nas décadas de 80 e 90: desemprego em massa, precariedade, informalização, flexibilidade, reassentamentos, salários penalizados – mudanças que teriam provocado uma revolução se aplicadas de forma brusca;

A Estratégia da Mediocrização

Pregar a incapacidade da população em compreender as tecnologias e os métodos usados para o seu controle e sua escravidão. A educação dada às classes inferiores deve ser a mais pobre e medíocre possível, de forma que a distância entre as superiores e as inferiores se torne intransponível. Ou seja: mais um pouco e temos um sistema de castas, como na Índia, todas incomunicáveis entre si – é o que chamamos uma sociedade estática!

Sem mobilidade de classes, sem possibilidade de ascensão ou trânsito entre elas, donde decreta-se a morte do cidadão por asfixia social! Mas isso se contorna promovendo-se a complacência na mediocridade, isto é, que a população considere exemplar todo aquele que é medíocre. Dele, povo, será o reino dos céus. Porque o dessa terra, advinhem de quem é, cara pálida?

A Estratégia do Deferido

Outra maneira de impor uma decisão impopular é apresentá-la como "dolorosa e necessária", obtendo a aceitação pública para aplicação futura. Naturalmente é mais fácil aceitar um sacrifício futuro, até porque o esforço não é feito imediatamente. Depois, porque o público tende a esperar ingenuamente que "tudo vai melhorar amanhã" e que o sacrifício exigido poderá ser evitado. Enfim, isso dá tempo ao público para acostumar-se com a mudança e aceitá-la com resignação quando chegar a hora;

A Estratégia da Infantilização do Público

A maioria da publicidade dirigida ao grande público usa discurso, argumentos, personagens e entonação particularmente infantís, muitas vezes próximos à debilidade, como se o espectador fosse criança ou deficiente mental. Quanto mais se pretende enganar o espectador, mais se tende a adotar um tom idiotizante. Por quê? Em razão da sugestionabilidade, este tenderá a dar uma resposta ou apresentar uma reação desprovida de sentido crítico;

A Estratégia de Mais Emoção e Menos Reflexão

Fazer uso do aspecto emocional é uma técnica clássica para causar um curto-circuito na análise racional e liquidar o sentido crítico dos indivíduos. Além do mais, o uso do registro emocional permite abrir o acesso ao inconsciente para implantar ideias, desejos, medos e temores, compulsões, ou induzir comportamentos.

A Estratégia da Ocultação dos Fatos & Exclusão do Conhecimento

É preciso manter, a qualquer preço, a população na ignorância. Fazer o público acreditar ser incapaz de compreender as tecnologias e os métodos utilizados para seu controle e sua servidão. A qualidade da educação dada às classes sociais inferiores deve ser a mais pobre e medíocre possível, de forma que a distância entre classes inferiores e superiores permaneça a maior possível, idealmente intransponível.

A Estratégia da Onisciência do Sistema

Nos últimos cinquenta anos, os avanços da tecnociência geraram uma enorme defasagem entre os conhecimentos do público e aqueles possuídos e usados pelas elites dominantes. Graças à biologia, à neurobiologia e à psicologia aplicada, o "sistema" detém um conhecimento avançado do ser humano, isto é, pode conhecer o indivíduo comum melhor do que ele mesmo. Isso significa que, na maioria dos casos, o sistema exerce um controle maior sobre os indivíduos.

A Estratégia de Culpar Sempre o Cidadão, Jamais o Sistema.

Fazer o indivíduo acreditar que ele é o único culpado pela própria desgraça, devido à limitação da sua inteligência, capacidades ou esforços. Assim, ao invés de rebelar-se contra o sistema econômico, o indivíduo culpa a si mesmo, gerando um estado depressivo cujo efeito imediato é a inibição da ação. E sem ação, não há revolução!

(8/12/2009)

Mídia Delirante

A convivência do governo Lula com a grande mídia não tem sido nada fácil. Desde 2002 já se vão sete anos, e os ataques são tão constantes, tão previsíveis e sempre absurdamente os mesmos que já nos acostumamos a pular cotidianamente tais partes, botando sob suspeita simplesmente TUDO o que ela declara – tantos foram os exageros e desmentidos e besteiras e alucinações – enfim, o delírio que a direita elevou à categoria política. Previsivelmente, o governo democrata de Barack Obama recentemente foi atacado massivamente pelos ultrarradicais da direita norte-americana, contrária à reforma de saúde proposta por ele, tendo à frente o grupo Fox. Aliás, a nossa mídia saturou-se desse assunto esta semana, apregoando que a vida de Obama não tem sido nada fácil, etc. Lula que o diga, veterano dessa merda há sete anos.

Mas a defesa do livre mercado na saúde nos EUA é só a ponta do iceberg do ataque midiático: embaixo se entrelaçam o fanatismo e o dinheiro da direita republicana, dentro e fora da mídia. Sua meta é desconstruir e imobilizar o sucessor de Bush. Não há muita diferença entre o que se passa nos EUA e a divisão de trabalho observada no Brasil, onde as rádios chutam o governo Lula abaixo da linha da cintura, os jornalões desgastam e "denunciam", enquanto a Globo faz o seu habitual antijornalismo destinado a um público pretensamente e inteiramente constituído de idiotas.

Conforme se observa, a repetição dos mesmos métodos e argumentos duma histérica mídia neoconservadora no mundo todo parece indicar um fenômeno de recorte histórico global. O fato é que o conservadorismo está encurralado após o fracasso econômico e político neoliberal. A falência dos mercados financeiros desregulados na maior crise do capitalismo desde 1930 já é reconhecida como um novo divisor histórico.

Corroído na base de sua legitimidade pela falência de empresas, famílias e bancos, sem contar o recrudescimento do desemprego e da insegurança alimentar – inclusive nos países centrais – o conservadorismo vê sua base social derreter. A radicalização do seu "braço midiático" soa como uma tentativa derradeira de reverter o processo ainda nos marcos da democracia, desqualificando o adversário formado por partidos e governos progressistas. A radicalização é proporcional à ausência de um projeto conservador, uma vez que os neocon não têm, nem nunca tiveram, nada a oferecer à sociedade.

O fato é que acontece agora uma radicalização aberta, um embate em que a mídia dominante não tem mais espaço para esconder os interesses que representa, nem vergonha em se desfazer duma neutralidade que nunca existiu, mas da qual sempre se considerou guardiã para descartar a democratização efetiva dos meios de comunicação. A isenção já não pode sequer ser simulada. Então vale assinalar as declarações de Anita Dunn, Diretora de Comunicações do Presidente, em resposta aos ataques recentes ao governo Obama: "A rede Fox está em guerra contra Barack Obama. Não precisamos fingir que o modo como essa organização trabalha é jornalístico. Quando o presidente fala à Fox, já sabe que não falará à imprensa propriamente dita. O presidente já sabe que estará debatendo com um partido da oposição. Rupert Murdoch tem talento para fazer dinheiro, e eu entendo que sua programação é voltada a fazer dinheiro. Só o que argumentamos é que seus veículos não são um canal de notícias de verdade. Não só os âncoras, mas a programação toda. Não é notícia de verdade, mas é a pregação de um ponto de vista. E nós vamos tratá-los assim".

No caso dos EUA, um país essencialmente conservador e racista, pode-se argumentar que não há grande surpresa nos ataques da Fox & Cia a um presidente negro e democrata. O que surpreende é Obama estar reagindo e com munição pesada. Mas nem tanto, afinal não foi exatamente devido a esta estratégia que ele ganhou as eleições, degradação global dos neocon à parte, funcionando como "colaboradores involuntários e a despeito de si próprios"?

É verdade que, mediante a divulgação de coisas como "temos um presidente ilegítimo. Um presidente que vai acabar com a América e os americanos. Chegou o momento de agir, abaixo o governo" (panfletos distribuídos por manifestantes), "cada dia ganha mais peso a possibilidade de que os militares tenham que intervir como último recurso para solucionar o problema Obama", como escreveu o colunista do site Newsmax, fórum de encontro de extremistas na internet.

Na rebelião contra a reforma da saúde confluíram dezenas de organizações conservadoras, desde o Clube para o Crescimento, o Instituto para a Empresa Competitiva, o nefastíssimo Centro para os Direitos Individuais Ayn Rand, os serviços secretos dos EUA que começaram a levar o assunto *muito* a sério, iniciando uma investigação sobre pesquisa criada na rede social Facebook, na qual se perguntava **se Obama deveria ser assassinado!** (sic)

Como presidente dos Estados Unidos e homem mais poderoso do mundo, a reação de Obama foi até amena e diplomática, considerando o que já fizeram e disseram seus antecessores. E por muito menos.

(22/10/2009)

Crítica da Cultura
ouTrícaca da Trucula
ouRítrica da Ralcuta
ouCátrica da Catulca

A Cultura como Ideologia

I

Nosso presente histórico é caracterizado pela fusão de cultura e economia (não é uma merda? este não seria o sentido profundo do "fim da arte"?). A cultura (e a arte) não é mais aquele lugar onde negamos ou nos refugiamos das duras realidades da luta pela sobrevivência, isto é, do capital, mas sua mais evidente expressão. Por exemplo, o século XIX utilizou a beleza como arma política contra o materialismo tacanho da sociedade burguesa, dramatizando seu poder negativo para condenar o comércio e o dinheiro e gerar um desejo por transformações pessoais e sociais no coração de uma sociedade industrial horrível.

A arte era um espaço para se projetar novos e melhores mundos. E só o fato de imaginá-los tornava-os potencialmente possíveis. Por que então hoje não podemos vislumbrar na cultura tais funções políticas genuínas? Por que este vazio, este silêncio, este temor inconfessável, estas más intenções declaradas (ou não), essa atmosfera castradora e brochante no lugar da arte? Por que arte e cultura perderam o velho prestígio que gozavam anteriormente? Por que apenas restaram umas tantas manifestações/ocupações/instalações, o caralho, asssépticas, anódinas, estúpidas? E dá pra se fazer algo melhor, ou algo realmente bom, genuíno, poderoso, sei lá, sob o império da grana?

Para Jameson[30], esta é uma questão que nos permite medir a distância entre os efeitos de uma mercantilização incompleta e o comércio visto numa escala global e tecnológica, na qual os últimos esconderijos que restavam – o

30 Frederic Jameson in *A Cultura do Dinheiro*. Rio de Janeiro, Vozes, 2001.

inconsciente e a natureza, ou a produção cultural e estética e a agricultura – foram assimilados pela produção de mercadorias.

Numa era anterior, a arte era uma região além da mercantilização na qual a liberdade estava disponível, até na *Indústria Cultural* de Adorno e Horkheimer ainda havia zonas da arte fora da cultura comercial (que para eles seria essencialmente Hollywood). O que define a cultura (e a arte) atual é a supressão de tudo que esteja fora da cultura comercial (porque fora da cultura comercial, *nada* existe), a absorção de todas as formas de arte, alta e baixa, pelo processo de produção de imagens.

Hoje, a imagem é a mercadoria e é por isso que é inútil esperar dela uma negação da sua lógica de produção. É também por isso que toda beleza hoje é meretrícia e que todo apelo a ela, no pseudoesteticismo contemporâneo, não é um recurso criativo, mas uma manobra ideológica.

Nesse esquema, que coagiu "o espetáculo como forma de resistência" para transformá-lo "em forma de controle social", a cultura é o grande negócio, daí que investimentos culturais como shows, exposições, óperas, museus, festivais tornam-se parte vital da terceira geração do imaginário ideológico das chamadas "cidades-globais".

Do ponto de vista urbanístico – que é onde mais se evidencia o uso da cultura como ideologia – o livro *O Mito da Cidade Global* de João Sette Whitaker Ferreira (Rio, Vozes, 2007) levanta questões importantes, relembrando exemplos paradigmáticos já com três décadas de idade, como a Opera Hall de Sidney, a pirâmide do Louvre e a Ópera da Bastilha em Paris, a nova Tate Gallery e o Pavilhão do Milênio em Londres, o museu Guggenheim de Bilbao; grandes exposições culturais como o Brasil-500 em São Paulo, o bicentenário da Revolução Francesa em Paris, sem contar os jogos olímpicos de Barcelona ou a Copa do Mundo da Alemanha.

E aqui se chama a atenção para o fato de que em todos esses empreendimentos, o evento (ou o monumento) sempre se torna mais importante do que a produção cultural em si, num espelhamento no campo urbanístico daquilo que se tornou paradigma da economia global: o predomínio absoluto da marca acima do produto. A pirâmide de Pih no Louvre ficou mais importante que o próprio acervo do museu, aliás, alguém já se preocupou em saber exatamente o que há *dentro* do Guggenheim de Bilbao, para além do projeto de Frank Gehry?

Paralelamente à tendência de obscurecimento ou diluição da arte, dos artistas e das condições concretas da criação, acontece uma dilatação do prestígio dos museus, galerias e curadores. É como se os valores da montagem e da promoção prevalecessem sobre os da imaginação e da expressão artística. Numa cultura de mercado, a vitrine, a embalagem, a grife se tornam a chave de um ato que se caracteriza mais como *consumo* do que como *invenção* cultural. Consumo do quê? De nada, além de ideologia.

De forma que hoje a arte já não é espaço utópico, tampouco refúgio ou contestação ou transgressão de coisa alguma. Interpenetrada pela lógica do lucro, deixou de ser arte. O que é isso então? Bom, *isso* que chamamos cultura (ou arte, sei lá) passou a ser o *veículo ideológico* do Pensamento Único. E já que se trata de ideologia (ou interpretação do real difundida pelo poderoso da vez para continuar no poder) – aliás, mais uma – não é nada irreversível, tampouco inexorável.

II

Embasada num texto de Marilena Chauí (Le Monde Diplomatique/2008), esta segunda parte recua no tempo e trata dos fundamentos do conceito de "cultura". Para o Iluminismo no século XVIII, a palavra "cultura" é sinônimo de "civilização". Aqui, cultura é o padrão que mede o grau de civilização de uma sociedade, um conjunto de práticas – artes, ciências, técnicas, ofícios – através das quais se pode avaliar e hierarquizar os regimes políticos segundo um critério evolutivo. Já no século XX, com a filosofia alemã, o conceito passa por uma transformação decisiva quando "cultura" se torna a diferença entre "natureza" e "história".

A cultura é ruptura com a natureza. A ordem natural é regida pelas leis da causalidade e diz respeito à sobrevivência, à chamada Primeira Realidade (Bystrina), mas a ordem humana é ditada pelo universo simbólico ou semiosfera, ou Segunda Realidade, e significa a capacidade humana de relacionar-se com o "ausente" e o "possível" através da linguagem e do trabalho. A dimensão humana da cultura é um movimento de transcendência para ultrapassar o tempo da existência (a morte) e o espaço (o ausente).

Portanto, Cultura enquanto Segunda Realidade inaugura a História. A partir daí o conceito ganha uma extraordinária abrangência, pois a cultura passa a ser entendida como produção e criação de linguagem, religião, sexualidade, instrumentos e formas de trabalho, habitação, vestuário, culinária, música, dança, relações sociais, etc. – enfim, toda produção material humana ao longo do tempo.

A cultura é o campo onde a sociedade elabora símbolos, institui práticas e valores, define o possível e o impossível, o sentido da linha do tempo (presente, passado e futuro), as diferenças no interior do espaço (sentido de próximo e distante, grande e pequeno, visível e invisível), valores como falso e verdadeiro, belo e feio, justo e injusto, instaura a lei – logo, permitido e proibido – determina o sentido da vida e da morte, e então o sagrado e profano.

Contudo, a marca da sociedade é a existência da divisão social, da divisão de classes, e esta institui a divisão cultural, donde a ideia de "cultura dominante" e "cultura dominada". Graças às análises da ideologia, o lugar da "cultura dominante" é bastante claro: é dali que se legitima o exercício da exploração econômica, da dominação política e da exclusão social. Mas essa dominação tende a ser ocultada, e é nesse sentido que opera a cultura de massa, pois:

a. Separa os bens culturais pelo valor de mercado: obras caras são consumidas pela elite e as baratas e bregas pela massa. Institui-se a divisão entre elite "culta" e massa "inculta";

b. Inventa a figura do "espectador médio", isto é, aquele que tem capacidades mentais médias, gostos médios, conhecimentos médios e a quem ela oferece produtos culturais médios. Que significa isso? A indústria cultural vende cultura. E para vender tem que seduzir o consumidor, NÃO pode chocá-lo, provocá-lo, fazê-lo pensar, dar-lhe informações novas, mas SIM devolver-lhe, com novo modelito, tudo o que ele JÁ SABE, JÁ VIU, JÁ FEZ. A "média" é o senso comum petrificado que a cultura de massa devolve com cara de coisa nova.

c. Define cultura como lazer e entretenimento. Hanna Arendt apontou a transmutação da cultura sob os imperativos da comunicação de massa, isto é, a transformação do **trabalho da cultura**, das obras do pensamento e da arte, dos atos cívicos, esportivos, religiosos em **entretenimento.**

Do ponto de vista do processo criativo, cultura é trabalho e trabalho duro, algo muito distante de repouso e lazer. E massificar é o contrário de democratizar a cultura, é a negação da democratização da cultura.

O fato é que ocorreram profundas transformações na experiência do espaço e do tempo, decorrentes das novas tecnologias. A fragmentação e a globalização da produção econômica engendraram dois fenômenos contrários e simultâneos: a dispersão temporal e a compressão do espaço. Tudo se passa **aqui,** sem distâncias, nem fronteiras, e tudo se passa **agora**, sem passado nem futuro. Fragmentação e dispersão do espaço e do tempo condicionam sua reunificação sob um espaço indiferenciado, plano, de imagens fugazes, e um tempo efêmero, desprovido de profundidade.

A profundidade do tempo e seu poder diferenciador desaparecem sob o poder do instantâneo, assim como a profundidade de campo, que define o espaço da percepção, desaparece sob o poder do lugar nenhum tecnológico. A telepresença e a teleobservação impossibilitam diferenciar entre aparência e sentido, virtual e real. Ao perdermos a diferenciação temporal, cessa a profundidade do passado, bem como a profundidade do futuro como possibilidade para ultrapassar situações dadas, compreendê-las e transformar seu sentido – eis o que se convencionou chamar de "condição pós-moderna" (Lyotard), quer dizer, a existência social e cultural sob a economia de mercado.

Assim perdemos o sentido da cultura como ação histórica. Como funciona? Bom, algumas respostas dadas por estudantes em vestibulares de Música demonstram isso bem concretamente:

Mozart morreu jovem. Sua maior obra é a trilha do filme "Amadeus".

Os maiores compositores do Romantismo são Chopin, Schubert e Tchaikovsky. No Brasil temos Roberto Carlos e Daniel.

Muitos pesquisadores concordam que a Música Medieval foi escrita no passado.

Bach está morto desde 1750 até os dias de hoje.

Beethoven escreveu música mesmo surdo. Ficou surdo porque fez música muito alta. Faliu em 1827 e mais tarde morreu por causa disso.

Joseph van Damme além da arte lírica, é adepto das artes marciais. Não assisti nenhuma ópera mas tenho o DVD de três filmes dele.

Os menestréis e trovadores transmitiam notícias e estavam nas festas. Andavam de cidade em cidade, de castelo em castelo e iam até nos shows de TV.

Handel era meio alemão, meio italiano e meio inglês.

Henry Purcell é um compositor muito conhecido, mas até hoje ninguém ouviu falar dele.

Eu sei o que é sexteto, mas não sei dizer.

É isso aí. Uma cultura dominante, cuja exploração econômica, dominação política e exclusão social é aceita cotidianamente sem perguntas, se realiza plenamente tornando a todos – sobretudo os mais jovens – despolitizados, acríticos e burros. E gostando disso.

Enjoy it.

(04/7/2008)

Lobotomia's Movie

Assino o pacote completo de canais a cabo de cinema por assinatura: no Telecine são 4, HBO e Cinemax, 10, totalizando 14, e se acrescentar a TNT, MGM, Fox, Warner, Eurochannel, incluídos em todos os pacotes, são 20 canais de filmes!

Só que após algum tempo, depois que se assiste tudo e por mais que se zapeie, os mesmos filmes se repetem e repetem ou os novos repetem os mesmos truques, efeitos especiais, enredos, personagens à enésima potência, refazendo o remake até parecer sempre o mesmo filme, a suma dum coquetel repulsivo de explosões, carne dilacerada, violência, sexo e terror gratuitos, paranoia e estupidez adolescente, e sempre em louvor ao Império!

Parece que no mundo só existe a América do Norte, as únicas cidades monotonamente são Los Angeles e New York, Tom só o Cruise e Angelina, a Jolie boquinha; o único modo de vida (lifestyle) possível é o norte-americano, sem contar os zilhões de enredos sobre o Presidente, a filha do Presidente, o segurança do Presidente, todos os homens do Presidente, o Presidente por um dia, meu querido Presidente, e o resto do planeta don't exist!

Contudo, os atos falhos, a subestima ao espectador e a estupidez explícita hollywoodianos se multiplicam, o que é normal, até porque o Pensamento Único não só desconsidera a crítica como não tem autocrítica. Na nova versão do *Superman*, por exemplo, a certa altura se narra "que o pai extraterrestre do Superman enviou *seu único filho* para salvar a Terra, que aliás só merece ser salva devido à *bondade* de seus habitantes".

Pelo discurso, a ideia é fazer uma aproximação Superman-Cristo, o herói de vinil ianque como um salvator mundi graças à incomensurável bondade presente em Gotham City! Meu QI teria que abaixar quanto pra engolir ISSO? Decidi interromper a lobotomia e mudar de canal.

No outro, passa algo chamado *A Ponta de Um Crime*, thriller policial a-do-les-cen-te (como se isto não fosse uma contradição nos termos!). Um filminho esperto, posando de estético – um Gus Van Sant, que já é um tremendo pé no saco, de quinta – mas *quem se interessa para o que fazem adolescentes, por mais que se droguem, se fodam e se matem, além deles mesmos?* Eu precisaria ter quinze anos e um sub-QI de menos 30! Deve ser este o público-alvo. Também não deu para assistir aquela merda.

Adiante. Infinitamente entediada, resigno-me (e o verbo é rigorosamente correto) a assistir a um drama sul-africano chamado *Yesterday*, falado em zulu, categoria "estética da exclusão" (bocejos). Conta a história dum casal de negros duma aldeia atrasada e primitiva que, por contraírem o vírus da Aids, são expulsos pelos vizinhos.

A personagem principal, a jovem Yesterday, cujo nome dá título ao filme, é um monstro de abnegação, conformismo, resignação, paciência e bondade, ainda que no fim morra de Aids, perca a filha, tudo isso depois de cuidar do marido aidético metida num barraco insalubre no meio do nada, sem ajuda de parte alguma. E tudo registrado com soberana indiferença pelo prezado cineasta e em perfeito tecnicolor.

Moral (brilhante) da história: "A vida é assim, não se pode mudá-la...". Ou por outra: fora do Império só existe gente fodida, pobre, sem dentes, negra, aidética, ignorante e cruel.

Mas são todos conformados e muito mansinhos.

Legal, legal, legal.

(27/9/2007)

A Arte do Equívoco (ou o Equívoco da Arte)

Uma triste marca da nossa atualidade é o desaparecimento do espírito crítico – e do próprio crítico – da cena pública em quase todas as áreas do conhecimento, do pensamento e das artes. Este é um fato que venho discutindo há muitíssimas colunas e sob inúmeros ângulos.

Embora cada vez mais raros no Brasil (e no mundo), ainda existem intelectuais que atuam criticamente no espaço público: este é o caso de Affonso Romano de Sant'Anna, poeta, ensaísta, professor, crítico da cultura, que dia 7 de agosto vai estar em Sampa, palestrando a nosso convite no Centro Cultural São Paulo ao ensejo do lançamento de *O Enigma Vazio*, que sai pela Rocco na Bienal do Livro.

Desde 2001, meu bom amigo Affonso comprou um briga das boas: resolveu intervir criticamente nas artes plásticas, algo que nasceu da sua inquietação pessoal e da perplexidade cultural de muitos. A repercussão do artigo *Arte – um equívoco alarmante* (O Globo – 29-12-2001) provocou a escrita de mais 50, originando a publicação, em 2003, de *Desconstruir Duchamp* (Rio, Vieira & Lent).

Ele diz: "Para minha surpresa (e esperança) constatei que em vários países, críticos, intelectuais e artistas também estavam falando sobre o atual niilismo pseudocriativo nas artes plásticas. Isso incluía Lévi-Strauss, Vargas Llosa, Jean Baudrillard, Mircea Eliade, Eric Hobsbawn, Pierre Bourdie, Jameson, Robert Hughes, crítico do Times, etc. Já não se tratava, como nos anos 60, de discutir as vanguardas, mas de ir além e fazer uma revisão da modernidade e da confusa pós-modernidade e repensar a crítica da arte dentro da crítica da cultura."

Para ARS não se trata de ser contra ou a favor da arte "contemporânea", mas de mostrar o quanto o termo tem sido usado de forma inapropriada, e nenhuma pior que certa "arte contemporânea" que surge como simulacro de globalização, uma forma artística do Pensamento Único, no espaço de júbilo, no qual a periferia tem sido chamada a dar aval ao que a metrópole produz, convencendo-a de que ela também está no centro. Pois é: me engana que eu gosto. Ele denuncia sobretudo a "anomia" (ausência de regras) que predomina no campo da artes: mas quando tudo é arte, então nada é arte.

Sobre as diferenças entre modernidade e pós-modernidade, ele distingue: a modernidade ocorreu na cultura ocidental entre 1860 e 1950, a pós-modernidade expressou-se a partir de 1950, tendo tido seu apogeu em 1980. A diferença essencial entre modernidade e pós-modernidade é que a modernidade tem consciência do tempo e da história, propõe projetos de cultura, de arte e de país, enquanto a pós-modernidade, eximindo-se da temporalidade histórica, demitiu-se de qualquer ideia de projeto, satisfazendo-se com o agora, com a razão cínica, com a aparência, a fragmentação, o pastiche, deixando-se conduzir pelo mercado, renunciando a qualquer esforço de pensar o conjunto de forças.

Por isso, a cultura pós-moderna, por exemplo, nas artes plásticas, se tornaria mais uma cultura de "sintomas" do que de obras; instalando-se comodamente em suas impotências, rejubila-se por seu niilismo e narcisismo inúteis

"Ao contrário da pós-modernidade, os artistas brasileiros fundadores da nossa modernidade tinham um projeto cultural e um projeto de país. Nos anos 50 e 60, nós, os que repensávamos as vanguardas e a revolução no continente, tínhamos um projeto estético e um projeto de nação."

"As obras de Niemeyer, Portinari, Drummond, Graciliano Ramos, Villa-Lobos, Gilberto Freyre, entre outros, são uma reinvenção do país e uma reinvenção de linguagem. A argúcia de Mário e Oswald de Andrade foi terem percebido que não se devia importar, copiar, transplantar simplesmente a cultura, como hoje a pós-modernidade faz a reboque da globalização. Estamos sendo a lata do lixo da cultura alheia, recebendo e reciclando dejetos culturais gerados na usina do ócio e do lucro capitalista, que concentra a riqueza e globaliza a pobreza."

Enquanto a modernidade operava com o conceito de *projeto* (o lançar-se à frente), a pós-modernidade se compraz com *eventos*, instantâneos como fogos de artifício. Produz obras fugazes, confundidas com os detritos do tempo. O brilho é rápido, nascido da improvisação. Ocorre o culto da aparência revisitada de revistas tipo Caras, e a figuração de uma Quem, que não é sujeito, senão um objeto que pode ser metonimicamente trocado por qualquer outro no palco do instante.

Os artistas substituíram o pacto com o público por um pacto exclusivo, feito apenas entre seus pares. "Não apenas excluíram o público, mas até o hostilizaram. O que se pretende é fazer um diagnóstico disso que deixou de ser um fato estético e artístico para se tornar *commodity* ou um produto da sociedade do espetáculo, um pastiche, um passivo sintoma da anomia ética e estética."

Posso dizer que ARS e eu temos muitas ideias em comum: de forma semelhante, ambos identificamos a cultura como veículo ideológico do neoliberalismo. Como ressalta Otília Arantes, reportando-se a Debord, "nesse processo que coagiu o espetáculo como forma de resistência para transformá-lo em forma de controle social", a cultura não é a contrapartida das práticas mercadológicas, mas é a parte decisiva do mundo dos negócios – aliás, é o grande negócio!O mimetismo cultural solapa as iniciativas de acúmulo do conhecimento e da construção da nação. Um bom exemplo: a análise do ideário do planejamento urbano no Brasil configura "ideias fora do lugar", enquanto há um "lugar fora das ideias", isto é, uma parte da realidade urbana – ilegal, oculta, ignorada – que não é objeto de teorias, leis, planos, gestão. Ao passo que a cidade do mercado hegemônico, a cidade oficial, mimetiza o debate internacional, a matriz postiça não dá conta da realidade concreta, ou, como escreve Sérgio Buarque de Holanda, as ideias vindas de fora asfixiam nossa "vida verdadeira".

E a literatura absolutamente não está fora deste debate, das mesmas imposições mercadológicas e categorias fajutas, mas dada sua natureza, de palavra, de sinal nu e cru, de veículo direto do pensamento, sem alusões, nem mediações para além da língua comum, ela praticamente impossibilita a fraude estética. Salvo o autoengano, claro.

(2/8/2008)

Revendo Dogville

Zapeando na tevê a cabo domingo à noite, revi *Dogville*, produção de 2003 dirigida por Lars von Trier, em reprise no telecine cult. Antes do filme, o crítico Marcelo Janot lembrou que o diretor fez parte do *Dogma 95*, movimento do cinema europeu que postulava o retorno ao "filme puro", com pouca ou quase nenhuma produção, cinema que se sustentaria pela força do texto e da dramaturgia. Embora aqui se possa argumentar que, sustentado por texto e dramaturgia, ele não se sustentaria como cinema, a proposta vale, porque surgiu precisamente como reação ao excesso de produção – efeitos especiais, explosões e zero de substância – que saturou a filmografia recente, sobretudo norte-americana.

Um filme sem cenários, apenas marcações a giz no chão e três horas de duração, mesmo com atores excepcionais, precisa ter uma história realmente muito boa para segurar o espectador, no caso, uma espectadora como eu, devoradora massiva e entediada de ficção; só uma tremenda história – mais que uma história, uma história com uma essência emblemática – aliada a uma narrativa magistral (ambas não são a mesma coisa: história é o plot, o enredo, narrativa é a forma como é contada, como se desenrola no tempo e espaço). No entanto, a não ser por um final que absolutamente não cola, uma descarada concessão ao esquema comercial da indústria, *Dogville* tem os dois.

Mas é bom avisar: isto não é crítica de cinema, antes uma exposição de motivos pelos quais alguma coisa neste filme me tocou fundamente. Porque a coisa começa sempre com uma emoção – funda, intermitente – mas ainda indizível (escritor nunca sabe o que quer dizer, escreve justamente para ficar sabendo), por isso é preciso escrever caçadoramente, perseguir o indizível, obrigá-lo a dar o serviço.

Então é preciso começar a contar pelo mais difícil, mais chato, pelo servicinho do capeta que é recontar por escrito algo que se contou em imagens: a história acontece durante a Depressão, anos 30, Dogville é dessas cidadezinhas natimortas na periferia do mapa dos Estados Unidos, com apenas quinze habitantes. Paul Bettany, filho do médico, é um jovem aspirante a escritor e filósofo, que tem por hábito reunir os vizinhos na igreja local propondo questões para a coletividade, tipo, por que Dogville tem problemas em receber presentes?

Então, certa noite, surge Nicole Kidman, fugindo dum tiroteio entre gângsteres. Paul a oculta numa mina e, em seguida, a apresenta aos moradores da cidade. Por sugestão de Paul, estes resolvem testá-la durante quinze dias a fim de decidir se ela fica ou não na cidade. Estrangeira e fugitiva, Nicole concorda e começa a oferecer seus serviços para o povo de Dogville, um arranjo mutuamente agradável a princípio, até ser procurada pelos gângsteres e pela polícia.

Negociando com Paul, no papel de mediador entre a estranha e os moradores supostamente assustados, estes passam a fazer exigências mais e mais pesadas a Nicole que, agora além de trabalhar duro, é obrigada a manter uma atitude extremamente dócil e passiva, colocando-se à mercê da cidade, seja cachorro, criança, velho cego: assim, para Nicole, cada mulher de Dogville se transforma em megera, cada homem, um estuprador.

Apoiando-se coletivamente, os bons, honestos e inofensivos cidadãos de Dogville se tornam um bando de criminosos sem honra e sem remorso. Suspeita de roubo, a moça é acorrentada a uma roda de ferro pesadíssima, que arrasta dia e noite pela cidade, escrava de ninguém e todo mundo.

Como acaba? O pai de Kidman, um gângster poderoso (James Cahn) chega finalmente em Dogville com seu grupo, graças a um telefonema de Paul – cuja má consciência alienada pretende "estar entregando uma criminosa à polícia" – e temos um final hollywoodiano pra lá de postiço, na linha de *Os Intocáveis*. Agora no comando da gang, Nicole manda queimar a cidade e matar todos os moradores, "começando pelas crianças, para que a mãe assista sem chorar", matando Paul pessoalmente: "porque existem coisas que não se manda fazer".

O fato é que, desligado da família, do clã, da cidade, da nação, o indivíduo perde seu status jurídico-político, está reduzido à "vida nua" (Agamben), à "vida matada", perdendo sua condição de indivíduo, sua humanidade, caracterizando-se como "vítima sacrificial", um símbolo poderoso, terrível, arcaico – como os refugiados de guerra, os recolhidos aos campos de concentração, todos os prisioneiros políticos, dos gulags russos a Guantánamo e Abu Ghraib, colhidos no vácuo da exceção jurídico-política. Estes são nada, ninguém. Sujeitos à lei, até os criminosos existem. Na tradição hebraica, nem mesmo o Caim bíblico fica solto, desgarrado, vagabundo e fugitivo sobre a terra: recebe um sinal, um salvo-conduto divino.

Guardadas as proporções, quem se perguntar em que condições ocorreu o Holocausto, *Dogville* responde: em grupo, para o qual transfere e divide o ônus moral, o ser humano é capaz de atrocidades. E o grupo nem precisa ser tão numeroso. Em Dogville existiam apenas quinze pessoas. Basta uma família de oito ou nove membros. A exemplo dum outro filme recente (este bem ruim), desses "baseados num caso real": duas irmãs são deixadas pelos pais a morar com família amiga e, uma delas, sofre destino semelhante a Nicole. Bastam sete, ainda que sejam anões, vide a minha versão de *Branca de Neve*. Bastam dois, como no conto *A Intrusa*, de Borges. Apenas dois e seu nome será legião. Como os demônios. Contudo, uma coisa é certa: nenhuma dessas histórias, reais ou imaginárias, acaba bem, daí soar tão falso o final dado por Lars von Trier.

De forma que agora eu sei por que algo nesse filme me tocou tão fundamente: quando uma história atinge a tragicidade do mito, ela volta a ser verdade.

(6/9/2010)

Deserto Cultural

"Hoje em dia, quase tão importante quanto a 4a Frota são os canais de televisão a cabo que recebemos aqui. Eles realizam, de forma indolor, um processo de dominação muito eficiente. Despejam toda essa quantidade de esterco cultural... Estamos vivendo um momento grave do ponto de vista de uma cultura de esquerda. A crise dos valores do chamado socialismo real e a emergência desse lixo cultural nos últimos anos nos deixaram numa situação grave... Vivemos uma transformação do ponto de vista econômico-social muito mais importante do que no passado. No entanto, temos um deserto de ideias, um deserto de produção cultural..." (Marco Aurélio Garcia – O Globo, 09/02/2010).

Este é um comentário terrível, que incomoda. Vale como um diagnóstico. Porque é verdade. Para entender esse estado lamentável, é preciso ir à raiz do problema. Zapeando ao acaso na rede, me deparo com uma entrevista de Noam Chomsky dada em 1996 (Consciência.net). Com simplicidade e precisão cegantes, ele descreve este invasor internalizado, infinitamente mais poderoso que a 4a. Frota. Ele diz:

"Atualmente as pessoas já não se interessam por política. Mas este é justamente o objetivo do neoliberalismo: eliminar a população do processo decisório e colocar tudo nas mãos do poder privado. É a imposição de uma espécie de totalitarismo privado. Quanto mais se diminui a participação popular e coloca as decisões nas mãos dos bancos, corporações privadas, FMI, etc., menos espaço resta às pessoas para tomarem decisões. E elas perdem o interesse. Como se consegue isto?

"Através de técnicas de marginalização e atomização, incluindo a imensa ofensiva da indústria de diversões, relações públicas e propaganda para privatizar os interesses. Nos EUA, um em cada seis dólares é gasto em marketing. Quem assiste televisão é bombardeado com publicidade e propaganda o tempo todo desde a infância. As crianças passam muitas horas diante da TV sendo formadas pelos ideais da cultura de consumo, de acordo com os quais sua única preocupação é com você mesmo e sua máxima escolha se restringe entre uma marca de tênis ou outra. O mundo da cultura de mercado cria uma sociedade na qual você se relaciona unicamente com seu aparelho de TV e seu computador. E só.

(*Eis porque o mundo da cultura de mercado produz idiotas, visto que "idiota" é uma palavra de origem grega que naquela língua significa "aquele que está sozinho"*).

"Nos EUA, desde os anos 80, os salários reais estão estagnados ou em declínio. Razão pela qual, marido e mulher precisam estar juntos no mercado de trabalho para manter a família. Temos os pais trabalhando até 50 horas por semana e não há, como na Europa ou no Japão, um sistema social de apoio à família. Então as crianças ficam sozinhas e só veem televisão. Os efeitos disso são catastróficos. Se você olhar as estatísticas de crime juvenil, drogas, pobreza e violência contra crianças, encontra uma incidência muito maior nos EUA e Inglaterra. São países que, até certo ponto, aplicam o modelo que tentam impor ao resto do mundo. Não o aplicam totalmente porque conhecem seus efeitos devastadores, contudo o aplicam contra seus pobres.

"E pobres submetidos a esse tratamento – seja onde estiverem – ficam como **os pobres do Brasil** (*grifo meu!*). E este fenômeno mundial é o efeito da aplicação sistemática do programa neoliberal. Como se rompe com esse modelo?

"Bem, a primeira coisa a fazer é reconhecer que o neoliberalismo é uma fraude total. Neoliberalismo é para os pobres, proteção do Estado para os ricos. Por isso o Primeiro Mundo é rico e o Terceiro Mundo, pobre. Em todo mundo as pessoas estão insatisfeitas, procurando alternativas, porque houve um certo sucesso na destruição da organização social. Há toda uma (*falsa*) cultura da "individualidade" cujo objetivo é separar os indivíduos. E a menos que a mídia seja democratizada será muito difícil mudar a cabeça das pessoas." Pois é, em 1996, em plena gestão FHC, nossas crianças pobres eram paradigmáticas do pior que pudesse existir no planeta – o ponto máximo da acumulação de toda miséria e toda injustiça humanas. Consequentemente, de lá para cá, no espaço da cultura, produziu-se o deserto.

(16/2/2010)

Hollywood Retorna ao Vietnam

A pasmaceira do imaginário mundial é tanta que Hollywood voltou a fazer filmes políticos, quer dizer, "voltou ao Vietnam", alusão a um título famoso nos anos 80, "A classe operária vai ao paraíso e Hollywood ao Vietnam!", que resumia admiravelmente o espírito e os valores de época. Na ordem da inversão.

Será possível que a única crítica existente, pertinente, consistente, visível e audível (para o grande público) ao Sistema Imperial e suas contradições geopolíticas venha de Hollywood & Adjacências, isto é, do cinema norte-americano comercial (Adorno deve estar se revirando na cova!), direto da cabeça daqueles produtores culturais que representavam "a oposição leal ao Capitalismo", na expressão de alucinado puxassaquismo by Milton New Criterion Kramer, a quintessência da autoalienação e hipocrisia acadêmicas, isto é, de *até onde* pode chegar o autoengano e o engodo em massa quando movidos a inevitável xenofobia anglo-saxônica!

Assim é que o Telecine dessa semana apresenta *Salvador*, de Oliver Stone, produção de 1986 com James Woods, onde fica absolutamente claro *como ocorreram as intervenções* militares ianques na América Central da Era Reagan que, em parceria com as sanguinárias oligarquias locais, promoveram a perseguição e o massacre de civis e membros da Teologia da Libertação. Com um saldo de 70 mil mortos e milhões de dólares escoados pelo ralo, foi uma intervenção tão catastrófica que, ao fim e ao cabo, Reagan teve que se retirar deixando como marca indelével um povo irremediavelmente dilacerado.

Em *Hotel Ruanda*, de Terry George, 2005 – com Don Cheadle, perfeito!, Nick Nolte, idem, e Joaquin Phoenix, ibidem, no papel dum fotógrafo morto de vergonha, também reprisando na mesma faixa de horário – avançamos até 1994, dez anos depois, reportando-nos ao genocídio que, em apenas três meses, deixou meio milhão de mortos em consequência da guerra entre etnias locais – os tutsis e os hutus – *porque desta vez ninguém interferiu* – e por ninguém leia-se todo o Ocidente branco e civilizado representado pela França, Inglaterra, Bélgica, EUA, embora naturalmente fornecessem armas aos dois lados.

Precisamente pela simples razão de que aquele era "um conflito que não interessava a ninguém", na (in)feliz expressão – quem diria? – do ex-presidente Jimmy Carter.

Legítima pérola já da Era Clinton, o neoliberal soft aditivado com FHC.

Mas não, ninguém está a salvo. Passando também na HBO – que não é exatamente um paradigma de programação isenta de ideologia, bem ao contrário! – *Rendition (O Suspeito)*, de Gavin Hood (Oscar por *Tsotsi*), 2007, conta o drama de um cidadão de Chicago – egípcio de nascimento, químico industrial bem-sucedido com mulher (a loura Reese Whiterspoon) e filho norte-americanos – que é vítima da chamada "rendição extraordinária": dispositivo legal (implantado na posterior Era Bush, vejam como graças ao Império do Capital a "democracia" evolui!) que permite ao Sistema, através do seu braço policial representado pela CIA-Interpol-polícias locais da mesma patota, sequestrar, prender, interrogar, torturar e matar qualquer cidadão de qualquer parte do mundo, sem direito a defesa e outras veadagens tipo "direitos humanos" (sem contar as comodidades da terceirização da tortura por parte dos USA onde, é claro, esta é inadmissível), bastando o sujeito *ser suspeito* de ter praticado ou favorecido a prática de "atos terroristas".

Uma truculenta Meryl Streep, irretocável como senadora dos EUA, posto que já veterana no papel de suprema sacerdotisa do pós-capitalismo corporativo de desastre. Esplêndidos os olhos de ressaca do mocinho-agente-da-CIA (como se isso fosse possível!) Jake *Brokeback Mountain* Gyllenhaal. No mais, são os eternos caminhos do coração humano a percorrer as veias abertas do Terceiro Mundo.

Ainda nessa linha, assistam *Leões e Cordeiros*, 2008 – protagonizado e dirigido por Robert Redford, e novamente Meryl Streep, desta feita como repórter do bem, além de Tom Cruise no papel do senador republicano sangue azul, protótipo do wasp filho-da-puta – em que, de repente, o foco se desloca e recai no conflito que se desenrola no interior da sociedade norte-americana.

Pois o cerne do american way of life pós-moderno envia para as guerras periféricas os filhos dos imigrantes latinos (deixando a juventude dourada em casa), os quais, por sua vez, veem nelas uma oportunidade de inclusão política e ascensão social (que a sociedade civil lhes nega), condição que, circunstancialmente, pode torná-los melhores – mais aptos, rigorosamente falando – do que os jovens apáticos e indolentes americanos puros-sangues, para quem, também circunstancialmente, tudo parece cair do céu.

E tudo isso está passando em qualquer HBO da vida. De cabo a rabo. Cinema político? Eu diria antes cinema que aborda de forma inteligente a cena geopolítica. Em todos eles, a vinculação ideológica é sutil, jamais acintosa ou grosseira ou burra, porque não subestimam o espectador – não se oculta o que é evidente. Nesse caso, compare-se com o nosso *Tropa de Elite*, tão competente e tão fascista, que pena.

De forma que o espectador terceiro-mundista não se informa nem se ilustra se não quer: afinal, o Império não é para amadores. Porque o resto é PIG.

(5/5/2009)

Normalizando a Incultura

Algumas ideias do crítico argentino Juan José Saer (autor de *A Pesquisa* e *Ninguém Nada Nunca*, pela Cia de Letras) continuam extremamente pertinentes no debate (ele ainda existe?) de como a ideologia neoliberal levou a arte e a cultura à irrelevância. Neste âmbito, a questão toda se coloca na suposta oposição entre moderno e pós-moderno. Num ensaio publicado em 2001, ele afirma que à imensa tirania das vanguardas se opõe o falso democratismo pós-moderno. Em seu oco relativismo, os contrários, quando não se conciliam, coexistem em plano de igualdade – como Paulo Coelho e Guimarães Rosa – apenas porque ambos são romancistas.

Ao fazer do público a instância decisiva do processo criador, o pós-modernismo legitima: a) o endeusamento do "popular"; b) a rejeição da complexidade formal. O pseudodemocratismo pós-moderno é a expressão da ideologia ultraliberalista – que decretou o fim da história – levada à cultura. Apesar de suas reivindicações de liberdade, está vinculado à ideologia neoliberal, aliás, é instrumento desta. Reivindica ao debate frouxas e vagas categorias de consenso com o que exclui toda tentação de ruptura. Assim como o público é juiz supremo da pertinência artística, o academicismo é um novo classicismo e o discurso artístico se confunde com os valores da opinião.

Na literatura, os escritores não precisam buscar novos caminhos formais ou visões inéditas de mundo, basta reproduzir os valores, a ideologia, a situação social, ética e cultural do seu público. O artista deixa de ser artesão e vira microempresário. Não há mais movimentos literários em torno de uma filosofia ou uma estética como os modernistas, os concretistas, os românticos, etc., mas empreendedores isolados com obras de acordo com demandas do mercado – o que melhor fixa a marca de um autor –com produtos derivados (merchandising), onde outros trabalham até anonimamente.

Cada vez que uma teoria exalta o público e exige seu respeito por parte do artista, trata-se não de uma alegação estética, mas de uma atitude demagógica para justificar alguma inconfessável deturpação. Por mais que finja libertar o público da tirania das vanguardas, instaurando a liberdade estética que decreta a abolição da polêmica entre clássicos e modernos, a propaganda pós-moderna não passa de **normalização da incultura.**

No século 20, nazismo, estalinismo e capitalismo condenaram as vanguardas, pretendendo encarnar o gosto da maioria – povo alemão, proletariado, público – e aboliram a experimentação, a pesquisa formal, a liberdade de pensamento estético, filosófico e político, quando não coincidiam com os desígnios da hegemonia dos estados que encarnavam essas ideologias. A exemplo, temos a "arte degenerada" para os nazistas, a planificação pseudoartística do realismo socialista pós-revolução russa de 1917; em 1930, a censura ao cinema americano transformou Hollywood num dócil instrumento de propagando estatal. Todos estes foram atos" pós-modernos".

Combatiam o novo na arte, em nome de uma suposta orientação reclamada pela maioria para restaurar valores "populares" baseados na tradição, na clareza, na mensagem positiva, no folclore. Este falso democratismo não proíbe nada, mas esmaga qualquer aceno de independência, a arte é marginalizada e a publicidade torna a crítica supérflua. Donde se nivela facilmente Guimarães Rosa e Paulo Coelho.

Bom, diante do exposto, não é à toa que proliferam impunemente nas universidades e nas mídias teses e títulos como,

– *O marxismo em Paulo Coelho*
– *Hitler na Palestina*
– *A juventude dourada do Paquistão*
– *Vanguardas Poéticas Afegãs*
– *Borges na Ucrânia*
– *Guia de hotéis do Iraque à Cisjordânia*
– *Seu roteiro de compras na faixa de Gaza*

E ninguém dá a mínima.

(12/4/2010)

Cinema e Ideologia

Paulo Emílio Sales Gomes, o nosso grande crítico de cinema, falecido em 1977, assinalava na década de 60 que a chanchada brasileira, malgrado o grande sucesso de público, não era propriamente considerada cinema, pois cinema para valer era o que vinha dos Estados Unidos ou da Europa, isto é, seria tudo aquilo que não produzíamos e que valorizávamos de um modo um tanto subalterno. É o que ele chamava "situação colonial do cinema brasileiro".

Aliás, enquanto o crítico americano ou europeu dialogava em tempo real com os diretores dos filmes em pauta, o brasileiro não dispunha dessa referência, de modo que só lhe restava a confissão de mitologias e manias de aficionado. Objetivamente, seus interlocutores eram a ignorância do público, a estupidez da censura, o mau gosto dos distribuidores e a simpatia do seu grupinho de adeptos.

Tratava-se de um bem engrenado sistema de alienações que imprimia a "marca cruel do subdesenvolvimento" em todos os que se ocupassem da crítica de cinema no Brasil. Sobretudo o próprio Paulo Emílio. Segundo Roberto Schwarz, este argumento resume com extrema propriedade a situação que o nacionalismo desenvolvimentista queria superar no campo da cultura, pois o divórcio entre aspiração cultural e condições locais é um traço cultural de ex-colônias.

Posteriormente, surgiu a consciência de que a exploração de classe no plano interno e as grandes desigualdades na ordem internacional se alimentavam reciprocamente e que era preciso examiná-las em conjunto. Na época, Glauber Rocha formulou sua "estética da fome", onde reivindica, sim, a miséria do Terceiro Mundo, mas para lançá-la na cara dos cinéfilos europeus como parte do mundo *deles,* como um momento significativo do mundo contemporâneo e não apenas outro exotismo próprio de regiões distantes ou sociedades atrasadas.

Contudo, ficou claro nos anos 80 que o nacionalismo desenvolvimentista havia se tornado uma ideia vazia, ou seja, uma ideia para a qual não havia dinheiro. A verificação recíproca e crítica entre as culturas tradicional e moderna não ocorreu ou aconteceu nos termos lastimáveis das conveniências do mercado. Passado o esforço nacional de acumulação, o que se viu foram sacrifícios fantásticos para nada: usinas, ferrovias, edificações fantasmas que, a despeito de tudo, não desmoronam com as ilusões ou negociatas que as tiraram do nada. Chamaram-se "pós-catastróficas" essas sociedades que se mobilizaram a fundo para modernizar-se e não conseguiram.

Pós-Glauber, pós-nacionalismos, pós-catástrofe, surge "o cinema da retomada", do qual *Cidade de Deus* tornou-se emblemático, projetando o que ocorreu com o Brasil, onde, por exemplo, as piores desumanidades adquirem sinal positivo quando saem na mídia, aliada para romper a barreira da exclusão social.

É interessante notar que à visão glauberiana, ampla, universalista, de todo modo uma visão utópico-modernista, sucede uma visão pós-moderna que privilegia o fragmento. Schwarz observa que no mundo fechado de "Cidade de Deus", as esferas superiores do negócio de drogas e de armas, a corrupção política e militar, que lhes assegura espaço, não aparecem, bem como a administração pública e a especulação imobiliária que estão na origem da favela.

Em pauta mais recente, tais "ocultamentos" se repetem em variações sutis ou nem tanto, como nos seriados brasileiros *Mandrake* e *Filhos do Carnaval*, ambos produzidos pela HBO. O primeiro tentando vender – malgrado a produção sofisticada, a pretensão paródica (totalmente fracassada, diga-se), a retórica dos contracampos e jogos de cena – aquele velho produto exótico e pitoresco, na linha da chanchada pornô-turística, fazendo a absurda e simultânea louvação tanto das belezas quanto das torpezas locais.

O segundo, "Filhos do Carnaval", em que pese o drama realístico, que se poderia denominar étnico-familiar (se eu quisesse ser filha-da-puta ou engraçadinha, algo fora de cogitação), por outro lado, também fecha o ângulo, permanecendo em âmbito asfixiante – é o que eu chamo de "filme com claustrofobia" – jamais abrindo a perspectiva sócio-política e consequente reflexão – mordendo o Brasil pela borda intangível, se é que me entendem.

(18/4/2006)

Neolib, Neocon & Co

Estagiários Inc.

Resolvi invocar a Santa Padroeira dos Estagiários, que está no céu, na terra, em toda parte há muito tempo e o TEMPO TODO, de forma que os seres privilegiados portadores de emprego (?) atualmente sofrem – além de ameaças, sanções, proibições, reciclagens, flexibilizações, coações, efeitos parafuso, dominó, passaralhos, papagaios, perdas salariais, puxadas de tapete, puxassaquice pânica, pressões de cima para baixo, debaixo para cima & demais desgraças trabalhistas superpostas – dessa espécie de "assédio etário onipresente" nos locais de trabalho.

Então ocorrem umas abordagens mais ou menos assim: mocinha vem conversar com a gente no jardim-fumódromo apresentada pelo fulano do beltrano do sicrano, muito falante e simpaticíssima, dizendo logo ser de Peixes, primeiranista de Jornalismo na (segue sigla ou nome periférico indecifrável), é faculdade nova, saca?, manifestando, sem que ninguém pergunte ou se mostre minimamente interessado, estar disposta a ajudar em textos, transcrições, edições, "numa boa", "sem remuneração", "apenas para ganhar experiência", inclusive se precisarmos de freelas é só avisar, até porque mora ali pertinho, na rua em frente, já perguntando nossos nomes, comentando, que coincidência, também descendo de italianos, mistura de índio com italiano, interessante, ficando íntima, anotando e-mails e telefones no celular, daí vem aquele silêncio constrangido quando terminamos o cigarro e sorrimos, nos despedimos, a troca de olhares enviesados vendo a mocinha voltar-se e ir embora, então suspiramos e após um curto silêncio sem palavras, acendemos outro cigarro só por desaforo.

Como "sem remuneração", se é precisamente o Capital que anda entupindo empresas públicas e privadas com estagiários a partir de 12 anos? Promovendo o referido Assédio Etário – uma das falanges dos exércitos de reserva da mais-valia – donde que os profissionais no exercício da profissão viraram ilhas cercadas de invasões por todos os lados, inclusive o de dentro, pois que nome darei a esta sutil intimidação psicológica que, do ponto de vista hipócrita do patrão, não passa de paranoia nossa?

Porque o Capital *finge* celebrar a juventude (nos fodendo por tabela) enquanto lhe nega qualquer futuro, carreira profissional, educação superior. Porque a juventude só lhe é conveniente inculta, mal informada, burra, engolindo tudo o que lhe é enfiado pela mídia & pelo marketing, uma vez que o Capital delegou à mídia a função EPISTEMOLÓGICA.

Então, sem chance, brother, ou tu aprende rapidinho e baratinho assistindo tevê – aberta, claro, a todas as burrices inimagináveis – indo ao shopping, lendo Veja, Caras, Piauí, Estadão, colecionando os clássicos da Folha – mais cultural que isso, bro, só assinando tevê a cabo – ou tu dança, tá ligado?

Infelizmente é preciso *tempo e dinheiro* – bons colégios e universidades, apoio físico, moral, afetivo de pais & mestres, etc. para o ser humano se tornar culto, inteligente, um profissional eficiente, isto é, um cidadão produtivo num sentido absoluto, um cidadão de primeira classe, porque *tempo é dinheiro*, isto é, Capital.

Se liguem, porra!

(20/9/2008)

A Guerra Sem Fim

Naomi é nome recente, de pessoa entre vinte e quarenta anos, mas ao contrário de dezenas de naomis-modelo-e-atriz, ela é Naomi Klein, uma canadense, jornalista e pesquisadora, cujo precedente memorável foi ter escrito *No Logo* (*Sem Logo: a tirania das marcas num planeta vendido*). Agora estou lendo *A Doutrina do Choque – a ascensão do capitalismo do desastre*, agora publicado no Brasil.

Naomi Klein, em razão de seu histórico, do volume tremendo de referências documentais, da linguagem despojada da blindagem acadêmica, lembrando o pesquisador autodidata californiano Mike Davis, autor do *Planeta Favela* (Sampa, Boitempo, 2006), outro documento pioneiro e original about a tendência de favelização ou terceiro-mundialização global causada pela implantação das políticas de livre-mercado.

Cara Naomi, completamente absorvida por sua leitura, por ora não farei a síntese deste livro revelador, consistente, abrangente; me limito a parafrasear descaradamente alguns pontos abordados por você – salientando sobretudo COMO os aborda – haja vista o fato de viver e ver as coisas do ponto de vista primeiro-mundista, assim como Davis.

Textualmente, vou lidar com a citação de fragmentos desconectados do livro como um todo – livro, aliás, extremamente indexado e complexamente estruturado – numa demonstração formal (apenas formal, repito), digamos, de pós-modernidade "às avessas", mas que é paradigmática duma "literatura" feita por aqui, sem pé nem cabeça, que muito pós-neo-intelectual-estúpido professa (estúpido porque não é intelectual, e pós-neo porque faz elaborações tão obtusas para ninguém perceber o quanto é estúpido. A propósito: todos ganham o Jabuti).

Adquira poder e riqueza além dos seus sonhos. Você pode ganhar milhares de dólares ajudando as forças antitaliban(...) – apregoa um folheto americano distribuído no Afeganistão, utilizado num tribunal federal dos EUA em 2002, como evidência a favor de vários prisioneiros de Guantánamo.

"Você tem alguma teoria para explicar por que o governo e o serviço secreto do Afeganistão venderiam você e entregariam aos americanos?" – perguntou um membro do tribunal ao prisioneiro egípcio na base da Guantánamo.

"Você sabe, ele respondeu, no meu país você pode comprar pessoas por dez dólares. Imagine com cinco mil!"

"Então eles venderam você?" – perguntou o sujeito do tribunal como se a coisa fosse uma absoluta novidade.

"Sim".

Só que, de acordo com o próprio Pentágono, em 2006, este libertou 360 detentos de Guantánamo: dentre 245, simplesmente 205 foram soltos e liberados de todas as acusações quando retornaram a seus países. E isso é um grave indício da qualidade da inteligência movida pela lógica de mercado adotada pelo governo ianque para identificar terroristas – que une ganância e incompetência no mesmo pacote elaborado pela trindade satânica Bush-Rumsfeld-Cheney. Imagine, diante desses caras, se eu fosse Lúcifer, aposentava o garfo.

Ele é uma canalha sem compaixão. Pode ter certeza disso. – comentou o presidente Richard Nixon em 1971 a respeito de Donald Rumsfeld: ninguém melhor que um canalha para reconhecer outro.

Naomi diz que a indústria da segurança nacional, que sequer existia antes do 11 de setembro, se expandiu de tal forma que se tornou tão grande quanto Hollywood. Mas um dado novo é levantado pela autora: o mais chocante é como esse estouro de segurança é pouco analisado e discutido *como uma economia* (leia-se aqui "oportunidades para qualquer um 'investir', mas a coisa é só para alguns escolhidos") – com uma convergência sem precedentes de poderes políticos não fiscalizados, com capitalismo não fiscalizado, enfim, *uma fusão de shopping com masmorra.*

Quando a informação sobre *quem é e quem não é uma ameaça à segurança* é um produto comercializável, semelhante à informação de quem compra livros de Harry Potter na Amazon ou faz um cruzeiro no Caribe, mudam-se os valores de uma cultura. Não apenas se cria um incentivo para a espionagem, tortura e divulgação de informação falsa, como se gera um ímpeto vigoroso para perpetuar o medo e o senso de perigo que originou essa indústria, aliás, sustentada pelos dólares dos contribuintes norte-americanos, mantidos em estado de pavor pela mídia corporativa, etc. etc. etc.

O fato é que raramente se toca no fenômeno amplo e profundo de uma guerra inteiramente privatizada. Que foi criada para não ter fim. Como a Coca-cola, o McDonalds e a calça Lee.

Uma última advertência aos tucanos locais: não alardeiem "choques de gestão"! Com as falências dos bancos americanos, o estouro das bolhas imobiliárias, os títulos podres, a especulação em papéis vazios, bem como a denúncia das estruturas públicas norte-americanas ocas – inclusive o Pentágono – isto agora soa a suicídio político!

(28/9/2008)

Bomb Now, Die Later (A ideologia do Choque)

Prosseguindo a comentar *The shock doctrine: the rise of disaster capitalism* (ICM Books, Nova York), de Naomi Klein, traduzido como *A doutrina do choque – a ascensão do capitalismo do desastre,* o texto apresenta, como uma de suas teses centrais, a influência nefasta de Milton Friedman (morto em novembro de 2006, Prêmio Nobel de economia de 1976), no triste papel de inventor da ideologia do Pensamento Único – e, nesse sentido, um cara que devia ter sido "desinventado".

Nos anos 1950, Friedman lecionou na universidade de Chicago e elaborou a teoria das liberdades planetárias de um novo capitalismo, que escapa a todas as restrições impostas pelos governos e pelos Estados. Capitalismo com o qual já sonhavam as futuras multinacionais e os investidores financeiros internacionais.

Quando se tornou conselheiro econômico do ditador Augusto Pinochet, no Chile, década de 70, Friedman pôs sua teoria em prática e reformou a economia chilena. Mais tarde, tornou-se mentor, uma espécie de mago negro para Margaret Thatcher, Ronald Reagan, Bush pai e Bush filho, Anthony Blair e Nicolas Sarkozy.

Mas Friedman foi também um homem prático. Desde o início, tinha consciência de que sua solução de "pureza" para regular a sociedade jamais seria aceita pelas populações, a menos que estivessem em estado de choque. Literalmente.

Para que as pessoas aceitassem o desmantelamento da assistência social, a supressão do salário mínimo e de todo controle das condições de trabalho, a privatização dos serviços sociais, impostos que favorecessem apenas os ricos, a perda do direito de divulgar sua oposição a esse estado de coisas, para que as pessoas aceitassem esse *deal – esse assassínio coletivo das condições de sobrevivência e das liberdades civis* – era necessário primeiro que sofressem um desastre econômico e fossem tomadas de pânico (daí o slogan: *bomb now, die later* – primeiro bombardeamos, depois matamos os sujeitos).

A "doutrina do choque" penetra e determina há tempos as decisões globais do G-8, do Banco Mundial, do Fundo Monetário Internacional, dos estrategistas da CIA e do próprio exército norte-americano (guerras do Golfo e do Iraque), aliás, totalmente mercenarizado e terceirizado. Às vezes, o choque é tramado totalmente em segredo, como no Chile, em 1973. Por vezes, às claras, como na Rússia, em 1991, ou na África do Sul, em 1994. Os defensores da "doutrina do choque" estão estreitamente associados às equipes da CIA que trabalham com "técnicas de interrogatório coercitivo de prisioneiros", ou seja, de tortura.

Os dois tipos de choque são diferentes e têm efeitos diferentes, porém ambos são devastadores. Um é solitário e físico. O outro, coletivo e ideológico. O primeiro é imposto por meio de eletrochoques (objeto de assíduos estudos por parte da CIA desde os anos 1950) e por privação sensorial. O segundo, pela encenação controlada de um desmoronamento econômico, pelo desmantelamento de todas as infraestruturas sociais existentes, pela sincronização bem calculada de um período de pobreza abjeto e de pânico, após o qual se sai cinicamente com falsas promessas à mão.

Contudo, esses dois tipos de choques têm um único objetivo: esmagar qualquer resistência. Para isso, começa-se por destruir o sentido de identidade do indivíduo. Os que administram os choques – torturadores ou economistas – aprenderam, após meio século de experimentações, que a forma mais eficaz de destruir o sentido da identidade das pessoas consiste em desmontar e fragmentar sistematicamente a história de sua vida até aquele instante, ou seja, *apagar o passado*. Uma vez o passado apagado, qualquer slogan politicamente abjeto é engolido, posto que inscrito em tábula rasa, na página em branco da DesHistória.

Numa longa entrevista dada em setembro do ano passado, Naomi diz:

"Por ocasião da morte de Friedman em 2006, percebemos quanto suas ideias radicais de livre mercado chegaram a dominar o mundo, como varreram a antiga União Soviética, a América Latina, a África, como essas ideias triunfaram durante os últimos trinta e cinco anos. E isso me impressionou muito porque já estava escrevendo esse livro.

"Nessas ideias, nunca ouvimos falar de violência, nunca ouvimos falar de crises e nunca ouvimos falar de choques. Ou seja, a história oficial é de que estas ideias triunfaram porque desejávamos que assim o fosse, que o Muro de Berlim caiu porque as pessoas exigiram ter seus Big Macs, junto com a sua democracia. E a história oficial do auge dessa ideologia passa por Margaret Thatcher dizendo 'Não há alternativa', à Francis Fukuyama afirmando que 'a história terminou, o capitalismo e a liberdade caminham juntos'. "Portanto, o que procuro fazer nesse livro é contar a mesma história, a conjuntura crucial na qual essa ideologia entrou com força, mas reintroduzo a violência, reintroduzo os choques e digo que existe uma relação entre os massacres, entre as crises, entre os grandes choques e os duros golpes contra vários países e a capacidade de imposição de políticas que são rejeitadas pelas populações do planeta"Inconscientemente, Klein, malgrado seu conhecimento abrangente da atual conjuntura histórica, revela-se surpresa, pois fala inevitavelmente do ponto de vista duma cidadã dos países centrais, onde os tais choques não foram imediatamente sentidos, tampouco percebidos. Segundo Jameson, "há sempre cegueira no centro". Claro. Os países centrais não enxergam porque *não precisam* ver (até que tudo venha à tona e então fiquem estarrecidos). O que não é naturalmente o nosso caso.

(19/03/2008)

Povos & Mercados Livres: o Segundo Saque Colonial

I

Desde que as grandes mídias corporativas – a exemplo da CNN – assumiram, via satélite, o controle da informação no planeta, eu me pergunto como a História recente será legada às gerações futuras sem as distorções do interesse econômico global que permeou suas motivações ocultas?

A exemplo disso, sabemos que os seguidores da Escola de Chicago, executores das políticas neoliberais, tendem a retratar o período posterior aos anos 80 como uma marcha vitoriosa e triunfante de sua ideologia: ao mesmo tempo em que os países estavam aderindo à onda democrática, confirmavam a "epifania" coletiva de que *povos livres e mercados livres desregulados caminham lado a lado*. Contudo, esta "epifania" era ficcional, posto que ideológica e não real.

Na realidade, assim que os cidadãos conquistaram a liberdade tão almejada, escapando às câmaras de tortura das ditaduras, como nas Filipinas de Ferdinand Marcos, no Uruguai de Bordaberry ou na Argentina de Videla, foram atingidos por uma tempestade de choques financeiros – choques da dívida, choques de preços, choques monetários – criados pela economia global desregulada.

Em meados dos anos 80, muitos economistas observaram que uma crise hiperinflacionária provoca os mesmos efeitos da guerra efetiva: espalha medo, confusão, gera grupos de refugiados, destrói vidas. Ficara evidente que a hiperinflação tinha desempenhado no Brasil o mesmo papel que a "guerra" para Pinochet no Chile e a Guerra das Malvinas de Margaret Thatcher na Argentina. Produzira-se o contexto para implantação de medidas de emergência, um estado de exceção durante o qual as regras da democracia ficaram suspensas e o controle econômico passara às mãos dos especialistas linhas-duras de Chicago, que percorriam os países a ensinar como armar uma ratoeira mais eficiente – e isto queria dizer que a hiperinflação não era um problema a ser resolvido, mas uma oportunidade de ouro a se aproveitada!

E esse tipo de oportunidade havia aos montes nos anos 80! Na realidade, grande parte do mundo em desenvolvimento, especialmente a América Latina, estava passando por um ciclo de espiral hiperinflacionária resultante de dois fatores enraizados nas instituições financeiras de Washington: o primeiro foi a transferência para as novas democracias das dívidas ilegítimas acumuladas pela ditadura; o segundo, a decisão de elevar a taxa de juros – tomada pelo Banco Central dos Estados Unidos sob a inspiração de Milton Friedman – que aumentou de modo extraordinário, da noite para o dia, o montante daquelas dívidas.

Em 1983, quando a junta militar argentina caiu após a Guerra das Malvinas e foi eleito presidente Raúl Alfonsín, Washington exigiu que o novo governo pagasse a dívida contraída pelos generais – que saltou de 7,9 bilhões de dólares do ano anterior ao golpe, para 45 bilhões no momento da mudança do regime – quantia a ser paga ao FMI, ao Banco Mundial e outros bancos privados dos Estados Unidos.

Segundo Naomi Klein, no Brasil, o caso mais dramático, os generais tomaram o poder em 1964 prometendo manter as finanças em ordem, mas acabaram elevando a dívida do patamar de 3 bilhões para 103 bilhões de dólares em 1985. Era evidente que tais dívidas eram "odiosas" e que os povos recém-libertados não deveriam ser obrigados a pagar a conta de seus opressores e torturadores.

No Cone Sul, boa parte dos créditos externos financiaram a repressão e as compras militares. E o que não foi gasto em armas, simplesmente desapareceu, porque uma cultura de corrupção permeou as administrações militares – um lampejo do futuro de depravação que viria quando as mesmas políticas econômicas liberalizantes fossem expandidas para a Rússia, China e a "zona livre fraudulenta" do Iraque ocupado.

De acordo com um relatório de 2005 do Senado norte-americano, Pinochet manteve uma rede bizantina de 125 contas secretas em bancos estrangeiras em nome de membros de sua família, e a maior estava no Riggs Bank em Washington, no valor estimado de 27 milhões de dólares. O Banco Mundial, por sua vez, tentou achar o destino de 35 bilhões de dólares emprestados à junta militar na Argentina e descobriu que 19 bilhões, 46% do total, tinham sido remetidos para fora do país. Um dos professores da Escola de Chicago descreveu este sumiço de bilhões como "a maior fraude do século XX"!

Mas a tais dívidas, que já eram um fardo para as novas democracias do Cone Sul, juntou-se o chamado "Choque de Volcker": os economistas usaram esta expressão para descrever o impacto da decisão tomada pelo então presidente do Banco Central norte-americano, Paul Volcker, ao aumentar a taxa de juros para 21% em 1981, provocando convulsões no mundo em desenvolvimento. Nascia a espiral do endividamento.

Foi aí que a teoria da crise de Friedman se fortaleceu. Quanto mais a economia global seguia suas prescrições, com taxas de juros flutuantes, preços desregulados e economias orientadas para a exportação, mais o sistema se tornava propenso às crises, produzindo aquele tipo de desintegração que Friedman identificou como a única circunstância que permitia aos governos aplicar seus ensinamentos mais radicais: quando somas ilimitadas de dinheiro ganham liberdade para viajar através do planeta em grande velocidade, e os especuladores ficam soltos para jogar com o valor de qualquer coisa, de café a moedas, o resultado é uma enorme volatilidade.

E, na medida em que as políticas de livre comércio encorajam os países pobres a permanecer confiando em exportações de produtos primários – café, cobre, petróleo ou trigo – eles se tornam particularmente vulneráveis, a ponto de caírem na armadilha do círculo vicioso da crise contínua. Uma queda brusca no preço do café joga economias inteiras na depressão, se aprofunda com a ação dos chacais, negociantes de moedas que, percebendo o declínio financeiro de um país, apostam contra a moeda local, fazendo seu valor despencar. Quando a isso se soma a elevação dos juros e das dívidas nacionais, temos uma catástrofe econômica.

Pode-se argumentar que outras opções estavam disponíveis aos países do Terceiro Mundo: eles poderiam se negar a pagar a dívida, juntar-se aos países vizinhos formando um cartel de devedores, poderiam ter criado um mercado comum baseado nos princípios do desenvolvimentismo, um processo interrompido pelos regimes militares. Contudo, parte do desafio daquele tempo consistia justamente no legado de terror enfrentado pelas novas democracias.

Tendo escapado da escuridão das ditaduras, os políticos eleitos não estavam dispostos a correr o risco de uma nova rodada de golpes de estado patrocinada pelos Estados Unidos, razão pela qual se abstiveram de novamente implantar "políticas desenvolvimentistas". Evitando entrar em guerra com as instituições de Washington, que controlavam suas dívidas, as novas democracias do Cone Sul tinham poucas escolhas além de aceitar suas regras, e no começo dos anos 80, tais regras se tornaram ainda mais rígidas.

Foi por isso que o choque da dívida coincidiu precisamente – e não acidentalmente – com uma nova era nas relações Norte-Sul, a qual tornou as ditaduras militares praticamente desnecessárias. Era o despertar da idade do "ajuste estrutural", conhecido também como "ditadura da dívida".

Quando os países mergulharam na espiral hiperinflacionária dos 80, não havia a quem recorrer, a não ser ao Banco Mundial e ao FMI. Chegando lá, eles deram de cara com o muro de ortodoxia da Escola de Chicago, treinado a encarar crises econômicas, não como problemas a serem resolvidos, mas preciosas oportunidades a serem aproveitadas para expandir as fronteiras do livre mercado. Porque o oportunismo das crises estava embasando a lógica das instituições financeiras mais poderosas do mundo e isto representava uma traição fundamental aos seus princípios fundadores.

Assim como a ONU, o Banco Mundial e o FMI foram criados como uma resposta direta ao horror da Segunda Guerra Mundial. Com o objetivo de não repetir os erros que permitiram a ascensão do nazismo e fascismo na Europa, as potências mundiais se reuniram em Bretton Woods, New Hampshire, em 1944, a fim de elaborar uma nova arquitetura econômica. O Banco Mundial e o FMI, financiados por seus 44 países-membros, receberam a atribuição específica de prevenir futuros choques e quebras, como os que haviam desestabilizado a Alemanha de Weimar.

O Banco Mundial iria fazer investimentos a longo prazo nos países em desenvolvimento para tirá-los da pobreza, enquanto o FMI faria o papel de amortecedor global de impactos, voltado a reduzir a especulação e volatilidade dos mercados. O keynesianismo comandou tais políticas.

Mas o Banco Mundial e o FMI não seguiram esta visão universal, deixando de distribuir o poder de acordo com o princípio de "um país, um voto", como na ONU. Ao contrário, basearam a força dos participantes conforme o tamanho de suas economias, o que deu aos EUA um poder de veto efetivo sobre as decisões mais importantes, enquanto Europa e Japão controlavam o resto.

Nos anos 80, Reagan e Thatcher usaram suas administrações altamente ideológicas para atrelar as duas instituições aos próprios interesses, transformando-as em veículos essenciais para o progresso da cruzada corporativa.

A colonização do FMI e do Banco Mundial pela Escola de Chicago não foi um processo assumido, mas acabou se tornando oficial em 1989 quando seu porta-voz, John Williamson, apresentou ao mundo o "Consenso de Washington", uma lista de políticas consideradas vitais para a saúde econômica. Tais políticas, apresentadas com incontestáveis ("Não há alternativa!", era o famoso jargão de FHC) incluíam diretrizes ideológicas baseadas no triunvirato neoliberal de Friedman: privatização, desregulamentação do comércio e cortes drásticos dos gastos públicos. E tais políticas correspondiam às expectativas dos poderosos de Washington em relação à América Latina.

O FMI publicou seu primeiro programa de "ajuste estrutural" em 1983. O princípio era simples: os países em crise precisavam desesperadamente de ajuda emergencial para estabilizar suas moedas. Quando a privatização e as políticas de livre comércio são empacotadas junto com o socorro financeiro, os países não têm outra escolha senão aceitar o pacote completo. A cena esperta é que *os economistas sabiam que o livre comércio e as privatizações não só nada tinham a ver com o fim da crise, como poderia aprofundá-la.*

Contudo, dentro das estruturas de poder de Washington, havia o reconhecimento de que os países endividados estavam se submetendo às suas regras por meio de uma combinação de falsas promessas e clara extorsão: *Quer salvar seu país? Venda-o*! Chegou-se a reconhecer que privatização e livre comércio – dois elementos centrais do pacote de ajuste estrutural – não tinham ligação direta com a criação da estabilidade monetária. Mas dizer o contrário era praticar "má economia", isto é, "cometer heresia" contra a ideologia dominante.

Vamos dar apenas o exemplo da crise argentina: no começo dos anos 90, o Estado argentino vendeu as riquezas do país tão rápida e completamente que o projeto ultrapassou o que havia acontecido no Chile uma década antes. Em 94, 90% das empresas estatais haviam sido vendidas para companhias privadas, incluindo Citibank, Bank Boston, as espanholas Repsol e Telefônica.

Antes da privatização, o presidente Menem e o ministro Domingo Cavallo prestaram um "enorme serviço aos novos donos": demitiram 700 mil empregados das estatais. E num país ainda traumatizado pela tortura em massa, Menem comparou o processo como "uma grande cirurgia sem anestesia".

O único modo de implementar o "ajuste estrutural" imposto por Washington foi tirando vantagem da situação criada pelo hiperinflação, uma vez que a população se encontrava pronta para aceitar as medidas drásticas no sentido de eliminar o perigo e voltar à normalidade.

A longo prazo, o programa de Cavallo foi desastroso para a Argentina. Seu método de estabilização da moeda – atrelando o peso ao dólar norte-americano – tornou a produção de bens dentro do país muito cara para as fábricas locais, que não conseguiram competir com os importados a inundar o mercado. O número de empregos perdidos foi tão grande que quase metade da população foi jogada abaixo da linha da pobreza.

No curto prazo, porém, o plano funcionou: sorrateiramente, Cavallo e Menem, exemplos paradigmáticos da "política de vodu", realizaram a privatização, enquanto o país enfrentava o choque inflacionário! (Qualquer semelhança com o Brasil de FHC não é mera coincidência!)

Foi assim que a cruzada de Friedman sobreviveu à transição "democrata", migrando de crise em crise, explorando cruelmente o desespero dos estados de emergência econômica e impondo políticas que ataram as mãos das novas democracias. O Choque de Volcker seria adotado na Crise do México em 1994, na Crise Asiática em 1997, no Colapso da Rússia em 1998, na Crise Brasileira em 1999. O capitalismo de desastre estava sendo criado.

Então me reporto à epígrafe do capítulo 8 do livro de Klein:

"Afinal, qual o sentido de arruinar minha cabeça e apagar minha memória, que é meu capital, e me deixar fora de ação? Foi uma cura brilhante, mas o paciente morreu!" – Ernest Hemingway, sobre a terapia de eletrochoque a que se submeteu, pouco antes do seu suicídio em 1961.

II

Fechando a trilogia de artigos sobre a saga do neoliberalismo como ideologia dominante nas três últimas décadas, chega-se finalmente aos anos 90 – queda do muro de Berlim, colapso da União Soviética. Para Naomi Klein[31], jamais haveria um Plano Marshall na Rússia nos anos 90, pois existiu apenas um Plano Marshall ***por causa*** da Rússia!

Quando Boris Yeltsin aboliu a União Soviética, a "arma carregada" (o poder do arsenal nuclear russo, conjugado ao ideológico representado pelo Socialismo difuso em todo Ocidente, sobretudo na Alemanha do após-guerra) que havia forçado o desenvolvimento do Plano foi desativada.

O Plano Marshall original não resultou da benevolência nem dum despertar da boa consciência política, mas do medo da revolta popular. Sem isso, o capitalismo ficou subitamente livre para evoluir em sua forma mais selvagem, não só na Rússia como no mundo inteiro. Após o colapso soviético, o livre mercado passou a ter um monopólio global, sem as "distorções" sociais e estatistas.

Ainda segundo Klein, essa foi a tragédia da promessa feita aos russos e poloneses por parte dos norte-americanos – a de que, se eles seguissem as prescrições da terapia de choque (privatização, desregulação dos mercados, corte dos subsídios estatais e projetos sociais), acordariam num "país europeu normal".

Só que "aqueles países europeus normais", com suas sólidas redes de seguridade social, sindicatos poderosos e serviço de saúde socializado, surgiram como um compromisso entre o comunismo e capitalismo. Agora, rompido tal compromisso, todos os programas sociais estavam sitiados na Europa, como aconteceu no Canadá, Austrália e Estados Unidos. Esses programas não seriam introduzidos na Rússia, não *mesmo*.

Essa liberação frente a todas as restrições é, em essência, a economia da Escola de Chicago (também denominada neoliberalismo ou

31 in A Doutrina do Choque – a ascensão do capitalismo de desastre. Rio, Nova Fronteira, 2008.

neoconservadorismo): não se trata de nenhum invenção nova, mas do capitalismo despido de todas as bandagens keynesianas, do capitalismo na fase monopolista – que não precisa agradar a seus clientes, que pode ser tão antissocial, antidemocrático e cruel quanto quiser.

Esse foi o verdadeiro significado do "fim da história" anunciado por Francis Fukuyama na Universidade de Chicago em 1989: ele não estava afirmando que não existiam outras ideias no mundo, mas que, com o colapso do comunismo, não havia outras ideias suficientemente fortes para constituir um competidor à altura.

O movimento que Milton Friedman deslanchou, nos anos 1950, fica mais bem compreendido ser for visto como o processo do capital multinacional para recapturar a fronteira altamente lucrativa e sem leis que Adam Smith, o pai dos neoliberais, tanto admirou. Contudo, com um desvio. Em vez de viajar pelas nações "selvagens e bárbaras" de Smith, onde não há legislação (uma opção hoje impossível), esse movimento objetivou demolir, de modo sistemático, todas as normas e regulamentos existentes, para recriar aquele estado anterior sem leis.

Os colonizadores de Smith realizaram seus lucros fabulosos por meio da simples apropriação de "terras desperdiçadas". As multinacionais de hoje veem ativos públicos, programas governamentais e tudo o que não está à venda como "território a ser conquistado e tomado": correios, parques nacionais, cemitérios, escolas, seguridade social, telecomunicações, defesa civil e qualquer outra coisa administrada pelo poder público.

Na economia da Escola de Chicago, o Estado atua como a fronteira colonial a ser pilhada pelos conquistadores corporativos, com a mesma ganância implacável que os pioneiros arrancaram o ouro e a prata dos Andes.

Enquanto Smith viu "terras férteis" transformadas em fazendas lucrativas, Wall Street viu o mesmo nos sistemas de telefonia do Chile e Brasil, nas linhas aéreas da Argentina, nos campos de petróleo da Rússia, no sistema de água da Bolívia, no sistema público de transmissões eletromagnéticas dos Estados Unidos, nas fábricas da Polônia – tudo construído com dinheiro público e depois vendido por uma ninharia.

Sem contar os tesouros criados pela pressão sobre o Estado, para que este estabeleça uma patente e um preço para recursos naturais que jamais se pensou transformar em mercadoria, como sementes, genes ou carbono da atmosfera.

Os regimes que impuseram privatizações em massa – Argentina, Bolívia, Brasil, Rússia – foram tomados como exemplo, em Washington, de como a terapia de choque podia ser implantada por meios pacíficos e democráticos, sem golpes ou repressão, quer dizer, sem massacres demasiado visíveis aos olhos do mundo, salvo a "miséria planejada" – os excluídos permanentes do sistema.

Em muitas partes do hemisfério sul, o neoliberalismo é frequentemente tratado como uma "segunda pilhagem colonial": na primeira, as riquezas foram extraídas da terra, na segunda, foram arrancadas do Estado.

O que temos vivido nessas últimas três décadas é o capitalismo de fronteira, cuja localização se altera constantemente, de crise em crise, e se move assim que a lei começa a vigorar.

(28/05/2009)

O Domínio das Corporações – I

Dois documentários geniais circulam pela web: *Zeitgeist, the movie*, 2007, e *Zeitgeist Addendum*, 2008. Produzidos e dirigidos por Peter Joseph, expõem as falácias e lorotas apregoadas durante os últimos cinquenta anos pelos EUA e União Europeia – os chamados "países centrais" – desvendando os mecanismos ocultos de um sistema monetário voltado exclusivamente para o lucro, totalmente insensível aos custos humanos, vinculado à ideologia neoliberal, suas políticas assassinas promotoras do livre mercado e demolidoras dos programas sociais.

No limite, o mundo globalizado caracteriza-se precisamente como uma ***corporatocracia***, ou seja, é dominado pelas corporações. Então me ocorreu que ninguém melhor que Naomi Klein em seu último livro, *A Doutrina do Choque – a ascensão do capitalismo de desastre*, para dissecar o catastrófico poder corporativo. Segundo ela, o fenômeno ocorre na intersecção entre superlucros e megadesastres: estava claro que os desastres facilitadores estavam se tornando maiores e mais chocantes, porém o que estava acontecendo no Iraque e em New Orleans não era uma versão posterior ao 11 de setembro, pelo contrário, esses experimentos audaciosos com a exploração das crises eram o ponto culminante de três décadas de uma adesão rigorosa à doutrina do choque.

Algumas das violações mais infames dos direitos humanos de nossa época, interpretadas erroneamente como atos sádicos perpetrados por regimes antidemocráticos, foram cometidas com a intenção clara de aterrorizar o público a fim de preparar o terreno para a introdução das "reformas" radicais de livre mercado.

Na Argentina da década de 70, o "desaparecimento" de trinta mil pessoas sob o regime da junta militar fez parte da imposição ao país das políticas neoliberais da Escola de Chicago, do mesmo modo que o extermínio foi parceiro da mudança econômica no Chile. Em 1989, o massacre da praça da Paz Celestial na China e as prisões de milhares de manifestantes facilitaram ao Partido a conversão de amplos setores do país em uma imensa zona de exportação, suprida com uma força de trabalho aterrorizada demais para reivindicar seus direitos.

Na Rússia, em 1993, foi a decisão de Boris Yeltsin de enviar os tanques para bombardear o Parlamento e prender os líderes da oposição que abriu caminho para a escalada de privatizações, criando os notórios oligarcas do país. Nos anos 80, na América Latina e na África, a crise da dívida forçou os países a "privatizar ou morrer"; na Ásia, a crise financeira de 1997 dobrou os Tigres Asiáticos, que por fim abriram seus mercados para "a maior liquidação de negócios falidos do mundo", segundo o New York Times – eis como as corporações se apropriam dos valores e recursos do mundo inteiro.

Na verdade, as proezas de Bush representaram o ápice monstruoso de uma campanha de mais de cinquenta anos pela total liberdade das corporações, compreendendo desde o agronegócio até os conglomerados de mídia. Após o 11 de setembro, o governo Bush se apropriou rapidamente do medo gerado pelos ataques, não apenas para deslanchar a "Guerra ao Terror", como garantir que esta fosse voltada quase completamente para o lucro, uma nova e estimulante indústria que revitalizasse a economia norte-americana já à beira do crash, que efetivamente ocorreu sete anos depois.

Definido como um "complexo do capitalismo de desastre", esse modelo possui tentáculos de alcance muito maior do que o complexo industrial-militar da era Eisenhower: trata-se de uma guerra global travada em todos os campos pelas empresas privadas, cuja participação é paga com dinheiro público e se legitima indefinidamente pela necessidade de proteger o território dos Estados Unidos mediante a eliminação de todo o "mal" existente no mundo exterior.

O objetivo central das corporações que operam no centro desse complexo é trazer para o funcionamento regular dos Estados-Nação seu modelo de administração voltado para o lucro, que progride rapidamente sobretudo em circunstâncias excepcionais, reais e/ou fabricadas.

Em síntese: trata-se de privatizar os governos. Do comércio de armas aos soldados privados, da reconstrução com fins lucrativos à indústria de segurança nacional, resultou do pós-11 de setembro uma nova economia totalmente articulada. Construída na era Bush, ela agora existe globalmente, independente de quaisquer governos, e vai continuar exercendo seu domínio absurdo e insano até que a ideologia das corporações, que a sustenta, seja identificada, isolada, questionada e colocada em cheque.

Corporações II: O Capitalismo de Desastre

Na década de 90, muitas companhias, que tradicionalmente fabricavam seus produtos mantendo grandes equipes de operários estáveis, adotaram o "modelo Nike", ou seja, não seja dono de indústria alguma, fabrique seus produtos por meio de uma rede de contratantes e subcontratantes e gaste seu dinheiro com projetos de design e marketing. A alternativa era optar pelo "modelo Microsoft": manutenção de um controle central rígido por parte de empregados/acionistas, chamado "núcleo de competência", e terceirização de todo o resto com trabalhadores temporários. Essas companhias foram apelidadas "corporações ocas", porque são unicamente formais, com um reduzidíssimo conteúdo (pessoal).

Seguindo rigorosamente os princípios corporatistas, segundo os quais o Grande Governo une forças com os Grandes Negócios a fim de redistribuir os fundos para cima – entre os ricos – a segunda gestão Bush/Rumsfeld/Cheney queria gastar menos com pessoal e transferir muito mais dinheiro público diretamente para os cofres das empresas privadas. Aliás, o dogma central do regime Bush era que a função do governo não é governar, isto é, cumprir as funções para as quais fora eleito, mas sim subcontratar a tarefa para o setor privado.

Em síntese: era um governo que atuava *contra* os interesses da população. De forma que o comprometimento do presidente Bush com o leilão do Estado, associado à liderança do vice Dick Cheney na terceirização das forças armadas americanas e ao patenteamento de remédios destinados a prevenir epidemias, comandado pelo secretário de Estado Donald Rumsfeld, ofereceu uma visão do tipo de Estado que os três iriam construir: um "governo completamente oco".

Então aconteceu o 11 de setembro. No relato de Naomi Klein, "ter um governo cuja missão central era a própria autodestruição não parecia boa ideia diante duma população aterrorizada, reclamando a intervenção de um governo forte e sólido". Afinal, as falhas de segurança no 11 de setembro demonstraram as consequências de mais de vinte anos de sucateamento do setor público e de terceirização das funções governamentais para corporações movidas pelo lucro.

Assim como o Katrina em New Orleans exporia as condições lastimáveis da infraestrutura pública (e a cruel indiferença moral de seus políticos), os ataques revelaram um Estado que havia se tornado perigosamente fraco: equipamentos da polícia e bombeiros de Nova York quebraram em meio às operações de socorro, os controladores de tráfego aéreo falharam permitindo a ruptura dos circuitos de segurança dos aeroportos, uma vez que eram funcionários terceirizados cujos salários geralmente eram inferiores até aos dos garçons da praça de alimentação.

Klein observa que a desregulamentação da aviação civil começara no governo Reagan. Vinte anos depois, todo o sistema de tráfego aéreo havia sido privatizado, desregulamentado e enxugado, com a grande maioria do pessoal de segurança constituída por trabalhadores mal remunerados, mal treinados e não sindicalizados. A atitude das companhias aéreas quanto às medidas de segurança resumia-se em "aviltar, negar, adiar e reduzir custos".

Mas tudo isso foi obliterado pela Guerra ao Terror lançada pela equipe de Bush – construída desde o começo para ser privatizada. Embora o objetivo declarado fosse a guerra contra o terrorismo, seu efeito foi a criação do complexo do capitalismo de desastre – uma nova economia apoiada em segurança doméstica, guerra privatizada e reconstrução de desastres, encarregada de construir e administrar um Estado de segurança privatizado, dentro e fora de casa. Se durante décadas o mercado vinha sendo nutrido com os apêndices do Estado, agora ele iria devorar seu núcleo.

Como protocapitalistas do desastre, os arquitetos da Guerra ao Terror fazem parte de um ramo de políticos corporatistas diferente de seus antecessores: para eles, as guerras e outros desastres constituem os fins em si mesmos. Quando Dick Cheney e Donald Rumsfeld fundem o que é bom para empresas como Halliburton, Lockheed, Carlyle, Bechtel e Gilead com o que é bom para os Estados Unidos e para o mundo inteiro, realizam uma espécie de projeção com consequências extremamente perigosas. Porque o que é positivo para tais companhias é o desastre – guerras, epidemias, enchentes, tsunamis e escassez de recursos.

Querem um exemplo? O jogo de Washington para o Iraque era "chocar e aterrorizar o país inteiro, arruinar deliberadamente sua infraestrutura, não fazer nada diante da pilhagem da sua cultura e história, depois tornar tudo aquilo correto por meio de um suprimento ilimitado de utilidades domésticas baratas e comidas prontas importadas: todo o Iraque seria comprado com Pringles, Mcdonalds, Pizza Hut e cultura pop!

O fato é que, onde quer que tenha surgido – de Santiago a Moscou, de Beijing ao Iraque – com o governo Bush, a aliança entre uma pequena elite das corporações com um governo de direita passou a ser retratada como uma espécie de aberração – capitalismo de patota, capitalismo mafioso, capitalismo-cassino. Que quebrou em outubro de 2008.

Guy Debord escreveu não sei onde que "num mundo totalmente unificado é impossível exilar-se", referindo-se a si próprio como contestador do sistema. Só que tal afirmação também é válida em sentido inverso: num mundo totalmente globalizado e informatizado, tornou-se impossível ocultar a realidade sob o manto da ideologia.

(18/05/2009)

A Privatização da Consciência

Lendo no blog do Miguel do Rosário sobre o novo cinismo e a ausência absoluta de espírito solidário dos jovens das classes médias urbanas, filhotes do espírito neoliberal (sobretudo no Rio e em São Paulo), sinto que, no limite, estes estão em sintonia com as novas (e tão velhas) concepções históricas das guerras como um negócio, ou das guerras como permanentes – Guerra é Paz – já escrevia George Orwell em *1984*, um livro de 1948. A crueldade, a indiferença, o egoísmo, a injustiça e assemelhados não são exatamente uma novidade no mundo, tampouco burrice, alienação e hipocrisia. Já grandeza ou dignidade continuam escassíssimas. Sem contar que o Brasil é um país com poucas guerras em seu passado histórico, o que torna as cínicas posições neoliberais especialmente alienadas.

Autor do livro *O Negócio da Guerra* (ainda não traduzido no Brasil), o pesquisador italiano Dario Azzelini argumenta que a guerra não é mais para instalar outro modelo econômico; ela é o modelo. Ele traça um painel bastante preciso de quanto a ideia da guerra se transformou sob a lógica neoliberal: o sentido da guerra mudou. Tradicionalmente, era para trocar as elites e o controle das economias, ou introduzir outro modelo de domínio econômico ou político. Agora, em muitos casos, as guerras são permanentes. Não se faz a guerra para implementar outro modelo econômico, mas a guerra mesma é o mecanismo de lucros.

No debate acadêmico e político, a expressão "novas guerras" foi introduzida para denominar o fato de que mais e mais guerras não se dão mais entre países, mas no interior dos países (a guerra contra os civis!) ou, pelo menos, entre um exército regular e um irregular. Não é que tenham acabado as guerras entre Estados, ao contrário, na última década houve um aumento delas, mas estas mudaram, e a porcentagem das guerras irregulares em comparação com as regulares está aumentando. Isso obedece à lógica neoliberal no sentido de aumentar lucros. Agora, em muitos casos as guerras são permanentes.

Por exemplo, os lucros da Colômbia se devem ao fato de ser um país em guerra permanente há décadas. Aliás, durante os últimos vinte anos, a passagem da pequena e média agricultura para a agroindústria se fez com uma guerra. Não fosse assim, não teria sido possível expropriar as terras de milhões de camponeses e fazer "uma reforma agrária ao contrário", na qual os latifundiários e paramilitares se apropriaram de seis milhões de hectares de terra. Aqui, nos lembramos de Naomi Klein quando esta discorre extensamente sobre o "Plano Marshall ao contrário" implantado pelo governo Bush no Iraque.

Segundo Azzelini, as primeiras Companhias Militares Privadas (CMPs) nasceram imediatamente depois da II Guerra Mundial, porque o exército dos Estados Unidos tinha grande capacidade de mobilização que já não necessitava manter, de forma que passou a privatizar parte do transporte. Porém o verdadeiro boom dessas empresas começou em fins dos anos 80 e foi reforçado de forma maciça nos 90. Na primeira guerra dos Estados Unidos contra o Iraque, a relação entre os empregados das CMPs e os soldados regulares era de 1 para 100. No Afeganistão, de 1 para 50. Agora, no Iraque, há 180 mil empregados das CMPs, segundo dados do próprio exército norte-americano.

Essas companhias exercem dezenas de atividades: o uso de armas sofisticadas (como drones, radares ou mísseis de navios estadunidenses) na primeira onda de ataques ao Iraque foi realizado por especialistas de empresas privadas. Distribuem a correspondência, cozinham, lavam a roupa dos soldados, montam os acampamentos militares, as prisões. No caso da prisão de Abu Ghraib, houve julgamentos e investigações contra menos de dez soldados dos Estados Unidos, quando deveria haver muitos mais implicados. A verdade é que a prisão era administrada em todas as suas funções por duas empresas privadas: CACI e Titan.

As vantagens da terceirização para as CMPs? Como seus empregados são civis, não podem ser julgados pela Justiça Militar. Ao mesmo tempo, em seus contratos lhes é assegurado que não podem ser submetidos à Justiça Civil dos países em que atuam. Praticamente se criou um campo de impunidade. E a única via para fazer algo contra tais crimes é iniciar processos nos Estados

Unidos contra as empresas. E quantas vítimas têm a possibilidade de fazer isso? Quase ninguém.

Azzelini observa que se legaliza todo o negócio dos mercenários com esse marco de impunidade. Além disso, terceiriza-se a responsabilidade. Milles Frechette, ex-embaixador dos Estados Unidos na Colômbia, disse que é muito cômodo trabalhar com essas empresas porque, se morrem, não são soldados norte-americanos e, se fazem algo errado, a responsabilidade tampouco recai sobre os Estados Unidos.

É a possibilidade de os EUA intervirem militarmente em outros países sem que apareçam como tais, porque não são seus soldados que atuam. Desde o Vietnam, sabe-se o impacto público que causa a imagem de soldados mortos que regressam cobertos pela bandeira ianque, mas isso não acontece se morre o empregado de uma empresa privada: não causa indignação pública, porque é como se morresse um empregado da IBM em Cingapura. Ninguém se importa com isso.

Realmente ninguém se importa. É o que eu chamaria "privatização da consciência": uma espécie de salvo-conduto para os jovens neoliberais exercerem seu próprio cinismo à vontade. Da mesma forma que, cinicamente, ninguém irá lamentá-los no futuro.

(12/10/2009)

Privatização ou Ficção?

Manter uma posição apartidária mas não apolítica, situar-se ao lado do homem comum (que é meu próprio lado), do trabalhador, do eleitor, do oprimido, sem deixar de criticar-lhe o conformismo, a omissão, os (fatais mas inevitáveis) erros de julgamento (que é ao mesmo tempo exercer a autocrítica), é se meter numa saia justíssima, como andar no fio da navalha, como agora, nesse janeiro escaldante, em que me pergunto como abordar a questão das privatizações? Desde que o ano (mal) começou com declarações (que mais me pareceram ameaças) de políticos do PSDB e PFL dizendo que "é preciso retomar as privatizações"

Quem precisa, cara pálida?

A quem interessam? Quem ganha com as privatizações?

Segundo Chico de Oliveira, no governo FHC ocorreu uma enorme transformação na sociedade, no capital e na propriedade, e portanto na relação com o Estado. FHC botou o país de cabeça para baixo ao privatizar 15% do PIB, uma escala sem comparação na experiência mundial. Só a Argentina fez uma coisa semelhante e deu com os burros n'água.

Do ponto de vista do Estado brasileiro, da correlação de forças, as privatizações foram um fato grave. Com elas, mudou a estrutura da propriedade econômica no interior da burguesia, mudou a relação da burguesia com os trabalhadores e com o Estado, e o Estado perdeu uma arma poderosa de fazer política econômica.

As Parcerias Público-Privadas defendem a ficção de que a taxa interna de poupança é insuficiente, então se traz capital privado e ele se une ao Estado para fazer certos empreendimentos. Estas parcerias vão privatizar o resto do Estado, mas de uma forma engraçada: com financiamento público.

Quer dizer, está-se pagando para o outro levar. Foi o que o BNDES fez com as privatizações. Ele emprestava para privatizar a empresa estatal. Politicamente, isso tem muito importância. A relação público-privado mudou com as privatizações. O privado avançou sobre a coisa pública. Retiraram-se do Estado elementos que lhe possibilitavam fazer política econômica, industrial, de investimentos.

A sociedade se reformula, se corrige, atinge certos objetivos somente através da política. Quando esta é anulada ou colonizada pela economia, se perde todo o horizonte de justiça social. No ideário capitalista, a participação do Estado na gestão da sociedade deve se restringir ao mínimo, mas uma vez que "o capitalismo não tem projeto social" como ficamos, cara pálida? De forma que a questão, que não é retórica, ainda e sempre se coloca: a quem interessam as privatizações?

Outrossim, acolhendo sugestões de que se fizesse mais ficção e menos política, porque, aí sim, meu texto iria melhorar *horrores*, bem como largar mão de ser bocó e ingênua e dizer yes às privatizações para acabar de uma vez por todas com essa corrupção por detrás e pela frente das barganhas eleitoreiras dos cargos nas estatais, porque só privatizando se moraliza para sempre a economia e o país, então ficcionemos. Até porque foi uma ideia excelente revestir o tema com um manto ficcional na linha Miami-Cancún – ainda estamos de férias, fim deste mês tem Carná, pois o Brasil só começa a falar sério a partir de março e até lá se pode sonhar, sonhar não ofende, não é mesmo? Me and Clóvis Bornay.

Certo. Então alarguemos a prática do possível (perdão, já sei, nada de veadagens de citar Sartre, que mulher não deve ler veadões subversivos, este Sartre era divergente até no estrabismo), levantemos bandeiras em defesa das privatizações de todos os serviços públicos, sonhando em primeiro lugar com a privatização da água, não seria maravilhoso? Já que temos o rio Amazonas?

O papo furado pra boi dormir – e ao som de Mercedes Sosa – é que o acesso à água é um direito humano fundamental, portanto seu abastecimento compete ao Estado, uma vez que a privatização dos serviços públicos – água, energia elétrica, telefonia, comunicações – transforma o bem público em mercadoria. E daí?

Quem não puder pagar pela água da torneira, que use mineral com gás ou Perrier. Se o consumidor realmente contemporâneo tem um incrível leque de opções, para que polemizar?

Ainda bem que o Brasil está sendo pressionado pelo FMI e pelo Banco Mundial, tendo felizmente já iniciado o processo salvador em 2000 na

Amazônia. Aliás, a privatização da água é um processo que ocorre em escala mundial desde a década de 80, tendo como pioneiros Inglaterra e França, ou seja, o Primeiro Mundo sempre à frente, nos deixando – mais uma vez! – duas décadas atrasados.

Segundo estudos da Frente Nacional pelo Saneamento Ambiental, a privatização sai muito mais cara para o consumidor. Se os investimentos forem feitos por órgãos públicos municipais, o preço da água seria de 37% a 48% menor do que no modelo proposto pelas PPP.

Mas quem quer órgãos públicos nessa jogada superprivée? Para subdesenvolver o lance? Para que deixar com cara de Autarquia um projeto que está mais para Bilbao Building?

Com o discurso das PPP, que nada têm de brasileiro, imagine, brasileiro não tem capacidade nem escolaridade nem poder aquisitivo nem pra resolver raiz quadrada, quanto mais engendrar esquemas para quatro multinacionais e com respaldo de agências multilaterais de financiamento!

São elas a Ondeo (filial da francesa Suez-Lionnaise), a Veolia, a Saur e a RWE (alemã e sua filial inglesa Thames Water), que detêm o controle sobre os serviços públicos de saneamento básico do mundo inteiro. E o resultado é o aumento exorbitante do preço da água. Ou seja, algo duma modernização e duma flexibilização sem precedentes!

Em 1995, a Générale des Eaux (Veolia) ganhou o leilão de privatização da água em Tucumán, Argentina, aumentando em 104% o preço dos serviços. Em 2000, a norte-americana Betchel assumiu o controle dos serviços de água de Cochabamba na Bolívia.

Resultado: nos dois casos, a mobilização popular obrigou seus governos a reincidirem os contratos com tais empresas e assumirem diretamente a prestação desses serviços públicos.

Vejam só, no limiar do terceiro milênio, a resistência perversa e burra ao progresso do planeta só perdura nessas republiquetas corruptas de bananas, segundo Hitler, autor da melhor definição para o nosso hemisfério desabado! Aposto que foram as lutas de Cochabamba que animaram a turma do poncho y conga e deu no que deu: Evo Morales Fashion, que cena mais lhama!

Assim, privatização ou ficção? De qualquer forma, as duas latem.

(01/02/2006)

A Morte da Alma Nacional[32]

I

Quando Naomi Klein[33] começou a pesquisar a interseção entre superlucros e megadesastres, imaginou estar testemunhando uma mudança fundamental no modo como a marcha para "libertar os mercados" estava avançando ao redor do mundo. Como ativista do movimento contra o crescimento das corporações em Seattle, 1999, políticas similares estavam sendo impostas pela OMC e como condições vinculadas aos empréstimos do FMI. As três exigências básicas eram *privatização, desregulamentação governamental, cortes profundos nos gastos sociais.*

Contra elas estavam ocorrendo protestos no mundo inteiro. Mas o 11 de Setembro de 2001 parece ter oferecido a Washington o pretexto ideal de não precisar mais perguntar aos países se eles desejavam a versão americana de "livre comércio e democracia" (o que hoje é uma mentira descarada para os próprios norte-americanos perante o governo "oco" e totalmente privatizado de Bush), mas de começar a impor ao mundo aquela versão por intermédio da força militar do Choque e Pavor.

Quanto mais fundo se cava a história de como esse modelo de mercado varreu o globo, comprova-se que a ideia de explorar crises e desastres sempre foi o *modus operandi* do movimento de Milton Friedman (morto em 2006)

---

32 Em memória do jornalista econômico Aloysio Biondi, que em setembro de 1999 escreveu um artigo com este mesmo título na extinta revista Bundas.

33 In A DOUTRINA DO CHOQUE – A ascensão do capitalismo de desastre, pgs. 18,68, 70, 71, 75, 76, 78, 79, 127, 128 e 129. (Rio, Nova Fronteira, 2008)

desde o início – essa forma fundamentalista de capitalismo sempre precisou do desastre para se consumar.

Na década de 70, na Argentina e no Chile, o "desaparecimento de milhares de pessoas" sob os governos militares de Jorge Videla e Pinochet fez parte da imposição a estes países das políticas da Escola de Chicago. A Guerra das Malvinas em 1982 serviu de pretexto a Margaret Thatcher para derrotar os mineiros em greve e deslanchar a primeira onda de privatizações realizada numa democracia europeia.

Voltando: na década de 40, o grande atrativo da Escola de Economia de Chicago vinha do fato de que, numa época em que ideias de esquerda identificadas com *o poder dos trabalhadores* estavam ganhando o mundo, a Escola encontrou um meio radical de defender *os interesses dos proprietários*. Ambos defendiam utopias opostas. Os marxistas eram claros: pela revolução, dissolução do capitalismo selvagem e implantação do socialismo. Mas para Friedman e seus prosélitos os meios não eram tão diretos. Segundo eles, havia sérias falhas no capitalismo norte-americano, tais como leis trabalhistas, controle de preços, educação e saúde subsidiadas pelo Estado; logo, a missão da Escola de Chicago era de *purificação* – suprimir da economia tais *interferências* e *distorções* e deixar o mercado livre para impor suas regras.

Eis o grande achado de Klein: os membros de Chicago não viam os marxistas como seus verdadeiros inimigos. A origem dos problemas estava nas ideias dos keynesianos americanos, dos social-democratas europeus e, sobretudo, dos desenvolvimentistas latino-americanos da Cepal (Comissão Econômica para a América Latina), agência das Nações Unidas criada em 1948, sediada em Santiago do Chile, presidida pelo economista argentino Raúl Prebisch e tendo o brasileiro Celso Furtado como seu membro mais brilhante.

Os cepalinos acreditavam não numa utopia, mas numa economia mista, encarada pelos membros de Chicago como uma tremenda miscelânea de capitalismo para produção e distribuição de bens de consumo, socialismo para a educação, propriedade estatal dos recursos essenciais com a água, os mares nos limites da plataforma continental, as riquezas do solo, etc., além duma legislação destinada a amenizar os excessos do capitalismo.

Assim como o fundamentalista religioso mantém um respeito ressentido por fundamentalistas de outras religiões e ateus confessos, mas despreza os que creem moderadamente, racionalmente, sem fanatismo cego, os membros de Chicago declararam guerra aos profissionais adeptos da economia mista.

Nos anos 1950, os desenvolvimentistas, como os keynesianos e os social-democratas dos países ricos, estavam em condições de jactar-se de uma série de sucessos econômicos impressionantes. Mas o laboratório mais avançado do desenvolvimentismo era a América do Sul, o Cone Sul: Argentina, certas regiões do Brasil, Chile, Uruguai. Durante esse período espetacular de expansão, o Cone Sul começou a se parecer mais com a Europa e os Estados Unidos do que com o resto da América Latina e demais países do Terceiro Mundo.

Na década de 50, a Argentina possuía a maior classe média do continente, o Uruguai tinha uma taxa de alfabetização de 95% e os serviços de saúde eram gratuitos para toda a população. Harberger, um dos friedmaníacos mais atrozes, sempre que voltava de suas frequentes viagens ao Chile nos anos 60, costuma desancar os sistemas de saúde e educação do país – os melhores do continente – como ***tentativas absurdas de viver além das possibilidades do subdesenvolvimento.***

Erradicar o desenvolvimentismo no Cone Sul, onde este havia criado raízes mais profundas, era o grande desafio. Então, dois entusiastas da teoria de Friedman, John Foster Dulles, secretário de Estado de Eisenhower, e seu irmão, Allen Dulles, diretor da recém-criada CIA, chegaram ao poder. Antes disso, ambos haviam trabalhado na firma de direito nova-iorquina Sullivan & Cromwell, representando corporações que só tinham a perder com o desenvolvimentismo: J.P.Morgan & Company, International Nickel Company, Cuban Sugar Cane Corporation e United Fruit Company.

E surgiu um plano que, em sua essência, transformaria Santiago num laboratório de experimentos do livre mercado, dando a Milton Friedman aquilo com que sempre sonhara: um país no qual pudesse testar suas teorias do laissez-faire, tão execradas desde os estragos do crash da Bolsa em 1929. O plano era simples: em 1956, o governo dos Estados Unidos, com o dinheiro dos contribuintes e da Fundação Ford, financiou cem estudantes chilenos para se titularem pela Universidade de Chicago.

Entre 1957 e 1970, o programa incluiu estudantes da Argentina, Brasil e México. Com mais financiamentos da USAID (United States Agency for International Development), os Garotos de Chicago do Chile viraram embaixadores entusiasmados do que os latino-americanos chamam "neoliberalismo", viajando a vários países a fim de *expandir esse conhecimento pelo continente, confrontando posições ideológicas que impediam a liberdade e perpetuavam a pobreza e o atraso.*

Como uma forma de imperialismo intelectual, o projeto era imbatível, mas havia um problema: não estava funcionando! De acordo com os relatórios da Universidade de Chicago, o principal objetivo do projeto era treinar uma geração de estudantes "que viessem a se tornar líderes intelectuais no campo econômico do Chile". Mas os garotos de Chicago não só não lideravam em lugar algum, como eram publicamente ridicularizados.

Pessoal, agora vou citar Klein literalmente: "Os Garotos de Chicago não poderiam ter escolhido uma parte do mundo menos hospitaleira a esse tipo de experimento do que o Cone Sul nos anos 70. A ascensão extraordinária do desenvolvimentismo significava que a área ecoava 'uma cacofonia de políticas que a Escola de Chicago considerava distorções econômicas', movimentos populares e intelectuais se opunham ao capitalismo do laissez-faire. Não eram vozes marginais, mas típicas da maioria dos cidadãos, e se refletiam nas eleições que ocorriam em todos os países. Uma transformação nos moldes da Escola de Chicago seria tão bem recebida no Cone Sul quanto uma revolução proletária em Beverly Hills!

"O problema era grande e profundo: em 1976, a USAID e a CIA compreenderam que o problema era a classe trabalhadora. 'O que precisamos fazer é mudar a formação desses povos', disse Albion Patterson, padrinho do Projeto Chile e membro da USAID. Mas como?

"Entre 1960 e 1970, a esquerda e o nacionalismo representavam a cultura de massa dominante na América Latina – era a poesia de Pablo Neruda, a música de Mercedes Sosa, o teatro emancipador de Augusto Boal, a pedagogia de Paulo Freire, o cinema novo de Glauber Rocha, o jornalismo revolucionário de Eduardo Galeano. Eram os lendários heróis e mártires do passado e da história recente, de Simón Bolívar a Che Guevara. Quando as juntas militares (Chile, Argentina, Brasil, Uruguai) saíram a campo para desafiar a profecia de Allende e arrancar o desenvolvimentismo pelas raízes, fizeram uma declaração de guerra contra toda a cultura."

Sim, aqui fizeram precisamente isso – quer dizer, os militares começaram o que FHC concluiu com chave de ouro: em cinco ou seis anos, clones malditos dos intelectuais de ontem destruíram o que fora construído ao longo de décadas, transformaram o saldo positivo da balança comercial num "rombo" permanente, estimularam o envio de dólares para o Exterior, elevaram os juros para cobrir os "rombos" criados, privatizaram a troco de banana e com dinheiro público as telecomunicações, os bancos estatais, as hidroelétricas.

Com "choques de gestão" quebraram a União, os Estados, os municípios. Destruíram a indústria, a agricultura, o sistema educacional, instituíram o desemprego estrutural. Destruíram mais. Destruíram o sonho, o passado e o futuro: mataram a Alma Nacional.

II

As teorias de Milton Friedman deram a ele o Prêmio Nobel; ao Chile, elas deram o general Pinochet.

Eduardo Galeano,
Dias e noites de Amor e Guerra, 1983.

O Projeto Chile poderia ter terminado como uma simples nota de rodapé na história, mas algo aconteceu para tirar os garotos de Chicago do ostracismo: Richard Nixon se elegeu presidente dos Estados Unidos. E foi ele quem deu a chance aos garotos de Chicago de provar que sua utopia capitalista era mais do que uma teoria de fundo de quintal – uma tentativa de refazer um país a partir do zero!

No Cone Sul, tanto para Nixon como para os garotos de Chicago, a Democracia tinha se tornado inóspita, quer dizer, um sério empecilho: a ditadura era muito mais conveniente.

No Chile, quando Salvador Allende ganhou as eleições de 1970, Nixon deu ordem a Richard Helms, da CIA, "para fazer a economia gritar!" Embora Allende propusesse negociação de termos compensatórios justos para as empresas que estavam perdendo propriedades e investimentos, as multinacionais dos EUA temiam que isso fosse uma tendência que abrangeria toda a America Latina.

Imagine. As companhias mineradoras haviam investido um bilhão de dólares na mineração de cobre chileno – de longe, a maior do mundo – mas já haviam levado para casa 7,2 bilhões! E consideravam-se an-te-ci-da-pa-men-te lesadas.

Assim, as incorporadoras declararam guerra à administração Allende, tendo como líder do comitê a International Telephone and Telegraph Company (ITT), que possuía 70% da companhia telefônica chilena, prestes a ser nacionalizada. Purina, Bank of America e Pfizer Chemical também estavam no conchavo. O único objetivo das negociações era forçar Allende a desistir das nacionalizações "confrontando-o com ameaças de colapso econômico".

Pretendiam bloquear empréstimos ao Chile e levar bancos privados a fazerem o mesmo, idem bancos estrangeiros. Demorar pra comprar produtos chilenos, usar estoque de cobre norte-americano em vez de comprar do Chile, provocar escassez de dólares na economia chilena e por aí vai.

Naturalmente, um senado democrata tentou interferir quanto a isso, apesar dos anos de golpes sujos implacáveis dos ianques – ITT e CIA à frente – Allende continuava no poder em 1973. Oito milhões de dólares gastos clandestinamente com o objetivo de enfraquecê-lo foram inúteis. Então ficou claro que não bastava depô-lo, pois outro semelhante iria substituí-lo. Assim, um plano mais radical foi elaborado. Havia duas "mudanças de regime" que os opositores de Allende analisavam de perto como possibilidades ou alternativas possíveis. Uma era no Brasil, e outra, na Indonésia.

Antes, em 1962, o Brasil se movera decisivamente com o presidente João Goulart, um nacionalista econômico comprometido com a reforma agrária, salários maiores e um plano audacioso para forçar as multinacionais a reinvestir um percentual de seus lucros na economia brasileira, em vez de remetê-los para fora do país e distribuí-los para acionistas em Nova York e Londres.

Em 1964, quando a junta militar brasileira liderada pelo general Humberto Castello Branco e apoiada pelos Estados Unidos tomou o poder, os militares tinham um plano não só para eliminar os programas de João Goulart voltados para os mais pobres, mas também abrir amplamente o Brasil para os investimentos estrangeiros.

A princípio, os generais brasileiros tentaram impor essa agenda de modo relativamente pacífico – não houve demonstrações públicas de brutalidade, nem prisões em massa. Embora posteriormente se tivesse descoberto que "subversivos" haviam sido brutalmente torturados durante este período, o seu número era relativamente pequeno (e o Brasil muito grande) para extravasar os limites das prisões.

Mas em 1968, inúmeros cidadãos resolveram expressar suas inquietações quanto ao crescente empobrecimento do Brasil, o arrocho salarial, pelo que culpavam o programa da junta voltado para os empreendimentos econômicos privados, muitos formulados pelos garotos de Chicago.

As ruas foram tomadas por passeatas contra o governo, lideradas por intelectuais, trabalhadores, artistas e estudantes. Percebendo o sério risco do regime e na tentativa desesperada de manter o poder, os militares mudaram radicalmente a tática: a democracia foi completamente eliminada, as liberdades civis suspensas, a tortura se tornou sistemática e, de acordo com a comissão posteriormente criada para investigar a verdade, "assassinatos praticados pelos militares tinham se tornado rotina".

A propósito: não é estranho ler nossa própria história contada pelos outros?

(26/10/2008)

Anarcocapitalismo & Transgressões Inc.

O neoliberalismo soube aproveitar-se como ninguém dos esquemas libertários da década de 60 – é o que demonstra o filósofo francês Dany-Robert Dufour, professor da Universidade de Paris-VIII, autor de *L'art de réduire les têtes*, editora Denoël, Paris, 2005 (não sei se já existe uma tradução brasileira). Nessa obra, ele evidencia a profunda reconfiguração das mentes realizada pelo mercado, uma vez que este recusa qualquer consideração – moral, tradicional, transcendente, transcendental, cultural, ambiental – que possa impedir a livre circulação da mercadoria no mundo.

É por isso que o novo capitalismo tenta desmantelar qualquer valor simbólico unicamente em benefício do valor monetário *neutro* da mercadoria. Dado que não há mais nada senão um conjunto de produtos que são trocados por seu estrito valor comercial, os homens devem livrar-se de todas as sobrecargas culturais e simbólicas que, até há pouco tempo, garantiam suas trocas.

Dufour comenta: tem-se um bom exemplo dessa dessimbolização produzida pela expansão do reino da mercadoria quando se examina o papel-moeda emitido em euro. Observa-se que estas notas perderam as efígies das grandes figuras da cultura que, de Pasteur a Pascal e de Descartes a Delacroix, indexavam, ainda ontem, as trocas monetárias sobre os valores culturais patrimoniais dos Estados-nação. Hoje, não há nada impresso nos euros além de pontes e portas ou janelas." Exaltando o quê? Uma aridez de natureza-morta? Pede-se às pessoas que se curvem ao jogo da circulação infinita da mercadoria, pois a lei do mercado é destruir todas as formas de lei que representem uma pressão sobre a mercadoria.Ao abolir qualquer valor comum, o mercado está em vias de fabricar um ser privado da faculdade de julgar, sem outro princípio que o do lucro máximo, levado a desfrutar sem desejar (a única salvação possível encontra-se na mercadoria), formado em todas as flutuações da identidade (não há mais sujeito, apenas subjetivações temporárias, precárias) e aberto a quaisquer conexões comerciais.

Estamos aqui diante de um aspecto muito particular da desregulamentação neoliberal, que ainda não é bem compreendida, mas que já produz efeitos consideráveis sobre o psiquismo. E aos sintomas decorrentes desta desregulamentação, chamamos depressão, dependência, pânico, perversões diversas – basta ver qualquer desses filmes shit americanos que passam na tevê a cabo para obter uma AMPLA compreensão do que queremos dizer.

O autor aponta a conexão com o ideário dos anos 60: "Esta desregulamentação simbólica é acompanhada de um ar libertário, baseado na proclamação da autonomia de cada um, abrangendo todos os campos sociais, inclusive o dos costumes. Uma vez que o patriarcado opressivo está em declínio, acredita-se que uma revolução sem precedentes estaria a caminho, esquecendo-se de que foi o próprio capitalismo que comandou esta 'revolução' visando facilitar a penetração da mercadoria nos domínios onde ela ainda não reinava – o dos costumes e o da cultura".

Quer dizer, uma falsa transgressão – só na forma, na aparência, posto não ter mais razão de ser; afinal, transgredir o quê? – já vem prescrita na bula de toda obra artística produzida atualmente. Revolução e transgressão viraram mercadorias e se vendem caríssimo (vide Artes Plásticas) ou baratinho (vide pós-poetinhas) – conforme o índice de ignorância e/ou imbecilidade do comprador.

O próprio Marx escreve: "O que distingue a época burguesa de todas as precedentes é a incessante introdução de mudanças na produção, a desestabilização contínua de todas as instituições sociais, a permanência da instabilidade e do movimento. Todas as relações sociais dissolvem-se; as que as substituem envelhecem antes mesmo de se esclerosarem. Tudo o que era sólido se desmancha no ar, tudo o que era sagrado se encontra profanado e, afinal, os homens são forçados a considerar com um olhar desiludido o lugar que ocupam na vida e suas relações recíprocas."

E essa capacidade de transformar as relações sociais atingiu o ponto máximo através desse novo "anarcocapitalismo".

Essa transformação funcionou tão bem que houve quem tentasse reter apenas o lado "libertário", "jovem" e "conectado", acreditando-se "muitíssimo revolucionário". É exatamente o que quer dizer o anarcocapitalismo, que gosta, senão da "revolução", pelo menos de todas as formas de desregulamentação culturais e simbólicas. Todos os spots publicitários mostram isso. E seria um erro deixar o debate sobre os valores para os neoconservadores. Se abandonarmos esse terreno, ele será, como nos Estados Unidos, ocupado por George W. Bush, tele-evangelistas & pós-puritanos, ou, como na Europa, pelos populismos fascistoides.

O discurso capitalista, dizia Lacan, é algo loucamente astucioso, funciona perfeitamente, não pode funcionar melhor. Mas justamente porque funciona depressa demais, se consome. Consome-se tão bem que se esgota. O verdadeiro problema do capitalismo é que ele funciona bem demais. Tão bem que acaba consumindo tudo: os recursos, a natureza, inclusive os indivíduos que o servem.

Na lógica capitalista, o antigo escravo foi substituído por homens reduzidos à condição de produtos consumíveis. O que permite compreender que é exatamente nesse sentido que devem ser entendidas as expressões da cartilha neoliberal: "o material humano", o "capital humano", a gestão esclarecida dos "recursos humanos" e a "boa governança ligada ao desenvolvimento humano".

Em síntese: a suspensão atual das proibições revela que perdura um verdadeiro projeto pós-nazista de sacrifício do humano. Ele é sustentado pelo anarcocapitalismo que, ao mesmo tempo em que quebra todas as regulamentações simbólicas, possibilita que a técnica avance sozinha até quebrar a humanidade.

(21/08/2008)

Desigualdade Social & Vontade Política

A desigualdade social gerada pelas políticas neoliberais das últimas décadas está sendo apontada como a causa estrutural da grande recessão econômica de 2008 nos Estados Unidos. Dois artigos recentes publicados no jornal *The Nation* chegam a esta mesma conclusão, um deles assinado por Robert Reich, ex-secretário do Trabalho do governo Clinton e professor de Políticas Públicas na Universidade da Califórnia, o outro por Dean Baker, codiretor do Center for Economic and Policy Research. Aliás, a outra face da desigualdade social é a crise de superprodução.

Não se trata de mera coincidência: quando a maior parte dos ganhos do crescimento econômico fica com uma pequena fatia da elite, o resto, ou a grande maioria, fica sem poder de compra para adquirir o que a economia é capaz de produzir, afirma Reich. Ele estabelece alguns paralelos significativos ao analisar pontos em comum entre as crises de 1929 e 2008: "Em 1928, o 1% dos americanos mais ricos recebiam 23,9% do total da renda nacional. Depois disso, a partilha do 1% mais rico declinou acentuadamente. As reformas do New Deal, seguidas pela Segunda Guerra Mundial, o G. I. Bill e a Great Society expandiram o círculo da prosperidade. No final dos anos 1970, o 1% mais rico representava apenas 8 a 9% do total da renda anual da América, mas depois disso a desigualdade voltou a aumentar e a renda reconcentrou-se acima. Em 2007, o 1% mais rico estava de volta onde estivera em 1928 – com 23,5% do total. As duas maiores quebras econômicas da América ocorreram nos anos imediatamente subsequentes a esses pontos máximos – em 1929 e em 2008."

O problema não é que os americanos gastam além dos seus ganhos, mas sim que tais ganhos foram congelados muito abaixo do que o crescimento da economia poderia fornecer-lhes, observa Reich. Durante décadas, o salário médio dos EUA quase não foi alterado, mas entre 2000 e 2007 ele simplesmente despencou. Nessas circunstâncias, a única maneira da classe média manter seu poder de compra foi se endividando.

Enquanto os preços dos imóveis subiam, os americanos transformavam seus lares em caixas eletrônicos. Mas esse tipo de empréstimo tem limites. Quando a bolha da dívida finalmente explodiu, um vasto número de pessoas não pôde pagar suas contas e os bancos deixaram de receber. Mas o resgate financeiro não mudou a estrutura de fundo da economia. A média dos salários continua em declínio e a elite continua a levar a parte do leão.

É por isso que as classes médias ainda não têm o poder de compra necessário para levantar a economia, e porque a autoproclamada recuperação será tão morna, talvez levando a uma segunda queda. Também é por isso que a América estará mais vulnerável a bolhas especulativas e a explosões mais profundas nos próximos anos.Do mesmo modo, Dean Baker afirma simplesmente que "é importante desfazer a afirmação de que a retração econômica está sendo perpetrada pela falta de boa vontade dos bancos em emprestar por conta de seu capital fraco. Essa história não se encaixa nos fatos. A posição de capital de muitos bancos cautelosos é muito boa, e ainda assim eles relutam em emprestar. Do mesmo modo que grandes firmas (Wall Mart, etc.) não têm problemas em levantar agora capital a custos muito baixos.

"O problema é simplesmente que os consumidores estão sem dinheiro algum: logo, bancos saudáveis não emprestam e companhias ricas não expandem seus negócios, porque a fraca demanda torna qualquer investimento arriscado."

Segundo a análise de Baker, "a história da fraqueza econômica sendo resultante de um sistema bancário quebrado é uma completa fabricação. Essa é uma história boa se sua intenção é pegar mais dinheiro para os bancos. Não é uma boa história se o seu objetivo é trazer a economia de volta ao pleno emprego."

Retrospectivamente, ele comenta que nas três décadas subsequentes à Segunda Guerra Mundial não houve qualquer bolha relevante na economia. O crescimento da produtividade foi traduzido no crescimento dos salários que, por sua vez, levou a mais consumo. O crescimento da demanda levou a mais investimento, crescimento da produtividade e dos salários.

Esse círculo virtuoso foi quebrado na era das políticas de Reagan, que visavam a enfraquecer o poder do trabalhador comum. Assim, os salários deixaram de estar vinculados ao crescimento da produtividade, eliminando a ligação automática entre crescimento da produtividade e da demanda.

Isso levou a economia a exceder sua capacidade nos anos 90, com a demanda gerada pela bolha de ações, e nos anos 2000, com a demanda gerada pela bolha imobiliária. Baker argumenta que se as mudanças institucionais da era Reagan não tivessem enfraquecido o poder de barganha dos trabalhadores, essas bolhas não teriam sido possíveis.

A demanda teria acompanhado a capacidade de produção da economia, o FED não teria sentido a necessidade de baixar as taxas de juros para sustentar a demanda. Mais ainda, se o FED tivesse qualquer preocupação com a inflação, supostamente causada pelo crescimento do salário, jamais teria baixado as taxas de juros, como o fez nos anos 90 e ainda mais na década passada. E a queda na taxa de juros sozinha não é responsável pelas bolhas de ações e imobiliária.

Em síntese, o aumento da desigualdade social está no centro da atual crise econômica. E como esse aumento da desigualdade não é um processo natural, mas resultado de uma política consciente, pode ser revertido. Os sindicatos (nos Estados Unidos) têm sido há muito a maior força na redução da desigualdade.

O que quer que possa ser feito para proteger o direito de organização ajudará a reduzir a desigualdade. Ele conclui: "Não é a dificuldade em desenvolver políticas de redução da desigualdade que nos levou a esta crise econômica. O problema é ter vontade política para isso."

Ou seja, a concentração acima, entre os muito ricos, leva à recessão, donde ser desastrosa para a sociedade inteira. Dizendo assim parece um truísmo, o delírio do óbvio, mas, como foi demonstrado acima, até mesmo o óbvio, o evidente, precisa duma poderosa vontade política para ter vigência. Ou por outra: distribuição de renda é uma questão de vontade política e não de política econômica.

(15/7/2010)

Quase Ficção

Primeira Epístola aos Sobreviventes

"Caio, meu querido,

Supondo que quisesse te escrever, como de há muito, supondo que finalmente escrevesse e remetesse enfim a mensagem ao destinatário, ainda assim seria sempre uma carta boomerang, zummmmm, retornando ao remetente, devolvida como reflexo no espelho, pergunta que se repete num eco sem respostas, silêncio de palavras não ditas, de gestos desfeitos.

De qualquer forma, esta não seria realmente a maneira mais gentil de se começar uma carta, mensagem que (supostamente) inclui (deveria incluir) o destinatário, o outro no extremo da corda sobre a qual oscilamos, você e eu, juntos e irremediavelmente separados em meio a tudo isso em que estivemos metidos até o pescoço, isto que chamamos vida, ergo literatura e, já que estamos no assunto, o que nos resta dizer um ao outro?

Nós, que nos traímos, íntimos inimigos, irmãos unidos pelos indissociáveis laços daquilo que só posso chamar literatura (ah, a literatura, assim que escrevo, sinto nojo), esse luxo desnecessário, essa palavra tão omissa, este palavrão; naturalmente supondo que alguém ainda leia com aquele fervor orvalhado dos 20 anos, como líamos Cortázar, Borges, Mário e Oswald, Faulkner, Eliot, Dottie Parker, Clarice, Rosa, Drummond ou Ana Cristina César (o fato é que nem

sempre coincidíamos), sem contar que estou tão distante disso a que chamam literatura – digo, atualmente – a corda estirada da qual saltamos em 1989, você e eu. Sem rede embaixo.

Porque não fomos os únicos neste braço de ferro, neste mano a mano com a vida, neste ato kamikaze e sem volta, não fomos os únicos a nos arrebentar, mas não quero ser extensiva (basta a corda), bastam dois (nós dois) e o nome será legião.

Sem contar que ninguém desce vivo duma cruz.

E de quantas maneiras se pode morrer, digo, futuramente?

Supondo que haja futuro.

Por exemplo, para o Paulo Coelho há, para a Roseane Collor nem pensar, para os Anjos Angelicais et alii nem falar, and last but not least, Edir Macedo, O. J. Simpson e Bill Gates, é claro (que porra, já nem consigo ser engraçada).

Porque não quero falar da inversão de valores.

Mas supondo tudo isso, a medida do homem onde?

De quebra, o quebra-quebra geral da classe média, dos "mais lúcidos e sensíveis", daqueles que prometiam tanto, quebrando aqueles (nós) que acreditavam que o futuro fosse possível, que o milagre e o Brasil se consumassem (devíamos estar malucos), nós, que aos 20 anos ríamos tanto, do alto dum futuro futuramente impossível. Do lado errado da sorte.

Contudo, se o Brasil não tem História, só Geografia, ONDE entra Alagoas nisso?

Supondo que se encontre Alagoas no mapa da Suíça. Ao sul do Mercosul.

Naturalmente é melhor enfiar o bom senso no cu, a viola no saco e a cara na revista Caras, que é a cara do Brasil/2000. Na capa, Denilma Bulhões & Toalhas Molhadas: a Mãe Pátria. Enquanto isso, na novela das oito, um gerente de banco negro, tão bonzinho e sensível e galã, embrulha pra presente as mesmas tramas e intrigas de quarenta anos-luz atrás e ninguém nota, por quê, Caio, por quê? Esse horror à realidade? Aliás, onde a realidade?

Ok. Me manda pro inferno, cara, diz que estou amarga, é só estalar os dedos que eu desapareço, porque, ah, a lucidez – outro luxo – ah, a consciência e, ah, sim, a leitura destas tuas *Ovelhas Negras*: vinte anos de lobo e de cão, de amor e poder, de glória e de dor, em todo caso de pé na estrada por quem sabe onde pisa. Porque ISTO é a realidade, é o que importa (me importa). Tua obra, tua essência, tua permanência – isto que pulsará em qualquer tempo, reproduzindo para sempre o nosso tempo, mar aberto ao infinito.

E agora, meu chapa? Em meio às hecatombes editoriais vigentes e circunvizinhas, a medida do escritor onde? Ergo, quem vai te decifrar? Digo, futuramente? Supondo que restem uns longes de lucidez nesses tempos sombrios, clarões no coração da treva.

E, por derradeiro, meus sinceros votos de que a puta vestida de verde ainda durma na cama ao lado (outra cruel metáfora que inventei pra botar no lugar da esperança). Mas no fundo, no fundo, suponho que tive que te dizer isso tudo porque estou condenada a viver.

Márcia Denser

Os Últimos Dragões: Como Perder o Tesão de Escrever

Para Luiz Gê

Sou escritora profissional, 58 anos, quarenta de carreira literária por vocação (inevitavelmente jornalista, por deformação profissional) e estou prestes a desistir de tudo isso, isso que, para mim, era um prazer — embora não fosse absolutamente um prazer — antes um gosto de sal, um desejo de renunciar a toda escrita enquanto escrevo, porque já não escrevo quando penso em todas as circunstâncias adversas que tornaram a cidade um local profundamente insalubre (não bastassem as internas, como o terror, a inércia o terror o adiamento da verdadeira vida) para esta escriba, circunstâncias que me obrigam a esquivar-me, engendrar expedientes, me fazendo recuar, me acossar, restringir-me a este caderno e a esse momento solitário em meu estúdio quando subitamente percebo que é vital essa espécie de balanço e ajuste de contas, de levantamento das atuais circunstâncias sociais adversas, as mesmas que até há poucos anos me incitavam a prosseguir, mas que agora me remetem ao âmbito dum cerco que se instaura e me sitia – como um horizonte de cães – tornando insuportável simplesmente o ato de sair, sair no verdadeiro sentido da ação que ficou sem sentido, ação/contenção, ação/inação, ergo não ação, não existência, desistência. Bom.

Simplesmente sair, sentar num bar, pedir um drinque, acender um cigarro, abrir este caderno, simplesmente começar a escrever e lá ser deixada em paz com meu drinque, meu cigarro, minhas palavras, minhas ideias, concentrada sobre esse texto que começaria se estendendo, espiando o início da noite, alheia ao ruído, perfeitamente concentrada e feliz e perseguindo as evoluções silenciosas eriçando-se de negros caracteres na fímbria dessa tessitura febril. Mas todas essas circunstâncias foram estancando, minguando, secando o fluxo da consciência, porque o cigarro já não é possível, donde o drinque fica meio chocho e este caderno, esta caneta tão anacrônicos, clamando por um laptop, por enquanto fora de cogitação, até porque não posso me dar ao luxo de perder ficção, foda-se o laptop, e logo eu, que gosto de beber meio além da conta e fumar compulsivamente principalmente quando o trabalho deslancha, atenta unicamente a esta voz interior, o surdo ditado imperioso urdindo palavras, sentenças, períodos, determinando ritmo e andamento acelerando vertiginosamente o sincopado o contraponto da ação em direção ao seu destino, buscando o verbo que as leve e o diabo que as carregue.

Em linhas gerais, era disso que tratava meu mister de escritora, constatando desesperadamente que agora o mundo levanta muros, interdições e justo a mim que me basta tão pouco – um bar, um drinque, um maço de cigarros, a cidade que anoitece, vozes inaudíveis, garçons, sombras esquecidas – aquele espetáculo de sombras passando ao nosso lado, porém vivendo num mundo paralelo – roubando a metáfora de Conrad ao se referir às embarcações nativas ao cruzar as naus de Sua Majestade, só que, no meu caso, "do outro lado" estava eu: ***out and nowhere.***

Simplesmente aparecer em lançamentos de livros, encontrar amigos que conversavam e fumavam e bebiam – que não pintavam a contragosto por obrigação, mas como quem vai a uma festa – donde rosas, vinho, risos, êxtases, rupturas, sexo casual always, controvérsias, imprevistos, polêmicas, olhares hostis ou não, mancadas, gafes, ódios viscerais, conspirações (todas furadas, claro), dois ou três amores, saudades, ausências, centenas delas, *milhares* – e o monstro social de mil línguas flamejantes nos fazia renascer mais belos, brilhantes, engraçadíssimos, dada a inexistência de 1) seguranças; 2) café descafeinado; 3) cerveja sem álcool; 4) crachás; 5) metanfetaminas & garrafinhas d'água; 5) iPod; 6) lanches e sucos naturais; 7) fones de ouvido; 8) telão; 9) Atravessar incontáveis barreiras e avançar em meio a um dédalo de emoções inúteis; 10) Desacontecimentos Inc.

Desacontecimentos lá fora, silêncio (desescritora) aqui dentro.

Como naquele jazz, ***Out and Nowhere***.

Da minha laia, encontro um amigo cartunista: desenha e solta e espalha imagens em mesas com toalhas de papel, esboços balbuciantes que vão se alastrando, esboçando caras, focinhos, narizes, plantas que viram animais que viram monstros que se petrificam ou explodem em híbridas trepadeiras oceânicas conforme seus humores & universo pessoal: não desenha para se comunicar, mas pra mergulhar, desaparecer, descer buscando restabelecer contato com aquele mundo mais perdido e mais profundo que persegue interminavelmente oceânico. Ele também recusa, também nega qualquer aceitação das presentes circunstâncias adversas e sem tesão, daí subverte as convenções de superfície forrando-as totalmente com respostas sem perguntas: ***Out and Nowhere***, fora e em nenhum lugar.

Assim como ele, me sinto tão longe e absurdamente tão próxima do mundo, dos outros, da vida, do ano de 2010, dum bar na Vila Madalena onde alguém senta ao meu lado e pergunta se estou escrevendo um novo livro e nesse caso porque à mão? Coisa mais antiga, compra um laptop, fone de ouvido, aí sim você fica muito mais ***now and here*** (sic), mas não devia fumar, aliás, aqui é proibido, saca, é proibido em todo lugar, se liga, apaga isso, não dá mole pro segurança, pede um suco de acerola, tigela de açaí, taí o convite do lançamento do meu novo livro, vai ser na Fnac, 19h às 21h, vai ter umas leituras, conto contigo, convida aí teu amigo, coquetel, claro, chás e sucos bem natureba, e vê se não atrasa porque fecha.

Então ficamos olhando ele ir embora com aquelas roupinhas, aquele topete eriçado bico de pato de quem acabou de abrir uma franquia do FransCafé no Iraque, eu e meu amigo cartunista, ficamos só olhando, assim, sem palavras.

Nós, os últimos dragões.

(10/05/2010)

Novas Bachianas Brasileiras

Mas nem tudo é sombra e consciência infeliz porque, afinal de contas, o Brasil continua produzindo grandes momentos iluminados, a gente não precisa ficar por baixo, até porque já se decidiu que quem fica por cima de tudo e o tempo todo é a elite mesmo e acabou-se, ela fica, digamos, por cima das terras, que no Brasil são também motivo de orgulho (aliás tanto as terras como a elite combinam, lé com lé, cré com cré, ambas são belas, exóticas, finas e chiques e de frente para o mar, politicamente corretas, logo contrárias ao protocolo de Kyoto e a favor de qualquer coisa que venha de Washington, ALCA, OMC, NAFTA, porque o povão tem mesmo é que se foder), posto que vastíssimas e alheias, mas como já têm dono, pertencem à elite, e é assim que tem de ser porque, se o brasileiro já não sabe votar, imagine se saberia administrar oito e meio milhões de quilômetros de terras vastíssimas, alheias e de frente para o mar, mas não, então ele (o brasileiro) vai e invade e pronto, assim, hediondamente.

Que a coisa virou mesmo crime hediondo, ao menos esse governo petista e fajuto fez alguma coisa boa, justa, líquida e certa ao confirmar os latifundiários nas suas (deles) vastíssimas e exóticas e lindas terras de frente para o mar, consequentemente botando o hediondo pessoal do MST no seu (deles) lugar que, aliás, sem dúvida alguma deve ser hediondo o bastante para que fiquem longe, o mais possível das vastas terras alheias e latifundiárias, conforme houve por bem decidir a vontade do povo que é soberana quando se vive numa democracia plena, boa, justa, líquida e certa.

E falando em líquido e certo, não esqueçamos os senhores banqueiros, que estes também ficam por cima, tomando conta do nosso dinheiro, como é justíssimo e perfeitamente correto.

E todos de frente para o mar.

(01/12/2005)

Voo Extra

Andei viajando pelos brasis, de segunda a domingo, entre Ribeirão Preto e Cuiabá, subindo e descendo de aviões, e começam por aí a covardia, a caretice, a plastificação, a pasmaceira, a inééééééééééééééércia sem limites do brasileiro médio nos dias atuais. A perda total da capacidade de indignar-se, lutar por direitos, que sejam mínimos, mas é aí que o bicho começa a pegar.

Para Ribeirão Preto fui de TAM, ainda infinitamente melhor e preferível à Gol, a despeito de TODOS os defeitos: atrasos, mudanças de portão de embarque, etc. Mas, explico. Desde o check-in fui tratada com toda cortesia, toda mesmo, de acordo com minhas exigências habituais: 1) Bajulação (sempre); 2) Sentar bem atrás, na cauda, últimas poltronas; 3) E sozinha; 4) Por favor. Não é pedir muito; 5) Todo o resto é tolerável.

Contudo, as vantagens não param aí: na TAM, por exemplo, permitem, até encorajam, com as bajulações de praxe e respectivo serviço de bordo, que se beba o próprio uísque/vodca/rhodiasol de garrafinhas pessoais ou adquiridas nas duty-frees dos aeroportos. Sabe Deus que qualquer um tem o direito de estar estressado, paranoico, com dor-de-cotovelo, cansado, apavorado, querendo relaxar e não querer, *de forma alguma*, suco/cerveja/guaraná/fanta/ocaralho, inclusive porque NÃO É PERMITIDO FUMAR seja onde for, de forma nenhuma, então, please, um uisquinho ao menos.

Para garantir minimamente meus direitos humanos.

E permitam que lhes diga. Como escritora, ainda escrevo à mão. Trabalho duro, duríssimo, não fico enrolando no laptop, fingindo que escrevo, fingindo que trabalho, que vivo ligada na web, onde naturalmente vi muito neguinho jogando pa-ci-ên-cia e-le-trô-ni-ca. Duma pobreza abissal esses emergentes de lugar nenhum.

Aliás, em razão de preço e outras cositas más, o voo da TAM nem vai nem volta lotado. Mesmo assim, talvez para compensar os atrasos, botam escadas de desembarque na traseira do avião. Embarque e desembarque rapidinho, com toda a cortesia e ninguém te constrangendo a limpar nada na saída. Sim, a TAM, mil vezes. Essa companhia ainda é HUMANA, lembra a falecida Varig que, até ano passado, Bienal do Livro/2005, servia saladinha de frango e vinho branco na ponte aérea.

Infelizmente, para Cuiabá não teve perhaps: ir de Gol ou não ir. Fui. E ainda bem que voltei com o escritor Nelsinho de Oliveira, companheiro de viagem e cruz aérea. Parece que na Gol estão te fazendo um IMENSO FAVOR de te carregar pelo espaço desde que concorde com tudo, seja completamente passivo e PERMANEÇA quietinho ao ser amordaçado, amarrado e constrangido, como quem fica de castigo da vida quando em viagem, e que isso seja NORMAL doravante, pois futuramente, fora do castigo, não há salvação nem qualquer outra empresa aérea. Não pode isso, não pode aquilo, impossível, é o que mais se ouve, parece gravação: não é possível, impossível.

Pudera. Voos lotadíssimos, (em caso de acidente, não ia sobrar ninguém, a demografia a bordo não te daria nenhuma chance). Porque o avião vai arrebentando de gente & bagagens de mão. Trilhões de passageiros, homens, mulheres, velhos, crianças, bebês e milhões, zilhões de sacos, sacolas, bags, bolsas, caixas, caixotes, o diabo. Fora o check-in. Queria ir atrás? Impossível, os lugares estão ocupados. Sozinha? IMPOSSÍVEL, ESTAMOS LOTADOS. No corredor? Vamos verificar. Se você ficar boazinha, claro. Calminha.

Sem contar o atentado contra os direitos humanos: dois anos atrás, voltando desavisadamente pela Gol da feira de livros de BH, fui PROIBIDA de beber meu próprio uísque (garrafinha de metal) a bordo. Meus direitos. *Alegaram serem proibidas bebidas alcóolicas no avião. Por quê? A Gol pertence à Igreja Universal? Aos mórmons?* ironizei. Desde então, faço uma única ressalva aos patrocinadores de todas as minhas viagens: não viajo pela Gol, tudo menos isso.

No desembarque, please, a proposta indecente para que se limpe o avião, naturalmente para ELES economizarem empregos e tempo na limpeza entre voos e cumprir o binômio contraditório nos termos: lotação máxima & pontualidade. Vão se danar! Ladies and gentlemen, fasten your seat belt, vamos contribuir para tornar a Gol – a opção inteligentíssima para os bolsos dos donos da Gol – a maior e, brevemente, a única companhia aérea do Brasil.

Empresas como a Gol dão certo porque, quando o econômico "coloniza" a empresa aérea, ele "lobotomiza" o consumidor, que aí vira passageiro da agonia, lembrando Lúcio Flávio, um pré-PCC anos 70.

E para você, brasileiro/cidadão/consumidor/passageiro/eleitor que não vai à luta, o pesadelo continua.

E estamos conversados.

(7/5/2006)

Paulistanas

Gostaria de escrever em 2010 sobre São Paulo assim como Gay Talese escreveu nos anos 60 sobre Nova York. Bem, eu poderia até *tentar*, mas seria impossível. Porque o tempo não passa em vão. Retificando: mas eu poderia falar duma São Paulo que conheci na década de 60 e que, aí sim, seria possível adotar um ponto de vista semelhante ao de Gay Talese descrevendo NY como uma cidade onde as coisas passavam despercebidas, NY e seus anônimos, NY e seus esquecidos, NY e seus personagens, NY e suas profissões estranhas – coisas, pessoas, locais, formas de vida, especificidades únicas, logo universais.

Na década de 60, aos domingos, as famílias da pequena e média burguesia paulistana (como a minha) iam aos cinemas no centro da cidade: *Marrocos, Metro, República, Ipiranga, Marabá*. Ia-se *passear* no centro velho da cidade, almoçava-se no restaurante *Leão*, na av. São João, próximo à Praça do Correio, no *Papai*, da Praça da Sé, no *Carlino*, da Vieira de Carvalho, ao lado d'*O Gato Que Ri*, no Largo do Arouche; no *Giordano*, da Brigadeiro Luís Antônio com Viaduto Maria Paula, no *Itamaraty* (caríssimo este, frequentado por juízes, promotores, advogados, a fina flor do Largo São Francisco), no *Guanabara*, do Anhangabaú, aliás, tanto este como o *Brahma*, em plena Sampa (Ipiranga com São João), foram "revitalizados", assim como o *Ponto Chic* – onde inventaram o bauru – originalmente no Largo Paissandu. Já o *Sujinho*, o *Morais*, o *Bar das Putas* são produções bem mais tardias, ocorridas a partir de 164 – vigorava a moda de "ir ao povo", segundo Roberto Schwarz, o intelectual engajava-se, CPCs, Nara Leão & Zé Kéti.

Mas essa época não vale. Quero mais é lembrar a São Paulo da boate *Oásis*, do *João Sebastian Bar*, da primeira *Baiúca*, do primeiro *Djalma*: não eu, os lugares que meus pais frequentavam. Estas são as memórias não ficcionalizáveis: aos 10 anos, nossa cabeça é como uma tela em branco que tudo absorve tal como vem, sem retoques, sem emoções, sem pré-julgamentos, sem preconceitos – são memórias não retificáveis, inegociáveis: primeiras impressões duma São Paulo definitiva.

Porque a década de 60? Porque foi quando, ainda criança, lancei o primeiro olhar inteligente para fora de mim, em direção ao mundo exterior, e este devolveu o olhar em reconhecimento. É o equivalente mais próximo que tenho de "realidade" e "verdade". Por isso tais lembranças são indeléveis. Brasília acabara de ser inaugurada, passar as férias no Guarujá era the must, especificamente no *Sobre As Ondas*, acabavam de sair as primeiras kombis – meu pai tinha uma verde e branca e dois fuscas – no espaço simbólico ocorria Jobim, Vinicius e os "óculos Ronaldo", Aída Curi acabara de ser assassinada, São Paulo ingressava na modernidade ainda com um pé no passado, mixava bondes e cadilacs, a cavaleiro de dois tempos. (E papai era decorador de Jânio Quadros, Tutu e Pedroso Horta: entendem o que quero dizer? Memórias indescritíveis, inacreditáveis.)

À nossa disposição, dois mundos, dois universos, daí a precisa compreensão do presente – por experiência e de fato, pelo que nos contavam e líamos e víamos simultaneamente – de como iria virar a História: o mundo era aquele lugar onde a gente se aventurava pessoalmente. Quando completasse 18 anos. Ou antes.

Li no blog dum escritor amigo, Nilo Oliveira, que é de Londrina, que sou *a única paulistana que ele conhece*. Não é engraçado? Para ele, todo mundo que mora em Sampa ou veio de ou vai para outro lugar, jamais é autóctone! Se este é um ponto de vista válido, deve ser porque Sampa não tem autoconsciência do próprio cosmopolitismo, seu universalismo, condição sine qua non para ser única em todo o mundo (atroz é o provincianismo burro de suas classes médias, profusamente estratificadas em Sampa).

Voltando a Gay Talese: essa autoconsciência, NY mantém plenamente não só desde os anos 60, mas desde sempre: cada nova-iorquino, um cidadão do mundo (não sei, mas pressinto que não tem muito a ver com o fato de ser o centro do Império, é terrivelmente outra coisa a qual não sei dar um nome). Oi, Nilo, mas é isto que sinto por me saber paulistana, uma cidadã do mundo, daí sua impressão de eu ser a única.

Mas nunca é tarde para esta porra desta cidade retificar um equívoco que já dura 456 anos. (Já o Marcelo Mirisola não vale: é o provinciano mais nômade que eu conheço, um mix absurdo de genialidade e anarcoanalfabetismo emocional, cruzamento improvável de cigano com paulichão de chinelo, cruzes! Mas pensando bem, ele só seria possível em São Paulo).

E por esta razão – este provincianismo estapafúrdio – é que amo & odeio São Paulo ao mesmo tempo, os dois sentimentos convivendo maldita e abençoadamente dentro de mim – partes inseparáveis e constituintes deste universo – dilacerada que vivo entre os opostos. Problema meu. Porque o resto é periferia.

(28/01/2010)

(No mês de novembro de 1995 escrevi uma última carta para meu amigo, o escritor Caio Fernando Abreu. Pouco antes, tivera um encontro bastante emocionado com ele, no lançamento da coletânea *Ovelhas Negras*, na livraria Cultura. Rodei, virei, mexi, por fim escrevi esta carta que retive um tempão, sem coragem de mandar. Me parecia demasiado cruel, dadas as condições dele. E quando finalmente a enviei – final de janeiro – ela não mais o alcançou, pois Caio veio a falecer numa praia gaúcha, com sua fiel amiga Déa ao lado, em fevereiro de 1996. De forma que a carta voltou, zummmmmmmmmmmm, retornando ao remetente, uma carta boomerang. E profética, senão confiram o primeiro parágrafo.

Que tornei uma peça de ficção. Mas que, não menos misteriosamente, esqueci de incluir em minha obra escolhida, o *Toda Prosa II*. Com um prefácio de outro gaúcho, Fabrício Carpinejar, escrito em forma de carta, algo entre declaração de amor e confissão de fé literária, e o texto mais sublime entre todos que me foram dedicados até hoje. Então, por estas e outras razões e coincidências absurdas, a tal carta, que chamei *Primeira Epístola aos Sobreviventes*, só sai publicada em livro agora. E aqui.)

Heresias

Nomear o óbvio, isto é, que o rei está nu, virou heresia, dado o HORROR às realidades e às verdades mais óbvias que naturalmente, pouco a pouco, vão virando mentiras, sem contar a ausência de direito à opinião própria que supostamente DEVERIA existir numa democracia. Senão vejamos:

- Quando digo que a obra literária de Chico Buarque é ISO 90.000 de Esquecibilidade e o próprio Chico himself, um gênio aposentado da MPB que arranjou um hobby lucrativo para a terceira idade;
- Que o movimento *Cansei* foi um peça de pano rapidíssimo, submergindo no mar do ridículo seus adeptos & ideólogos, tipo Ivete Sangalo and her brother, Hebe, Regina Duarte, Ana Maria Braga – as quatro cavaleiras do Apocalipse com botox;
- Que a polêmica sobre o filme *Tropa de Elite* é outra bobagem, uma vez que este não polemiza porra nenhuma, nada mais fazendo do que ilustrar ficcionalmente o ponto de vista da polícia (assim como o filme *Cidade de Deus*, malgrado a estética ou talvez por causa dela mesma, fez com os traficantes pobres e fodidos);
- Que não passa de histeria pra vender jornal e naturalmente criminalizar os jovens da classe média baixa pelo tráfico de drogas (porque os da média alta ninguém criminaliza), ou seja, assustar e criminalizar setores da classe média média e média baixa para que estes continuem votando em sujeitos que governam CONTRA OS SEUS INTERESSES, quer dizer, conforme os interesses da superelite apátrida que não representa ninguém;
- Que veja-se as sucessivas e desastrosas gestões paulistas do PSDB que, de Covas à Serra, governam em nome e a serviço do Capital, e com o tempo vão se requintando mais e mais, a exemplo do Alckmin, o autonomeado "gerente do Brasil", na campanha para presidente fazendo comício na Favela da Rocinha com a filha & bolsa da Daslu

de US$ 1.500 a tira-colo, ou Serra mandando demitir qualquer jornalista que ouse lhe pedir contas seja das obras do metrô seja da crise na universidade, donde o silêncio sepulcral que paira sobre a mídia about a gestão de tal senhor, salvo para apoiar/aplaudir & assemelhados;

- Que sob as gestões tucanas destruiu-se a Secretaria Estadual de Cultura, que acabou virando uma espécie de piada boa demais, entre intelectuais, escritores, críticos, cineastas, artistas plásticos, cartunistas, arquitetos, atores, músicos (a chamada "minoria ruidosa & perigosa"), algo que, se foi verdade até os anos 80, deixou de ser a partir de 90, até porque todo mundo abriu as pernas – sobretudo quando referida mídia periodicamente proclama, aos quatro ventos, *eventos* no, digamos, Memorial da América Latina, que hoje literalmente não passa do Túmulo da Cultura – não se pode dizer que ele não tenha cumprido sua vocação assim expressa pelo Capital;
- Capital que anda entupindo empresas públicas e privadas com estagiários a partir de 12 anos, promovendo o chamado Assédio Etário, uma das falanges dos exércitos de reserva de mais-valia, donde que os profissionais no exercício de suas funções viraram ilhas cercadas de invasões por todos os lados, inclusive o de dentro, pois que nome darei a esta Sutil Intimidação Psicológica que do ponto de vista hipócrita do patrão é Paranoia?
- Uma vez que o Capital apenas finge celebrar a juventude enquanto lhe nega qualquer futuro, carreira profissional, educação superior, porque a juventude só lhe é conveniente deixada inculta, mal informada, engolindo tudo o que lhe é enfiado pela mídia/patrão & quejandos, simplesmente porque a ninguém interessa educá-la, não é, cara pálida?

(28/10/2007)

Impressões do Rio Pós-2000

Continua lindo naturalmente, mas como o definiu poeticamente uma dama carioca à beira da piscina do Hotel Glória, o Rio é hoje uma bela senhora decadente. Quer dizer, a cidade continua linda, mas baixou de categoria. Não pude deixar de associar essa ideia ao destino duma personagem de Jorge Luís Borges, Teodolina Villar, deslumbrante beldade da sociedade portenha que, com a falência da família, abandona a mansão de Palermo e comete o solecismo de ir morrer em pleno Barrio Sur. [34]

Quando queria, El Brujo podia ser absolutamente implacável, mas não o serei com o Rio que, em função de sua história, é nosso patrimônio comum e ainda a imagem turístico-cultural do Brasil para uso externo. E interno. O Brasil-paixão, o Brasil-tesão é o Rio, não São Paulo, não Floripa, e muito menos Sorocaba.

Me lembro do Rio na década de 70. Deixara de ser capital há dez anos, mas, longe de estar decadente, mantinha seu status de Corte: as músicas, as musas, as modas e os modismos saíam de lá, continuavam centrais, e o resto – São Paulo sobretudo – era província.

Depois disso, só fui ao Rio a trabalho, rapidamente, mas três décadas não passam em vão. A ausência das verbas federais hoje são visíveis, a começar pelo ano dos automóveis, as roupas, até os hábitos da população; pela promíscua frequência no calçadão de Copacabana, notadamente nos fins-de-semana, mix de Índia com Bolívia, e a terminar no narcotráfico surdamente onipresente. Por exemplo: aos empresários paulistas – um garçom com quem conversei à beira da piscina – só conseguiu contrapor os traficantes locais. Numa roda de chope, alguns escritores comentavam que "agora em São Paulo só se fala

---

34 in O Zahir, pg.83. O Aleph. Porto Alegre, Globo, 1972.

inglês", repetindo maldosamente o que dizem as velhas raposas com amarga ironia.

Alguns amigos e intelectuais cariocas, como o crítico Ítalo Moriconi e o poeta Paulo Henriques Britto, confessaram-se aborrecidos com a prolongada hegemonia de São Paulo há 12 anos no Planalto e, ao mesmo tempo, seriamente preocupados com a possibilidade de ascensão à presidência de um Antony Garotinho – isso no que se refere às hecatombes políticas cariocas do momento.

Observei que, quanto às hecatombes, eles não precisavam se preocupar, São Paulo não daria chance a Garotinho enquanto pudesse votar nas próprias, que abundam, sem contar que a última vez que votamos num alienígena para a Presidência nos demos mal, pois, convenhamos, Collor não passou duma alucinação coletiva (aliás, a depender da famiglia Collor, o século XVII jamais chegará a Alagoas!), que concretamente meteu a mão no bolso de toda a população em nome da própria república (das Alagoas).

Percebo que, atualmente, o Rio gravita em torno de dois eixos de poder: a Rede Globo e o narcotráfico. E concluo que, malandramente, para o melhor e para o pior, o carioca continua exercendo sua vocação eterna: a produção de sonhos.

Conta Mais

Uma revista pediu a vinte escritores brasileiros (eu incluída) a lista dos dez melhores livros de contos. Escritos em qualquer época, em qualquer língua. No fundo é aquela bibliografia de sustentação do escritor – os livros que ele relê – e que possui um caráter quase imutável, permanente, eterno. Falando francamente, nem sempre posso atender a esse tipo de solicitação – e para mim já são muitas, vocês nem imaginam – contudo alguma mola secreta deve ter sido acionada porque parei, pensei *puxa, dez livros de contos? mas eu me amarro em livros de contos!* De forma que uma hora depois estava feito. A lista:

1 – *Todos os Fogos, o Fogo* de Júlio Cortázar.

Este livro é a suma da contística cortazariana – e JC contista se insere entre os melhores do mundo na literatura contemporânea – sobretudo quanto ao exercício duma técnica refinadíssima posta a serviço da originalidade, o que dá textos como *A auto-estada do sul, Senhorita Cora, A Ilha do Meio-Dia,* o conto título.

2 – *Ficções,* de Jorge Luís Borges.

Bom, este é outro. Suma da contística borgiana que, por sua vez, é um dos melhores do mundo, etc. Maravilhas da ficção, posto que escrita em forma de ensaios. Apócrifos. Hilariantes. Impagáveis. Divinos. Quem não rir, é porque simplesmente não está pronto pra ler Borges. Que também não é para amadores.

3 – *Música Para Camaleões,* de Truman Capote.

Neste livro, TC talvez, sem o saber, dá o melhor de si: confiram *Mojave, Pequenos Ataúdes, Um dia de trabalho* ou *Olá, Desconhecido*: simplesmente brilhantes! O melhor desse cara de quem o mundo pensa que o melhor é *A Sangue Frio*: vão se danar!

4 – *Nove Histórias,* de J.D. Salinger.

Quando se é mais jovem e inexperiente, se gosta mais. Depois, hum, serve. Salinger tem umas obsessões, umas exclusões, um jeito ianque e judeu demais de ser mascarado. Mas continua terrivelmente eficiente, podem apostar. Irretocável. Foi a "tecnologia do futuro" em matéria de diálogos. Foi também a evolução de Hemingway que, graças à Salinger, saiu da minha lista.

5 – *Feliz Ano Novo,* de Rubem Fonseca.

Zé Rubem é, de longe, o grande contista brasileiro contemporâneo (melhor que eu, Mirisola, Caio F. e Dalton Trevisan): *O homem de fevereiro ou março, A força humana, Feliz Ano Novo, Lúcia MacCartney* e outros. Beneficiando-se da leitura acumulada dos tough writers – os escritores durões norte-americanos – constitui o esplendor da nossa prosa urbana em sua intensidade máxima. A merda é que, graças ao mercado editorial, depois só produziu romances idiotas, tijolaços estufados de nada, desses que só servem para escorar os outros livros na estante. Meu Zé, meu Rubem.

6 – *O Aleph,* de Jorge Luís Borges.

Porque nessa coletânea se inclui aquele que considero sua obra-prima: *O Imortal.*

7 – *Três Contos,* de Gustave Flaubert.

A leitura de *Herodíade* é absolutamente necessária para qualquer um que "se julgue" escritor.

8 – *Alguém Que Anda Por Aí,* de Júlio Cortázar.

Um dos últimos do grande mestre. Experimentem *Queríamos tanto a Glenda* e o conto título. Dum refinamento abissal.

9 – *Notas da Arrebentação,* de Marcelo Mirisola.

Mirisola é o grande prosador brasileiro que surgiu nos anos 90, genial, intuitivo. Sua proeza maior? Elevar o clichê, o banal, todo o lixo verbal produzido pela cultura de mercado à categoria de fenômeno estético. Por mim, o sujeito já podia quebrar o lápis e parar.

10 – *Histórias dos Mares do Sul,* de Somerset Maugham.

Para quem gosta de literatura, a escolha é óbvia. Pensem em *Chuva, Mackintosh, Honolulu*! Mas para quem não gosta, azar, não tenho saco para explicar.

Muita gente vai estranhar as ausências de William Faulkner – meu favorito, mas um *desastre* como contista – e James Joyce de *Dublinenses*, seu único livro de contos – que não incluí mesmo porque não quero me fazer de besta, nem posar de culta.

(20/03/2009)

Vinis Inesquecíveis

***Bachiana no. 5* – Heitor Villa-Lobos** – Em TODAS as versões, mas a última – e mais gloriosa – consta dum disco do Egberto Gismonti cujo título não lembro, porque sumiu aqui de casa. Esta Bachiana liga a consciência profunda brasileira ao humano universal: ouvi-la nos faz sentir eternos. É meu hino pessoal.

Tocaria em meu casamento, mas como já não é possível, tocará em meu funeral.

Naturalmente, não estarei presente, mas a eternidade, vislumbrada em seus acordes, já será real.

The Köln Concert – Keith Jarret – Esse cara é sofisticadíssimo! Uma das minhas afinidades eletivas. Para muita gente, pode ser um saco, para mim, é direto na veia, aliás, tenho tudo dele: *Suite Survival*, *The Celestial Hawk*, *The Köln Concert*, etc.

***Libertango* – Astor Piazzolla** – Outro de quem tenho todos os vinis. É tango tocado em rotação alterada, como se seu fracasso implícito – cujas paixões e lutas anônimas e inglórias de todos os submundos, periferias e subúrbios miseráveis (que, segundo os naziliberais de plantão, se tornaram descartáveis, como se fosse possível dispensar sem mais aqueles 99% da humanidade) – se consumasse numa espécie de secreta vitória.

***Saudades do Brasil & Passarim* – Tom Jobim** – Um Villa-Lobos versão lírico-ecológica. Uma espécie de *Zeitgeist* dos anos 60 – Brasília, a Revolução Cubana, o Cinema Novo. Seu lirismo translúcido reflete um tempo quando o Brasil teria sido possível dum certo jeito (na verdade, o Brasil se tornou possível, mas *de outro*). Não é só Deus que escreve por linhas tortas. Todavia, a permanência da sua música é a possibilidade de que nem tudo está perdido. De que é possível. *Daquele jeito*, se é que me entendem. Único defeito: não ser o autor das Bachianas Brasileiras.

***Passion* – Peter Gabriel** (do filme *A Última Tentação de Cristo*, de Martin Scorcese). Especialmente a faixa *The Felling* Begins que, no filme, toca na cena da caminhada do Cristo em *nossa* direção – indo ao encontro do espectador no cinema – enquanto simultaneamente vão se multiplicando os discípulos ao seu lado: dois, quatro, oito, dezesseis – rigorosamente um jazz metaprogressivo. Significando que a solidariedade é contagiosa. E que também ainda é possível.

(2009)

O Retorno dos Rituais

Observando o espetáculo colorido dos calouros pintados com os mais diversos materiais, tintas, giz colorido, batom, cabelos repicados, raspados sadicamente, e todos mais ou menos envoltos numa aura de felicidade entre arrogante e estúpida (sim, eu sei que estes dois adjetivos não combinam, mas o ser humano é assim mesmo), não pude deixar de associá-los a mim mesma e minha iniciação acadêmica em meados dos anos 70, e lembrei que a situação era inversa.

Para começar, não houve trote, porque nos cursos mais politizados como filosofia, letras e arquitetura das grandes universidades daquela época, este fora quase abolido, considerado como prática selvagem, burra, brega, persistindo apenas em cursos linhas-duras, despolitizados, tipo direito ou engenharia ou medicina. Numa classe de primeiro ano com cerca de 80 alunos, somente um apareceu com a cabeça raspada (que ele próprio havia raspado como precaução) e não deu outra: virou o *Calouro* e assim foi chamado até o final do curso. Terrível.

Mas a abolição do trote era só a ponta do iceberg, porque questionava-se tudo, todas as instituições, Universidade, Família, Igreja, Casamento, Pátria, Governo, sem contar as hierarquias. O trote universitário era uma delas, a colação de grau e entrega de diplomas, outra, etc. Figuras de autoridade como pai ou professor não eram mais tratadas por "senhor", e sim "você". Aliás, qualquer pessoa era chamada simplesmente pelo primeiro nome e acabou-se. Desde as relações pessoais até à moda, a sociedade se informalizara, tirara a gravata, vestira jeans, propunha-se uma sociedade mais justa, marcada pela horizontalização das relações humanas.

Inventariando assim superficialmente os costumes da sociedade de trinta anos atrás, sinto um estranhamento e um tremendo mal-estar: como se estivesse contando algo ocorrido a outra pessoa, em outro tempo, outro lugar, não comigo e gente da mesma geração.

Hoje as instituições e hierarquias retornaram, inquestionáveis, em razão da crescente despolitização, mais artificiais e postiças e politicamente corretas do que nunca, bem como os velhos costumes e práticas sociais, tipo duas peças ou terno e gravata (e pretos, num calor de 38 graus: a estupidez não transpira).

Retornam "senhor" e "senhora", a linguagem de telemarketing e de RH, e a última flor da mídia, o "radical a favor" (jornalista engraçadinho que defende ardorosa e graciosamente o privilégio, linha Diogo Mainardi), a passividade geral tendendo a suicídio coletivo. Eis as novas formas que configuram este neoconservadorismo que visa a legitimar as mesmas estruturas sociais ilegítimas e injustas de ontem, hoje e sempre.

Sim, retornam os rituais, agora vazios de significado.

(9/02/2006)

O Lado Humano

Anda em baixa. Porque o esquecemos, envolvidos que estamos em coisificar pessoas – a começar de nós mesmos – e humanizar as coisas. Andei refletindo sobre como e por que somos manipulados pelo sistema e seus representantes, mas como tudo na vida tem duas versões, é preciso abordar a coisa de outro ângulo, isto é, do nosso. Como cidadãos, eleitores, trabalhadores, consumidores.

Aí, pensando bem, nem sempre fazemos a nossa parte e nosso pecado maior é a omissão. Não estamos exercendo nossos direitos – pra começar, nos informando a respeito – até porque tal exercício dá trabalho, significa entrar em contato com instâncias que já não são máquinas, gravações, repetidores de telemarketing, instâncias que são pessoais, gente de carne e osso, gente como tu e eu, com quem é preciso trocar cumprimentos, informações, conversar, colocar-se, negociar. E o que não se exercita, atrofia.

Mas eis alguns exemplos de ação objetiva:

Um amigo arquiteto ficou com o telefone mudo por cerca de uma semana e, como em Sampa a operadora de plantão é a espanhola Telefônica, vocês podem imaginar o drama. Pensando bem, não. Não podem. É um pesadelo surrealista ser passado de operador em operador, gravações nos remetendo a parte alguma *enquanto não nos convencem a concordar com um contrato de manutenção a ser cobrado mensalmente na conta, mais serviços e equipamentos,* senão neca da Telefônica verificar o defeito. Naturalmente, meu amigo não concordou, e assim o pesadelo prosseguiu até que ele teve a maravilhosa ideia de escrever ao ombudsman da empresa relatando o problema.

Resultado: o conserto foi providenciado em tempo recorde! Até aí tudo bem. Contudo: não é puro surrealismo precisar solicitar um conserto de linha telefônica via ombudsman? E dar graças a Deus quando o sujeito existe?

Porque ele também pode não existir, como no caso da TVA Sistema de Televisão S/A, operadora de tevê a cabo da qual sou assinante há anos. Porque aí o pesadelo vira beco sem saída. É o seguinte: com a implantação da tevê digital, percebi que muitos filmes são ou dublados ou com som original, *sem a opção de legendas em português*, a exemplo dos canais da HBO Family (será que para os caras da HBO, "family" significa televisão para débil mental ou analfabeto?), TCM Hollywood (imaginem Judy Garland, Bogart, Marilyn Monroe falando e cantando em português! É ridículo!).

Além de vários filmes exibidos com dublagens e legendas *apenas em espanhol, sem opção para o português*. Creio que não preciso explicar quanto uma dublagem – boa ou má – prejudica a recepção dum filme, sem contar que, sendo escritora, sou especialmente sensível à questão da linguagem.

Falei ao telefone com uma supervisora chamada Viviane, que informou o seguinte: "Os pacotes de canais já vêm fechados nesse formato e as tevês não têm centrais de relacionamento com o assinante. A senhora sempre pode reclamar nos sites, né? Quer os endereços eletrônicos?" Quando recusei, ela argumentou que, como, além de mim, nenhum outro assinante fizera tal reclamação – a audição do som original com legendas em português – não havia razão de me atender. E passe muito bem.

Mas, afinal, do que estou reclamando? Se no dia anterior, ao reassumir no trabalho (onde trabalho há 14 anos com irretocável dedicação, até porque gosto muito do que faço) após uma delicada operação cirúrgica, minha superiora hierárquica me encarou maquinalmente – como se eu fosse uma "coisa" – e, sem dizer olá, maquinalmente me passou o serviço.

(8/4/2006)

Uma Poética da Maturidade

Há alguns anos um amigo escritor me disse (recitou? citou?) que a velhice é um longo naufrágio. Porque a pessoa não desaba de repente: a idade vai dando o ar da graça por indícios esparsos, aqui e ali, tão tênues que a princípio você não nota, não associa, aliás, você DISSOCIA completamente tudo o que diz respeito ao fato de estar envelhecendo.

Quando não racionaliza. Secura no olho? Computador demais. Bico de papagaio? Hereditário. Protocolo de titânio? É a tecnologia. Histerectomia? Bobagem.

Nesse ínterim você descobre que já não tem o mesmo pique: não dá mais pra emendar noite e dia, não dá mais pra dançar tipo dezoito horas seguidas, não dá mais para pedir bloody mary logo cedo pra curar ressaca, é bom parar de ser bandido. E se não é a falta de pique, é a falta de saco. Fazer dietas x, y, z, ultrarradicais, tipo faquir, tanta dieta pra quê, se você não vai transar com ninguém nos próximos vinte anos?

Mas tem coisa boa: você também não tem mais saco para: 1) mentir; 2) para os outros; 3) para si próprio. Nem saco, nem tempo, nem interesse, essa merda toda.

Sabedoria, no good, ninguém está interessado, sem contar que cultura é aquele lugar onde agora só proliferam os muito medíocres. Neguinho sem cacife nem QI pra estudar pra médico ou engenheiro ou advogado resolve fazer uma instalaçã ou ocupaçã ou intervençã ou publicaçã em livro ou na internet ou entã virar "gestor cultural" e atraçã na Adriane Galisteu, noves fora a viadagem.

Cultura definitivamente, no good, não dá ibope.

Outra: não vou ficar aqui repetindo todos aqueles clichês que você ouve dia e noite há milênios sobre morte, velhice, declínio, porque a ideia é abrir caminho em direção a algo novo, algo que nem eu nem você nem ninguém sabe ainda, e a via de acesso seria a proposta de uma poética da maturidade que evoluísse – como se isso fosse possível – na corda bamba entre o sublime e o ridículo.

Aquele verso de Neruda fica ressoando em meus ouvidos: "então nos despimos como se para morrer ou nadar ou envelhecer." Porque parece que precisamos nos despir de toda vaidade e de todo desejo – as cadeias da alma – para começar a empreender a derradeira jornada rumo aos últimos vinte anos de vida, se os tivermos. Porque teremos pouco tempo. Para fazer o que precisamos fazer. Para assim justificar nossa passagem pelo mundo. E isto é terrível. Meu Deus, íamos fazer tanta coisa, escrever tantos livros.

Mas quando finalmente a alma fica livre para alçar seu voo, é aí que o corpo mais nos solicita. E prende ao solo.

Na juventude, a alma ou espírito ou mente, não sei o nome exato disso a que chamamos eu profundo, mas talvez seja por isso que na juventude a mente apenas rasteja vinda lá debaixo, da treva, sem luz e sem ar, rasamente, sem sabedoria, hesita em levantar-se – o corpo poderia voar – mas o coração e o espírito se deixam arrastar de um lado para o outro, atraídos por qualquer objeto idiota, qualquer um. Desde que *brilhe*.

Que fique bem claro: isto não é autoficção, tampouco autonaufrágio, até porque escritor é aquele nadador com várias medalhas olímpicas que, cada vez que chega à beira da piscina, se dá conta que não sabe nadar, já o fez um dia, mas agora ele não lembra, contudo mergulha mesmo assim, toca o fundo e milagrosamente consegue emergir.

Absolutamente só e ofegante, mas vivo, porra.

(16/07/2010)

Work in Progress

Ainda estou me decidindo se morro ou não de cirrose, a turma aqui em casa não ia achar a menor graça, então penso no que li no Reinaldo Morais que diz que, se tivesse de parar de beber e cheirar e fazer jogging logo cedo todo dia, a vida não teria a menor sentido (ou algo assim): tentei encontrar a frase exata naquele romance dele de duzentas mil páginas, mas uma frase é a coisa mais perdível do mundo, leu, gostou, valeu, mas pra retornar a ela, crau, adiós; mas tenho absoluta certeza que ele disse isso muito melhor do que eu agora, enfim com mais ou menos o mesmo significado/e quem se importa com *significados*, porra?/quem está falando em *significados,* porra?/ eu queria a frase exata, *precisava* da frase exata/ aliás estou sempre precisando de alguma coisa urgentemente, feito o Nöll naquele conto do caralho que absolutamente você não leu, claro, então é bobagem ficar dando esse tipo de raporte, ficar aludindo a algo que ninguém lembra ou sabe ou leu, é uma merda, o mundo vai se tornando um bocado restrito assim, sabia, cara? E não adianta nada se emputecer, não adianta mesmo.

Sem contar que estou ficando literariamente afásica, troco todas as letras quando escrevo, deve ser efeito ANTECIPADO da cirrose da qual ainda não me decidi se morro ou não, até porque segundo minha hepatologista, uma baiana maravilhosamente arretada, tenho essa hepatite C há uns 20 anos, é mole? Peguei onde? Tem que ser contato tipo sangue contaminado, mas pelo que eu saiba nunca dei o cu, mesmo assim, just in case, fiz exame e não tenho Aids, então pelo sexo não foi. Nunca tomei transfusões de sangue, jamais, restando portanto meus malditos tratamentos dentários, uma sangueira do caralho, prótese cai não cai, arranca, não arranca, balança e cai e sangra, sangra mais. Deve ter sido por aí. FOI AÍ, porra.

Mas que interessa agora onde e como, porra, se mediante os fatos preciso me decidir se morro ou não de cirrose hepática; lendo a biópsia, cientifico-me que em vários setores estou com necroses de terceiro grau, um recorde e tanto, baby, sem contar que sou alcoólatra há uns 30 anos, daí pra mais. E meus dentes SEMPRE foram péssimos, desde que me conheço por gente. Então a gente reúne as duas coisas e crau: um Sherlock rápido. Pena que não seja policial nem ficção. Pra ler nas férias.

E pensa que sinto Mágoa ou Remorso ou Arrependimento ou alguma merda do gênero? De forma alguma, o fato é que PRECISO CONTINUAR BEBENDO, só assim a vida faz algum sentido, ok, ok, não sou nenhum cônsul britânico em Tiahuanac/México tipo *Under The Volcano* (aliás, um puta filme, o último do John Huston), desses que, quando em cana, bebiam mescal no penico, íntimo de ver abutres em lavatórios: Malcolm Lowry fode com qualquer aspirante a dipsomaníaco, podem apostar. E imaginar que foi o Osman Lins, que pela cara devia ser abstêmio, que me deu esse livro "pela qualidade literária", através da mulher dele, Julieta – *Under the Volcano* foi uma espécie de pito literário – para eu parar de ser drogada e alcoólatra e de encher o saco da patota literária tão chic que frequentávamos e à qual eu só pertencia devido a meu talento in-so-fis-má-vel.

Ok, ok, você fica mudando de assunto e não decide se morre ou cuida da porra dessa cirrose a caminho – ou será da morte a caminho? Engraçado, ficou fashion dizer que as coisas "estão a caminho" – in coming! – outro americanismo de merda, será que brasileiro não sabe pensar na própria língua? Supondo que ele pense, claro. Quanto a você, pense e decida se morre ou não de cirrose, é simples, uma elementar operação decisória.

Bom. Digamos que, provisoriamente, estarei me decidindo nos próximos seis meses (minha hepatologista arretada vaticina que devo ter essa merda há 20 anos, seis meses a mais ou a menos não farão grande diferença). E me libera profilaticamente uma garrafa de vinho a cada 24 horas. Nada mal. Protelemos, pois.

Ah, você adora acostamentos quando o automóvel estaria pronto para a viagem. Um cara, meu primeiro psicanalista, me disse isso: você tem dinheiro no banco e não saca. Mas, profeticamente, respondi a ele num conto que escrevi aos 34 anos (e que só AGORA faz sentido): *se não estivesse ferida, estaria voando*. Então, eu te desmascaro, espertinho, não tem mais graça. Definitivamente não. Por isso vou continuar me decidindo, etc. E vamos considerar *isto* uma obra em progresso, fui clara?

(11/01/2011)

Este livro foi impresso nas oficinas gráficas da Kotter Editorial [www.kotter.com.br] em papel pólen Bignardi off-withe, de 90 gr/m2, tipologia *Garamond 11,5/15*, no verão de 2015.